LE PROJET *STARPOINT*

DU MÊME AUTEUR

Le Monde des possibles
Fasciné, 2013

Le Projet *Starpoint*
Vol. 2. Le réveil des Adjinns
La Belle colère, 2018

Le Projet *Starpoint*
Vol. 3. Le 13ème pêcheur
La Belle colère, 2020

Marie-Lorna Vaconsin

LE PROJET *STARPOINT*

La fille aux cheveux rouges

ROMAN

La belle colère

TEXTE INTÉGRAL

ISBN 978-2-7578-7403-5
(ISBN 978-2-8433-7744-7, 1re publication)

« Aucun point n'est plus important que celui-ci : le vide n'est pas vide. Il est le siège de la physique la plus violente. »

John Archibald Wheeler

1

L'appel

Nom :
Prénom :
Âge :
LV1 :
LV2 :
Option :
Profession de la mère :
Profession du père :
Loisirs :

Pythagore hausse les sourcils, perplexe.

La classe est encore vide ; personne n'est là pour noter qu'il fait bien « comme tout le monde ». A-t-elle vraiment besoin de ces informations ?

Pythagore soupire mais s'exécute.

Nom : Luchon
Prénom : Pythagore
Âge : 15 ans
LV1 : Anglais
LV2 : Espagnol
Option : Arts plastiques
Profession de la mère :

Il écrit en entier : « professeur agrégée de mathématiques ». Il sait que ce genre de détail compte pour elle – du moins, que cela comptait à une époque.

Est-ce toujours le cas ?

Sa mère est assise derrière son bureau, le nez plongé dans ses feuilles, elle attend les élèves. Elle a déjà pris possession de la salle, ouvert le cahier d'appel, effacé le tableau.

C'est la première fois qu'il la voit en situation, dans une classe – sa classe. Il regarde son pantalon à pinces noir, son pull, sa broche, ses chaussures vernies, ses lunettes rectangulaires, des accessoires du quotidien qu'il a l'habitude de voir de près, à la maison, et qu'il redécouvre sous un jour nouveau, maintenant qu'ils sont en représentation, sur l'estrade. Il la regarde écrire, penchée consciencieusement, le chignon bien en place ; un élan lui serre le cœur et il retourne à la fiche de renseignements.

Profession du père :

Pythagore inspire, expire.

Les lettres « p è r e » dansent devant ses yeux, puis se mettent au garde-à-vous. Père. Profession.

Il se sent prisonnier du minuscule espace entre la chaise et le bureau ; il a l'impression que ses membres ont grandi d'un coup, il ne sait plus où ranger ses genoux.

Il soupire à nouveau, se lève, se cogne, s'agace, récupère son téléphone dans son sac, regarde si Louise a répondu à son message.

Rien.

Il lui écrit à nouveau.

« T'es réveillée ? »

Il attend un moment, pas de réponse.
Il fait défiler les nouvelles d'Internet :

Panique à bord : Ivre, le commandant de bord allait décoller avec 274 personnes…

Société : Les hommes ne seraient pas matures avant l'âge de 43 ans.

Football : FC Nantes, les courbes généreuses de la nouvelle fiancée de Pierre Majot affolent les stades.

Santé : six remèdes efficaces pour combattre l'acné.

People : Top 5 des chanteurs connus qui devraient prendre leur retraite… Un internaute réagit : « Je trouve ce genre de classement répugnant. »

Actu : La terre a tremblé en Bretagne. 3,4 sur l'échelle de Richter, une secousse ressentie peu avant minuit.

Pythagore clique sur l'article.

Il n'est pas rare que la terre tremble dans la région, la majeure partie du pays de Retz est située sur une faille appelée le cisaillement sud-armoricain […]

Selon le RéNaSS, l'épicentre se situe sous le lac d'Herbauges à 2,5 km au sud de Morantz…

« Épicentre », « RéNaSS », « échelle de Richter ».
Pythagore aime l'écho de ces termes scientifiques. Ils lui rappellent les après-midi passées dans les couloirs de l'Osuna, quand son père allait visiter un de ses anciens camarades d'université.
Il lève la tête.
La fiche est toujours là. Elle l'attend à son bureau.
« Profession du père ».
Il se rassoit et se contente d'inscrire un petit trait :
« — »

∞

La première cloche sonne et les élèves commencent à entrer dans la salle. Lucie Bonneton s'est teint les cheveux. Elle vient lui faire la bise.

– Tu es toujours contagieux ?

Il répond oui, juste pour voir sa tête.

– Tant mieux, ça me dirait bien de sécher les cours.

Nicolas Frangin lui tape dans le dos.

– Salut mec ! Ça va ? Tranquille, tes quinze jours de vacances supplémentaires ?

Pythagore sourit.

– Ouais… C'est ça…

– Eh, tu sais qui s'est pointé à la maison de mon oncle, pendant la partie de poker, hier ? Markarian ! Elle a débarqué avec sa nouvelle pote.

– Ah bon ?

– Ouais. Elles voulaient faire un tour de bateau à fond de verre, elles croyaient que ça marchait le dimanche soir.

Pythagore hausse les sourcils, sceptique. Non seulement il a du mal à croire que Louise se soit trompée sur les horaires du bateau, vu que son père fait partie de l'association de défense de la réserve du lac et qu'il s'est battu pour que l'accueil du public soit restreint à certains jours précis, mais surtout il ne voit pas du tout à qui Nicolas peut faire allusion en parlant de sa « nouvelle pote ».

– Ouais, heureusement qu'on était là avec mon frère ; on les a raccompagnées en voiture. Elles avaient l'air complètement à l'ouest.

Émilie Santon et Laure Gantier s'approchent d'eux en un savant ballet de cheveux, de mains, de bises.

– Salut Pyth ! Salut Nico !

Laure sent le parfum et l'huile pour cheveux.

Pythagore se souvient très bien de l'odeur de cette huile. Elle s'était répandue partout dans la salle de bain le jour où il avait cassé le flacon en se cachant dans la douche.

Hossein Zamani, qui fait du saut à la perche avec Nicolas et Pythagore au club sportif du Vieux-Loiret, vient se coller au mur discrètement. Il leur tend la main. C'est le seul garçon de sa classe qui dise bonjour en serrant la main ; le seul à avoir une vraie barbe d'adulte, dont la vigueur contraste avec l'ingénuité de son regard doux.

– Bonjour, Pythagore. Tu vas mieux ? demande Hossein.

Sa voix est basse et tranquille.

– Vous avez senti la secousse hier ? ajoute-t-il.

Maxence Vidal-Daguerre, qui vient d'entrer dans la classe, répond à leur place en parlant du nez :

– La « secousse »… Tu t'es cru au Japon ou quoi ?

Nicolas Frangin élève la voix.

– Bah, je peux te dire qu'on l'a sentie, nous. On était chez mon oncle, au bord du lac, et on a senti la terre trembler.

– Ton oncle chez qui on boit du pastis à 10 heures du matin ? rétorque Maxence Vidal-Daguerre.

Michel Cousin et Mickael Scottoni ricanent.

Nicolas leur fait un doigt d'honneur avant de se tourner vivement vers la mère de Pythagore pour vérifier qu'elle ne l'a pas surpris.

∞

Les derniers élèves arrivent et, avec eux, Jordanie Serra.

Le ventre de Pythagore se contracte d'une légère appréhension. Il se souvient de la dernière fête de fin d'année, au café *Mélisandre*. Jordanie et lui s'étaient embrassés au petit matin ; c'était juste avant qu'elle ne parte pour un mois aux États-Unis. Vers la mi-juillet, ils avaient échangé un mail, pas très concluant. Et puis Pyth était parti à son stage de sport en Ardèche, où son téléphone avait du mal à capter. Quand il était revenu à Loiret-en-Retz, il avait envoyé un message auquel elle n'avait pas répondu.

Jordanie Serra est toujours aussi belle ; légèrement irritante, aussi, à se tenir la poitrine bombée et le nez en l'air. Elle porte un débardeur dont la bretelle tombe négligemment de son épaule et feint de ne pas s'en apercevoir.

En passant à côté de Pythagore, elle lui fait un signe de la tête qui lui envoie une décharge d'adrénaline ; puis va s'asseoir à côté de Maxence Vidal-Daguerre.

La mère de Pythagore apostrophe son fils depuis l'estrade :

– Avez-vous eu le temps de récupérer vos cours de la semaine dernière ?

Est-ce qu'elle doit vraiment le vouvoyer ?

Il fait non de la tête, sourit, gêné, puis reprend son téléphone sous la table. Il tape, encore à l'intention de Louise :

« T'es où ? »

Il efface son message.

Une seconde plus tard, il écrit :

« Je te garde une place ? »

De nouveau, il efface son message, puis recommence :

« Hello, t'es où ? »

Hello ?

Depuis quand est-ce qu'il écrit « hello » à Louise ? Depuis quand est-ce qu'il doit s'y prendre à deux fois avant de lui envoyer un SMS ?

Depuis que Louise lui écrit des messages qui ressemblent à des excuses. Des messages avec des tas de *smileys* un peu partout ☺, pour se donner ☺ bonne ☺ conscience ☺.

∞

La deuxième sonnerie retentit. Tout le monde s'installe. Louise n'est toujours pas là.

Sa mère commence à faire l'appel.

– Alençon, Avril ?

– Présente.

– Bonneton, Lucie ?

– Présente.

– Bouquetin, Faustine ?

– Présente.

– Callaux, Justin ?

– Cousin, Michel ?

On entend un « Oui » étouffé.

– Dites « présent » distinctement, s'il vous plaît, j'ai un défaut d'audition à l'oreille droite. Veuillez porter la voix.

Pythagore entend des rires derrière lui. Il se tourne. C'est Maxence qui pouffe avec Jordanie Serra. Il note aussi le désordre dans les derniers rangs – deux filles se passent leur cahier de texte où sont collées des photos du chanteur de Raging Stuff torse nu.

– Dali, Amel ?

– Présente.

– Frangin, Nicolas ?

– Présent.

La mère de Pythagore ne semble pas remarquer la propagation de cette vie secrète sous les bureaux, elle continue à faire l'appel comme si de rien n'était.

– Erivan, Foresta ?

Pythagore redresse soudain la tête ; il n'a encore jamais entendu ce nom.

– Erivan, Foresta ? interroge à nouveau sa mère.

Personne ne répond.

– Elle n'est pas là ? Bon… Gantier, Laure ?

– Présente.

– Lafouge, Marion ?

– Présente.

– Luccioni, Kayan ?

– Présent.

Lorsque sa mère arrive à « Luchon, Pythagore », il sursaute. Est-ce qu'elle ne l'a pas dit trop fort ? Ou trop distinctement ? Il a l'impression d'être tout nu.

– Présent.

Comme toujours, après Pythagore, c'est au tour de Louise d'être appelée.

– Markarian, Louise ?

Personne ne répond.

– Markarian, Louise ? Pas là non plus ?

Mme Luchon dodeline de la tête. Pythagore ferme aussitôt les yeux ; chacune des mimiques de sa mère lui semble disproportionnée ou inappropriée. Il a peur que les gens se moquent. Il voudrait que personne ne la regarde et, en même temps, que tout le monde l'écoute.

Une dizaine de noms plus tard, l'appel approche de son terme.

– Vidal-Daguerre, Maxence ?

– Ouais…

Cette fois, Pythagore n'a pas besoin de se retourner pour s'imaginer l'air désinvolte de Maxence Vidal-Daguerre, le doigt levé le plus mollement possible.

– Dites « présent » distinctement, s'il vous plaît.

– Présent, répond-il, en exagérant.

Jordanie Serra plonge la tête dans ses mains.

Les cours de maths de cette année vont être un supplice.

∞

Lorsque la cloche sonne, Pythagore s'aperçoit qu'il n'a rien retenu du cours. Il remballe ses affaires au plus vite, dévale l'escalier principal, traverse la cour des Prophètes, manque de glisser sous les arcades qui longent la salle des Médailles, traverse la cour des petits, croise Périclès, un des hommes de ménage, qui range son chariot dans la remise et atteint enfin le jardinet de la loge où habitent Louise et son père.

La grille est fermée. Il passe la main à travers les barreaux, lève le loquet et se faufile vers l'arrière de la maison pour atteindre la chambre de Louise. Le rideau de la fenêtre est à moitié fermé ; il colle son visage contre la vitre. La chambre est en désordre, le lit défait, mais Louise n'est pas là.

Lorsqu'il referme la grille, la voix du père de Louise s'élève dans son dos.

– Oh, fils !

Maigre, sec, M. Markarian se tient tout droit, solidement planté, l'anse de sa boîte à outils au coin du coude.

– Et alors ? On ne dit pas bonjour ?

Il abat sur l'épaule de Pythagore une main large comme une pelle et le secoue d'avant en arrière, comme pour vérifier qu'il est bien arrimé au sol.

– Bonjour ! répond Pyth.
– Ça va mieux ?
– Oui, oui.
– Tu es tout neuf ?
– Oui, tout neuf. Et vous, tout va bien ?
– *Yes ! All is good, boy ! Perfect !*

M. Markarian adore parler anglais. C'est le seul moment où il perd son accent du Sud.

Pythagore pense un instant à lui demander s'il sait où est sa fille, mais se ravise à l'idée que son amie est sans doute en train de sécher.

Mais aussi… Depuis quand est-ce que Louise sèche les cours ? À sa connaissance, elle n'en a jamais raté un seul, même malade.

∞

Pythagore prend le chemin du bâtiment des sciences et s'installe sur les marches pour guetter l'arrivée des élèves.

Ils vont et viennent ; les groupes se forment et se déforment. Pythagore est heureux de retrouver la vie, après quinze jours de solitude. Il aime observer la diversité des gestes, des rires, la façon dont les uns parlent par-dessus les autres. Il aime regarder sans être obligé de participer. Écouter les conversations sans avoir à donner son avis. Est-ce que oui ou non Anne-Laure Savoie a embrassé Avril Alençon à la fête de Marie-Ange Cardinet, comme l'affirme Amel Dali à une autre fille de seconde ? Martin Lamy dit qu'il aurait payé cher pour voir ça. Une fille brune beaucoup trop maquillée avance que c'était juste un smack pour un « action ou vérité » ; Amel Dali conteste et ajoute qu'elles ont continué à s'embrasser dans les toilettes.

Pythagore regarde l'alignement des dalles qui forment la structure du faux plafond ; il se souvient de la nuit où Louise et lui en ont soulevé une parce qu'ils espéraient ramper à leur surface comme dans les films. L'espace était trop étroit. Finalement, ils ont dû déplacer l'échelle de dalle en dalle et les soulever les unes après les autres pour suivre l'avancée des câbles.

Pyth regarde son téléphone. Toujours rien. Il s'inquiète. Ce serait vraiment bizarre que Louise rate un cours de SVT, son cours préféré – à égalité avec la physique.

Peut-être qu'il lui est arrivé quelque chose ?

Mais quoi ?

Elle ne quitte jamais l'enceinte de l'école – même pendant les vacances.

∞

À peine est-il installé à une table que Mme Solilaisse, la prof de SVT, l'accapare.

– Ça va mieux, Pythagore ?

– Oui, oui.

– Dis donc, c'est pas de chance ! Quinze jours de gastro, bonjour la rentrée…

Pythagore hausse les épaules et sourit poliment pour mettre fin à la conversation. Mme Solilaisse n'a jamais admis qu'il n'était plus le petit garçon de huit ans qui attendait sa mère dans la salle des profs.

– Je suis passée chez vous, il y a trois jours, je voulais prendre de tes nouvelles, mais tu étais au petit coin…

Pythagore se fige ; se retourne immédiatement pour évaluer l'ampleur des dégâts – qui est susceptible d'avoir entendu l'information ? C'est à ce moment-là qu'il repère une fille inconnue qui se faufile entre les rangs.

Elle a les cheveux rouges – d'un rouge chaud, presque fauve, cuivré, plein de reflets.

Mme Solilaisse poursuit :

– Tu as bu beaucoup d'eau, j'espère ? Parce que ça déshydrate de rendre…

– Oui, oui…, répond Pyth d'une voix étouffée.

Il se décale un peu pour entrevoir le visage de la fille aux cheveux rouges. Elle n'était pas en cours de maths, tout à l'heure. Elle porte un manteau militaire à boutons cuivrés, un pantalon de cuir noir et des bottes à lacets.

Non, c'est sûr, elle n'était pas en cours de maths.

– Et la diarrhée aussi, ça déshydrate terriblement…

– … !

Pyth arrête de respirer. Est-ce que Mme Solilaisse a vraiment dit tout haut ce qu'elle vient de dire ?

La fille se tourne un instant pour installer sa veste sur le dossier de sa chaise. Ses gestes sont à la fois amples et précis. Il entrevoit ses traits sous ses cheveux qui lui tombent dans la figure.

Pythagore sursaute : on vient de lui donner une tape dans le dos.

– Salut !

C'est Louise, enfin.

Louise, avec les cheveux affolés, les lunettes de travers, le souffle court, son sac rempli d'objets divers qui dépassent de l'ouverture et, à la main, les livres et les cahiers qui auraient dû être dans le sac, dont un magazine – *Wild Physics* – qu'il n'a jamais lu mais qui traite sûrement de sciences ou de plomberie : Louise, dans toute sa splendeur.

Mme Solilaisse retourne à son bureau, comme chassée par l'apparition, et Pythagore retrouve son sourire. Il se redresse, respire, prend son amie dans ses bras.

– Salut !

– J'ai couru…

– Je vois ça.

Ils s'examinent tous les deux. Pythagore n'a pas revu Louise depuis la fin juillet. Il mesure à quel point elle lui a manqué. Elle a un peu changé, comme à toutes les vacances, quelque chose dans son visage s'est affirmé – le front, la jointure du nez. Ses cheveux sont toujours aussi noirs, mais ils ressemblent plus à des cheveux de fille. Ses yeux ne sont plus seulement marron, ils s'éclaircissent vers le noisette ; ses sourcils sont moins broussailleux, mieux rangés.

Il dégage de la place pour qu'elle s'installe, mais Louise reste debout, plantée, ses affaires à la main.

– Ça va mieux ? lui demande-t-elle.

– Oui, oui, ça va mieux. T'étais où ce matin ?

– Je me suis pas réveillée…

– Ah bon ?

Louise continue à sourire.

– Tu t'installes ? lui propose Pythagore.

– Je suis obligée de me mettre à côté de mon binôme. On a commencé le TP ensemble la semaine dernière.

– Ah, ok…

– …

– On déjeune où ?

– Euh… Je crois que je vais pas déjeuner aujourd'hui, j'ai vraiment pas faim et je dois finir un truc. Mais je te rejoins après, à la cafet' ? Ok ?

– Ok.

Louise s'apprête à repartir, mais Pyth la retient :

– T'es allée voir les travaux de la piscine ?

– Oui, c'est génial, j'ai fait des croquis des moteurs et des pompes, je te montrerai…

– Si tu veux, je vais m'acheter un sandwich et on se retrouve là-bas vers 13 heures ?

– Ok, je te dis ça…

∞

Pyth la suit du regard tandis qu'elle se faufile entre les rangs ; sa dernière phrase résonne bizarrement à ses oreilles.

« Je te dis ça… » Comment ça, « je te dis ça » ? Est-ce qu'ils vont voir les travaux de la piscine, oui ou non ?

« Je dois finir un truc. » Quel truc ?

Et puis ce ton : « Je te rejoins après à la cafet' ? Ok ? » C'est comme si elle avait récupéré les *smileys* de ses textos pour les disperser dans ses phrases et autour de sa personne : « J'aimerais bien ☺ mais, je suis obligée de me mettre avec mon binôme ☺ Je te rejoins après à la cafet' ? ☺ Ok ? ☺ Je te dis ça… ☺ »

Lorsque Pythagore constate que c'est à côté de la fille aux cheveux rouges que Louise s'installe, il accuse le coup.

Elles semblent bien se connaître…

Elles se parlent d'un air complice.

C'est la première fois qu'il voit Louise se lier d'amitié avec une fille. Il repense à ce que Nicolas Frangin lui a dit sur la nouvelle copine de Louise.

Ce serait donc la fille aux cheveux rouges.

∞

La cloche sonne.

– Tout le monde est là ? demande Mme Solilaisse.

Le silence se fait dans la salle.

Alors que la prof commence à faire l'appel, on toque à la porte. M. Markarian passe la tête par l'entrebâillement.

– Je viens pour la fuite.

– Ah oui, mille mercis ! C'est dans le laboratoire d'à côté, je vais vous montrer.

Avant de disparaître, Mme Solilaisse lance à la classe :

– Gardez bien le silence, s'il vous plaît !

Il ne faut pas plus d'une minute aux élèves pour laisser monter le brouhaha des conversations. Pourtant, Louise et la fille continuent de parler bas, presque sans bouger, comme si Mme Solilaisse était encore là pour les voir.

Maxence Vidal-Daguerre se lève, va à la fenêtre, puis s'agite à la porte avant de lancer à la cantonade :

– Dis donc, Markarian, ton père, il se taperait pas la prof de bio, par hasard ?

Quelques rires fusent dans le fond de la classe. Rien de très méchant mais, dès qu'on attaque Louise, Pyth se sent personnellement visé.

– Gepetto et Solilaisse, ouh, ça chauffe dans les placards à balais !

Pythagore est à deux doigts de bondir. Il sait que Louise se fiche des moqueries quand il s'agit de ses vêtements, du fait qu'elle habite dans une loge de concierge et passe toutes ses soirées au CDI, de sa passion pour la mécanique, la plomberie, les réseaux d'évacuation, les plans de conduites de gaz et d'aération ; elle s'est toujours fichue de ce que les gens pensaient d'elle, mais elle ne supporte pas qu'on appelle son père « Gepetto ».

Maxence prend une voix haut perchée pour imiter Mme Solilaisse :

– Oh oui ! Gepetto ! Les poils de votre moustache m'excitent !

Cette fois, la moitié de la classe éclate de rire.

Encouragé par cette réaction, Maxence monte sur l'estrade pour continuer son manège. Pythagore brûle d'envie d'intervenir.

Il y a trois ans, il aurait déjà foncé sur Maxence, comme toutes les autres fois où il s'est battu pour Louise ; mais, entre-temps, il y a eu l'épisode de Petit-Château et du centre commercial.

Il s'accroche à son bureau, hésite.

– Tu as de la chance, Markarian, tu as hérité de la même moustache que Gepetto.

– Ne l'appelle pas Gepetto !

– Oh, ça va. Tu préfères que je l'appelle Stach-mou ? Stachmou Markarian ! Ça claque.

Pythagore n'y tient plus ; mais alors qu'il fait racler sa chaise sur le sol, la fille aux cheveux rouges le devance : elle s'extrait de sa place avec agilité pour s'approcher de Maxence.

Il est surpris.

Tout le monde est surpris, d'ailleurs ; la façon dont la fille se déplace évoque la détermination tranquille d'un fauve.

Maxence prend une inspiration, s'apprêtant sans doute à ajouter un commentaire, mais la fille est plus rapide : sans changer de visage ni avoir pris le moindre élan, elle lui assène une gifle énorme, magistrale, de haut en bas, du revers de la main.

La violence du geste, son bruit, son impact résonnent partout dans la salle. Les murs de la classe vacillent, tout comme les valeurs établies.

Personne ne dit rien, mais tout le monde pense : *Gifler Maxence Vidal-Daguerre ?! Une fille qui gifle Maxence Vidal-Daguerre ?!*

C'est comme si elle avait giflé toute la famille Vidal-Daguerre – son père et sa Ferrari jaune, sa mère et ses talons aiguilles, ses tailleurs, ses manucures.

La fille aux cheveux rouges demeure droite, sans ostentation ni fierté.

Au bout de quelques secondes, grosses et denses comme des balanciers d'horloge, Maxence se ressaisit ; il entrouvre la bouche comme pour dire « Ça va pas, non ? » ou « T'es conne ou quoi ? », mais déjà la fille recommence : une autre gifle, exactement la même – énorme, sonore, pleine d'impact.

C'est comme si toute la classe s'était pris ce deuxième coup.

Un silence épais s'abat sur les rangs, un silence duveteux comme de la neige qui recouvrirait les têtes, les épaules, les bureaux de chacun.

Maxence Vidal-Daguerre rapetisse soudainement malgré son blouson en cuir et sa cigarette coincée derrière l'oreille. Il ressemble à un petit garçon qui va pleurer et appeler sa maman.

Personne n'a envie de se moquer, pas même Pythagore qui, pourtant, ne le porte pas dans son cœur.

La fille aux cheveux rouges tourne les talons. Elle regagne sa place et se rassoit aussi précisément qu'elle s'était levée.

∞

Lorsque Mme Solilaisse revient dans la classe, elle marque un temps d'arrêt.

– Ça va ?

Personne ne répond. Personne ne bouge.

Elle jette un long regard circulaire, légèrement suspicieux, comme si les élèves avaient joué à « un, deux, trois, soleil » pendant son absence et avancé tous les bureaux d'un coup. Lentement, elle se réinstalle derrière son plan de travail ; puis, ne trouvant rien à redire, elle reprend le fil de son cours.

– Bon, alors où on en était ? Ah, oui, l'appel.

∞

C'est l'appel le plus solennel auquel Pythagore ait jamais assisté.

À la manière dont les rangs se hérissent lorsque la prof prononce le nom « Erivan, Foresta », Pyth devine que c'est celui de la fille aux cheveux rouges.

– Présente.

Sa voix grave résonne dans la classe. Quelque chose de radicalement différent flotte autour de sa personne. Sa différence ne se situe pas dans ses vêtements, même s'ils sont très singuliers, ni dans le reflet de ses cheveux.

C'est autre chose.

Cette façon qu'elle a eue de donner sa gifle, sans ciller, le visage concentré. Cela n'avait rien à voir avec les bagarres de garçons ; pas de chemises qui sortent des pantalons, pas de boutons qui sautent, ni de nez qui saignent.

Pyth n'arrive pas à oublier ce geste ; une gifle, puis l'autre. Une, deux. Les gifles tournent en boucle dans sa tête. Il a presque l'impression que c'est lui qui les donne.

Foresta Erivan semble avoir déjà oublié ce qu'elle vient de faire. Elle écoute le cours, tranquillement, à l'inverse de Pythagore qui lutte pour focaliser son attention sur les mots – synapse, neurone, neurotransmetteur, cellule, connexion, tissu nerveux.

∞

À la fin du cours, Louise s'arrête à son niveau :

– J'aurai pas le temps d'aller voir les travaux de la piscine, finalement, mais je te rejoins à la cafet' vers 13 h 30 ? On prendra un cappuccino ?

– … Ok.

– Je suis contente que tu sois revenu, vraiment… Je suis contente de te voir.

Pythagore a l'impression que si c'était le cas, elle n'aurait pas besoin de le formuler.

2

« L'infini fait le tour et revient »

Pythagore finit la crêpe jambon-fromage qu'il s'est achetée à l'angle de la rue des Dragons-de-Lille. Pour honorer son rendez-vous avec Louise, il n'a pas accompagné Nicolas, Laure, Hossein et les autres qui sont partis déjeuner sur la place des Douze.

Il traîne devant la machine à café, ses écouteurs sur les oreilles. Il attend Louise. Elle a déjà cinq minutes de retard.

Pythagore s'assoit par terre, dans la cour ; il ferme les yeux pour mieux profiter de la musique ; puis sursaute quand on lui tapote l'épaule.

C'est M. Gérôme, le jeune responsable de la Vie scolaire ; à sa façon de s'habiller, on pourrait presque le confondre avec un étudiant. Toute l'équipe pédagogique sait qu'il a choisi ce métier tranquille – 9 heures-17 heures – pour avoir le loisir de faire de la musique, qu'il passe son temps sur Internet à acheter et revendre des choses pour arrondir ses fins de mois et que, parfois, il dort sur le canapé de l'accueil afin de sous-louer sa chambre d'étudiant à des touristes.

– Luchon, vous serez rétabli pour jeudi soir ?

– Oui, bien sûr, je suis rétabli, déjà.

– Sinon, je vous fais remplacer ; il faut être en forme pour tenir toute une soirée.

– Non, non, c'est bon, je vous assure.

– Vous êtes bien équipé ?

– Euh… J'ai mon ordinateur, et un casque, et…

Au même moment, Louise et Foresta Erivan font leur apparition au fond de la cour. Pythagore s'arrête de parler parce qu'elles arrivent du couloir qui mène à l'ancienne infirmerie. Son cœur se serre : si elles étaient à l'ancienne infirmerie, c'est que Louise a mis au courant Foresta Erivan de l'existence de ses doubles de clés.

– Luchon… vous êtes avec moi, là ? C'est une mission sérieuse que je vous confie…

– Oui, oui, bien sûr, dit-il en se retournant vers M. Gérôme.

– Je vous attends dans la cour jeudi soir à 17 heures, on fera les branchements ensemble.

M. Gérôme s'éloigne. Pythagore se cache dans le renfoncement de la porte vitrée et observe Louise et Foresta Erivan qui discutent.

∞

Louise collectionne le double de toutes les clés qui peuvent lui permettre d'explorer le lycée. Juste avant les vacances, elle a ajouté une nouvelle prise à son trousseau : la clé de la porte qui sépare l'ancienne infirmerie de la salle des Médailles ; ils ont pu y entrer en pleine nuit et toucher – ce qui est interdit – les médailles biscornues des seigneurs du pays de Retz.

Jusqu'à présent, Pythagore était le seul à partager son secret.

– Vous étiez où ? demande Pythagore quand Louise entre finalement dans la cafet'.

– Au CDI.

Pythagore sait qu'elle lui ment.

– Tu me présentes ta nouvelle copine ?

– Oui… bien sûr… Foresta… Je t'ai pas présenté Pythagore. Pythagore, Foresta.

– Bonjour.

Sa voix est chaude, son corps est souple ; Pythagore n'a pas envie de la trouver belle.

– Bonjour, répond-il.

La fille le fixe dans les yeux avec une assurance que rien ne semble pouvoir ébranler.

Les traits de son visage sont impassibles. Elle a les pommettes hautes, mais pas rondes, plutôt plates avec quelque chose de légèrement asiatique dans la distribution de ses traits – qui rappelle les plaines mongoles ou les Indiens d'Amérique ; elle affiche un air calme et posé, solide, donnant l'impression que son regard a passé du temps à scruter au loin. Il n'y a pas de courbure inutile, pas de chichi dans son visage.

Elle n'est pas une fille comme les autres, elle a ça en commun avec Louise.

Louise est différente parce qu'elle ne se maquille pas, ne met pas de bijoux, pas de jupe. Elle se fiche de l'apparence physique. Quel genre de shampooing s'achète-t-elle ? S'est-elle déjà brossé les cheveux ? Pyth imagine que oui, mais il ne l'a jamais vue faire.

Foresta est différente, mais elle met du crayon ; le compas de ses jambes est souligné par la coupe ajustée de son pantalon.

Jamais il n'a pensé que Louise puisse faire quoi que ce soit avec un garçon, alors qu'il peut imaginer mille choses possibles entre Foresta Erivan et lui-même.

Il voudrait lui dire quelque chose au sujet de la gifle, quelque chose d'intelligent ou de drôle.

– C'était une sacrée paire de gifles, dis donc…

Il trouve que sa réplique est nulle ; il voudrait la reprendre ; elle résonne dans le silence de leur groupe.

La cloche sonne.

∞

Pendant le cours de français, Louise se met à côté de lui, mais Pyth a l'impression qu'elle s'est forcée. Il attrape son stylo noir à pointe semi-épaisse, le laisse filer doux sur la feuille ; il se rapproche du papier pour sentir l'odeur de l'encre ; son esprit se vide tandis que la douce voix de Mme Tchad le berce :

– L'allitération la plus forte est en dentale… Les « d », les « t »… Qu'est-ce qu'on peut en dire ? Oui… Laure Gantier ?

Au bout d'un moment, Louise se penche et lui demande en chuchotant :

– Ça va, ton père ?

– Mon père ?

– Oui… Ton père, ça va ?

Qu'est-ce que c'est que cette question ? pense Pythagore.

– Comment ça : « ça va ? » Comment ça pourrait aller ?

Louise baisse les yeux. Pyth s'en veut d'avoir contribué à agrandir l'écart qui les sépare et essaie de revenir vers elle :

– C'est qui ta copine ?

– Foresta ?

– Oui.

– Elle est arrivée cette année.

– Oui, je sais. Elle est sympa ?

– Ouais. Elle est sympa.

Louise n'ajoute rien d'autre. C'est au tour de Pythagore d'être vexé. Ils se ratent. La bizarrerie de leur conversation le heurte parce que c'est la première fois qu'ils ne se parlent pas normalement.

– Alors… ?

La prof a haussé la voix.

– Quelles sont les marques du style lyrique ?

Personne ne répond tandis qu'elle balaie la pièce du regard. Instinctivement, Pythagore et Louise renfoncent la tête dans leurs épaules.

– Julie Vallet… Vous pouvez nous répondre ?

– Euh… l'utilisation de la première personne ?

– Oui… mais encore ?

Pythagore reprend :

– Nicolas m'a dit que vous étiez au lac, hier soir. Tu es allée chez son oncle ?

– Oui. On s'est promenées et je n'ai pas vu l'heure… J'ai oublié qu'il n'y avait pas de bus de nuit, le dimanche…

– Il m'a dit que vous vouliez faire du bateau à fond de verre !

– Ah, oui, oui… aussi…

– Mais tu sais qu'il n'y a pas de bateau, le dimanche.

– Oui, oui, je me suis trompée.

Louise est très intelligente mais elle n'a jamais su mentir. Ses mensonges sont toujours faits de petits morceaux qui ne collent pas ensemble.

Pythagore reprend lentement, d'un air sarcastique :

– Donc, hier soir, vous ne saviez pas quoi faire et vous vous êtes dit : « Tiens, si on allait au lac faire un tour de bateau à fond de verre ? »

– Oui, exactement.

Il a du mal à imaginer Foresta Erivan, avec ses cheveux rouges et son manteau militaire, au milieu des familles, en train de s'émerveiller devant le plancton bleu luminescent du lac d'Herbauges.

– Ok…

Lorsque la cloche sonne, Pyth tente une dernière approche.

– J'ai une heure à attendre avant de partir au club. Tu fais quoi ?

– Je… j'ai promis à Foresta qu'on irait… travailler au CDI.

« Je peux venir avec vous ? » sont les mots qui lui brûlent les lèvres ; mais il les retient. Si Louise ne le lui propose pas, c'est qu'il n'a rien à faire avec elle.

∞

Pythagore attend Nicolas Frangin et Hossein Zamani ; ils partent toujours ensemble du lycée pour aller au stade.

Il n'a pas envie de patienter au CDI, parce qu'il ne veut pas croiser Louise ; il préfère s'asseoir par terre dans la cour. Il sort ses stylos et son carnet à dessin ; il met ses écouteurs : la cour et la réalité s'enveloppent de musique.

Trois filles de seconde passent en lisant un magazine ; elles replacent des mèches de leurs cheveux derrière l'oreille, éclatent de rire, se passent des cigarettes. Deux autres se montrent leur téléphone avec des coups d'œil sceptiques.

Pythagore les regarde observer des étudiants de maths sup qui sortent du bâtiment des sciences ; ils se poussent en s'appelant « mec », « pote », « poteau » ; ils vont aux toilettes pour se mettre du gel – Pyth se demande pourquoi : s'ils ne veulent pas avoir les cheveux dans la figure, autant les couper plutôt que de passer des heures à se les coller sur la tête.

D'autres élèves déambulent par groupes de deux ou trois, débattent, rient, argumentent.

Tous ces manèges : où trouvent-ils l'énergie ? Comment savent-ils si bien faire ?

Pyth ferme les yeux et repense à l'époque où, lui aussi, savait vivre, quand il avait dix, onze, douze ans… La vie était simple : l'école, les bagarres, les crêpes Nutella-banane du coin de la rue des Dragons-de-Lille, l'impatience du mercredi pour les deux épisodes d'*Oliver et le rallye des steppes*, la joie de recevoir un nouveau Chevalier Régional.

Mais il y avait eu l'agression de son père au centre commercial de Petit-Château.

C'était il y a trois ans.

Pyth avait dans les mains le tout dernier Chevalier Régional – le Chevalier d'Alençon. Il sentait l'emballage en plastique s'écraser légèrement sous la pression de son bras. Il était heureux. Une seule pensée troublait son bonheur : est-ce qu'il n'était pas trop grand pour collectionner les Chevaliers Régionaux – et surtout est-ce qu'il n'était pas trop grand pour jouer avec ?

La veille, Hortense Motte l'avait appelé à la maison. Elle l'avait invité à aller à la patinoire et il avait dit d'accord.

Tandis qu'il marchait à côté de son père, il pensait au fait qu'Hortense mettait du stick à lèvres à la pastèque ; peut-être était-il temps d'abandonner ses jouets ? Mais l'envie de manier les petits couteaux attachés en bandoulière sur le torse du Chevalier lui brûlait les doigts ; quatre couteaux – or, argent, bronze et émail de dragon –, chacun rangé dans son minuscule fourreau ; manipuler l'armure et la toison en peau de mouton, pleine de particules d'or, lui faisait terriblement envie. Pythagore avait vérifié à travers le plastique transparent, on voyait bien les paillettes dorées.

Il s'était demandé si Maxence Vidal-Daguerre jouait encore aux Chevaliers Régionaux.

C'est alors que son père avait reçu un appel – sans doute important, parce qu'il s'était écarté et s'était bouché une oreille pour mieux entendre de l'autre.

C'était à propos d'un de ses collègues du projet Starpoint au Canada ; chaque fois qu'il avait des nouvelles de Starpoint, son père parlait fort parce qu'il était excité :

– *What did you say about Nessim ? What do you mean he has stopped coming to work ?... He's late ? What ? Two days ? How come ? Nessim is always on time, sharp !*

Des silhouettes étaient apparues dans son champ de vision ; sept, dirait-on dit à Pyth par la suite – il n'avait pas compté sur le coup. Sept silhouettes avec des baskets grosses comme des paquebots, des capuches et des bonnets alors qu'il ne faisait pas froid.

Son père était de dos, le regard plongé dans une vitrine d'ustensiles de cuisine. Il parlait anglais avec un gros accent français, sans faire d'effort, comme pendant ses conférences.

– Oui… Ok… Si je prends l'avion demain… *I can take the plane tomorrow.* Ce soir, c'est l'anniversaire de mon fils, *Pythagore's birthday*...

Pyth écoutait d'une oreille ; il avait vu les silhouettes se rapprocher ; et la scène est devenue absurde.

Son père voulait juste finir sa conversation – c'était normal qu'il ne veuille pas donner son téléphone.

Les silhouettes lui ont donné un premier coup dans le ventre, puis un deuxième dans les côtes. Le père de Pyth s'est courbé en deux.

Dans le reflet de la vitre, son regard et celui de Pyth se sont croisés ; Pythagore a eu le temps d'y voir quelque chose dont il a un souvenir aussi fugace que poignant.

Il y avait des adultes, il y avait des parents tout autour. Et les parents souriaient à leurs enfants ; les enfants portaient des paquets, l'air confiant.

Mais les silhouettes ont continué à donner des coups jusqu'à faire tomber son père à terre.

Ils ont cogné sa tête. Une fois, deux fois, trois fois, et plein d'autres fois, jusqu'à ce qu'il y ait du sang sur les dalles du centre commercial.

Personne n'a bougé pour défendre son père. Pyth n'a pas bougé non plus : il n'arrivait pas à croire à la réalité de ce qui se déroulait sous ses yeux. Il a commencé à comprendre lorsque les secours sont arrivés. Son père a été conscient sur tout le chemin de l'hôpital, il lui a parlé. Puis, quelques heures plus tard, il s'est endormi et ne s'est plus jamais réveillé.

∞

Combien de fois a-t-il repensé à cette scène en rêvant qu'elle tourne différemment ?

Combien de fois s'est-il imaginé se jeter sur les silhouettes et leur rendre les coups ?

Les policiers, les médecins, les adultes ont eu beau lui dire qu'il n'aurait rien pu faire, qu'il n'avait que douze ans, qu'il ne devait pas se sentir coupable, qu'il avait bien fait de ne pas bouger, Pythagore ne les a jamais écoutés.

Une partie de lui s'est décrochée ce jour-là.

∞

La cour s'est vidée. Pythagore dessine la statue du cardinal Pichon de Bury qui trône juste devant le terrain de basket ; puis la façade du bâtiment des sciences ; puis les fenêtres de la maison à colombages de la vieille infirmerie. Il aime quand des éléments anciens et contemporains se superposent. Il apprécie particulièrement l'architecture de son lycée, les pierres plusieurs fois centenaires de la tour qui jouxtent les salles ultramodernes du laboratoire de langues ; la présence anachronique de la cabine téléphonique dont plus personne ne se sert, sauf pour écrire des graffitis sur ses cloisons.

Est-elle toujours branchée ?

Pris d'un élan, il se lève et s'avance jusqu'au téléphone, décroche le combiné qui pèse agréablement dans sa main. Il y a bien une tonalité. Pythagore l'écoute ; la ligne sonore lui donne des frissons, il a l'impression de traverser l'espace et le temps.

Il se rappelle les coups de fil passés sur le téléphone fixe de la maison, quand son père partait en voyage pour des colloques. Les bips de la sonnerie étrangère rendaient sensible la traversée des océans.

Il se rend compte qu'il a envie de parler à son père, précisément à cette seconde.

Pourtant, la prochaine fois, quand il se penchera sur lui, il en sera incapable. Sa mère aura beau lui dire « Essaie de parler un peu à ton père ! », Pythagore restera bloqué. Chaque fois qu'il a essayé, sa voix tombait à plat dans la chambre d'hôpital ; ses paroles semblaient toutes nues, dépourvues d'impact, dérisoires, presque ridicules.

Comment fait sa mère pour lui parler comme si de rien n'était ? Il a lu des articles sur des gens qui se réveillent du coma des années plus tard et qui se souviennent de tout ce que leurs proches leur ont raconté. Mais c'est précisément ce qui lui fait peur : parler à son père serait la preuve officielle qu'il espère le voir se réveiller un jour ; et s'il espère, il prend le risque d'être déçu.

∞

– Kestuf', mec ?

Hossein et Nicolas le regardent, surpris de le trouver en train d'écouter le combiné dans le vide.

– On y va ?

Hossein s'est changé : il flotte dans un jogging doux, les cheveux ébouriffés, le regard dans la lune. Nicolas, en revanche, est resté en jean et en blouson : il sait que, pour aller au stade, ils vont passer devant l'Institut de la Tour – un lycée privé où il n'y a pratiquement que des filles ; il s'est mis en condition et arbore déjà son fameux sourire lointain aux yeux plissés.

Pythagore les suit ; il se laisse bercer par l'énergie de Nicolas qui fait des remarques sur tout, la tête des gens, leurs vêtements, leur façon de marcher, les panneaux publicitaires, les affiches de film, les vitrines.

Devant l'Institut de la Tour, un groupe de filles discutent en fumant. Elles portent des jeans moulants et des talons ; leurs cheveux sont longs et brillants ; sur leurs cils, il y a pas mal de maquillage. Chacun à sa façon, Nicolas, Pyth et Hossein essaient de se la jouer décontracté. Ils feignent de ne pas les regarder et marchent la tête de côté, comme les Égyptiens sur les fresques. Lorsqu'ils ont tourné le coin de la rue, chacun regrette de ne pas avoir pris plus de temps pour détailler les filles, mais aucun des trois ne fait de commentaire.

Nicolas se rattrape en ironisant sur les touristes qui font la queue pour visiter la Maison des Légendes de

Loiret-en-Retz. C'est une des anciennes « demeures en ville » de Gilles de Retz, le baron sanguinaire. Elle a été transformée en attraction culturelle et propose plusieurs expositions racoleuses sur les mythes que draine sa sinistre légende – ses pratiques alchimiques teintées de magie noire, son goût pour la débauche et le sang, son histoire entremêlée à celle de Barbe Bleue, l'usage qu'il faisait de ses caves où furent retrouvés des dizaines de cadavres d'enfants, etc.

Devant l'escalier, une petite fille pleure très fort et ne veut pas se calmer ; sa mère hurle d'une voix de mégère :

– Si tu continues à pleurer comme ça, Gilles de Retz il va venir te couper la tête ! Et il en a coupé des têtes d'enfants, ça je peux te le dire !

Nicolas se tourne vers Pythagore et Hossein :

– Il y a des gens qui ne devraient pas être autorisés à se reproduire !

Hossein, gêné, fait « chut » à Nicolas. Celui-ci reprend deux fois plus fort :

– De toute façon, il faut vraiment être crétin pour aller s'enfermer dans cette boîte à touristes !

Au même moment, Pyth croise le regard d'un jeune homme dont le crâne n'est rasé que d'un seul côté. Il est très grand, très bien bâti ; il affiche un style militaro-punk – treillis, piercings, tatouages – et l'attitude de ceux dont sa mère dit qu'« ils filent un mauvais coton ». D'une main, il tient en laisse un gros bouledogue à collier clouté ; de l'autre, un livre où on peut lire en gros *La Maison des Légendes*.

Il jette à Nicolas un regard glacial. Celui-ci baisse la tête et accélère le pas.

Pyth et Hossein éclatent de rire.

– C'est bon, vous avez vu la taille de son chien… ?

∞

– Ohé, les petits gars ! On s'est bien ramollis pendant l'été, hein !

Depuis le début de l'entraînement le coach n'arrête pas de crier.

– Luchon ! Tu t'es oublié sur les saucisses-frites au camping ?

Pythagore, Hossein, Nicolas et les six autres perchistes du club soufflent comme des locomotives. La tête à l'envers, pieds et chevilles coincés contre les barres de l'espalier, ils luttent contre la gravité en ramenant le torse contre leurs cuisses – en haut, en bas, en haut, en bas.

Pyth aime la répétition des mouvements à l'infini ; il aime ne pas réfléchir et se vider la tête.

– Moi je vous le dis, si ça continue comme ça, y en a pas un qui va toucher une perche, aujourd'hui !

Après l'espalier, le gainage, la corde, l'espalier à nouveau, le cheval d'arçon, les sprints, puis les étirements.

Malgré sa fatigue, Pythagore espère quand même que le coach leur permettra d'aller sur la piste. Le saut lui a manqué pendant les vacances. Planter la perche ; décoller ; s'envoler ; avoir l'impression de respirer l'air des nuages. Même se ramasser sur le gros tapis lui fait du bien : sentir que la réalité s'abat sous son corps. Sentir le choc de la physique qui reprend ses droits ; sentir la vie.

– Bon… Allez, deux sauts chacun, finit par lâcher le coach. Et un troisième pour celui qui m'impressionne.

∞

Après l'entraînement, Nicolas, Pyth et Hossein se sentent vidés mais légers – bénis des dieux.

Tandis qu'ils marchent vers l'arrêt du bus, Nicolas s'allume une cigarette.

– Pourquoi tu fumes juste après le sport ? demande Hossein d'une voix douce.

– Parce que…

Il aspire la fumée :

– Tes poumons sont bien ouverts…

Puis souffle la fumée d'un coup.

– Ça t'arrache la gueule.

Il aspire à nouveau.

– Mmmmh. C'est la meilleure de la semaine, y a pas à dire.

Ils se laissent tomber comme des petits tas sur le banc de l'abribus. Ils apprécient l'entre-deux de la lumière qui tombe. Ils sont bien.

Pythagore se dit qu'il n'a peut-être pas besoin de Louise, après tout ; que c'est sans doute une question d'âge ; qu'ils sont destinés à traîner séparément désormais : elle avec des filles, et lui avec des garçons.

Nicolas jette son mégot d'une pichenette, tandis qu'Hossein se lève pour laisser sa place à une vieille dame qui approche, très lentement, avec un déambulateur. Elle finit par passer devant eux sans s'arrêter, ni même gratifier Hossein d'un regard. Nicolas s'esclaffe devant la mine déconfite d'Hossein. Celui-ci se rassoit.

Un silence s'installe.

C'est peut-être le moment pour Pythagore de leur raconter ce qui est arrivé avec la fille de cet été ? Il est clair que ce n'est pas à Louise qu'il va confier une chose pareille.

Il revoit la *rave party*, surgie au milieu de nulle part, dans la nuit, juste à côté de l'endroit où son groupe de canoë avait planté ses tentes.

Boum... Boum... Boum...

Les basses s'élevaient de la terre jusqu'au ciel.

Pyth s'était réveillé et approché jusqu'à une trentaine de mètres, un peu en hauteur ; il avait vu la foule. Et puis il avait croisé la fille rousse qui ne parlait ni français ni anglais.

C'est la première fille avec laquelle il a couché – la seule à vrai dire ; ils n'ont même pas échangé leurs prénoms.

Il se souvient de ses sandales fines dont l'une des lanières avait été rafistolée avec de la ficelle, de son tee-shirt blanc qui prenait la lumière de la lune et à travers lequel on pouvait voir son maillot de bain à rayures. Il se souvient des odeurs de l'été ; de l'écho des sons qui donnait l'impression qu'ils étaient sur le rebord du monde ; du goût de soleil et de rivière sur les épaules de la fille ; de sa gratitude à l'égard de l'univers capable de lui faire faire une pareille rencontre au milieu de la nuit.

Pythagore s'apprête à lancer le sujet lorsque deux dames d'un certain âge les rejoignent sous l'abribus. Cette fois, Hossein attend qu'elles se soient vraiment arrêtées pour se lever et proposer sa place.

– Mais tu as cru que j'avais quel âge, exactement ? lui répond l'une des deux aux sourcils très épilés. Petit merdeux !

– Arrête, Julienne, ça va..., dit l'autre.

Le fou rire au bord des lèvres, Nicolas chuchote à Pythagore :

– Il est con, Hossein, elles sont presque bonnes...

∞

Finalement, Pythagore n'a pas raconté son histoire. Il a senti que Nicolas était d'humeur à demander des détails et il n'avait pas envie d'en donner. Pas dans le genre de ceux que Nicolas lui aurait demandés, en tout cas.

Il travaille à présent sur le poème distribué par Mme Tchad. Il cherche une problématique qu'il ne risque pas de trouver : il n'a pas compris ce qu'était une problématique.

Sa mère prépare le dîner à la cuisine. Il aime entendre les bruits. Juste les bruits : quand il ferme les yeux, il peut s'imaginer que rien n'a changé ; que son père travaille toujours dans la pièce d'à côté ; que sa mère les appellera pour le dîner.

Désormais, la porte du bureau reste fermée à clé.

Pythagore s'accroupit et pousse le meuble qui cache le trou que son père avait pratiqué dans le mur, pour faire comme un passage secret. Il s'y faufile avec difficulté, il est beaucoup plus grand qu'à l'époque.

∞

Dans le bureau de son père, tout est à la fois exactement pareil et complètement différent.

Le bureau est trop rangé ; il manque les carnets, l'ordinateur, les stylos, les bruits du dehors, la radio allumée, la vie.

Pythagore ouvre la fenêtre puis fouille dans les tiroirs. Il attrape un des nombreux stylos estampillés *Starpoint* que son père avait l'habitude de rapporter du travail ; puis il s'assoit derrière le bureau, attrape une feuille et, comme quand il était petit, dessine le signe de l'infini, « ∞ ».

– L'infini…, demandait-il à son père. C'est plus loin que le Soleil ?

Il savait très bien que c'était plus loin que le Soleil, son père le lui avait déjà expliqué ; mais il avait toujours envie que son père réexplique. Quand Pythagore avait cinq ans, il n'arrivait pas à concevoir que l'infini puisse être aussi petit que grand.

– Oui, c'est des milliards de fois plus loin que le Soleil, des milliards de fois plus loin que les étoiles, mais c'est aussi un point dans le creux de ta main, disait son père en posant la petite paume de son fils dans la sienne – l'infiniment petit.

L'infini fait le tour et revient.

∞

Quelques mois avant son agression, M. Luchon était venu à l'école de Pythagore, dans le cadre des ateliers « vie active », pour parler de son métier.

Lui qui passait la moitié de son temps à faire des colloques aux quatre coins du monde, il avait eu le trac à l'idée de s'exprimer devant une classe de cinquième et s'était entraîné devant son miroir :

– Tout comme le son et la lumière, nos pensées sont faites d'ondes et de minuscules vibrations.

Avec la main, il avait mimé les vibrations.

– Papa, ils ne sont pas débiles…

Son père avait éclaté de rire en poursuivant :

– Mes recherches portent sur la nature de ces minuscules vibrations et sur la façon dont elles forment la trame de notre réalité. On comprend ?

– On comprend.

À présent, c'est Pythagore qui se regarde dans le miroir. Il cherche des ressemblances avec son père – ses yeux bleus, sa haute taille et l'air d'être toujours en train de s'étonner de quelque chose.

∞

Soudain, il entend un bruit de clé dans la serrure. La porte du bureau s'ouvre en grand. Sa mère entre dans la pièce, haletante, brandissant une poêle en guise d'arme de défense.

– Pythagore ? C'est toi ? Mais qu'est-ce que tu fais là… ?

Pyth ne répond pas.

– J'ai cru que quelqu'un était entré…

Elle inspecte la pièce du regard ; regarde la fenêtre ouverte ; le passage sous le bureau.

Elle ne finit pas sa phrase.

Au moment de l'agression, sa mère avait cherché à donner du sens à ce qui était arrivé à son mari. Elle s'était persuadée qu'on l'avait attaqué à cause de l'avancée de ses recherches. « Ils sont dérangés par son travail, disait-elle au téléphone. J'ai appelé la Société d'optique quantique, ses collègues ne répondent pas à mes messages… »

Même à douze ans, Pythagore avait compris que, si les collègues de son père ne répondaient pas, c'est parce qu'ils étaient mal à l'aise.

Un monsieur de la police était venu s'entretenir avec sa mère, juste après l'accident. En partant, il arborait, lui aussi, une mine sceptique et gênée.

– Madame, votre mari a été agressé par de sales petits voyous qui revendent des téléphones volés. Ils sont déjà connus de nos services. Je pense que vous avez besoin de repos pour… vous remettre… du choc.

Il ne savait pas comment finir. Il avait posé les yeux sur Pythagore d'un air désolé. Puis il avait passé la main dans ses cheveux.

– Occupe-toi bien de ta mère, mon garçon. C'est toi l'homme de la maison maintenant, hein ?

3

« Passer du son »

Depuis deux nuits, Pythagore rêve de Foresta Erivan. Toujours le même rêve, qui commence au centre commercial de Petit-Château. Foresta se tient de dos ; il n'entrevoit que ses cheveux rouges à cause des allées et venues des passants.

Soudain, des silhouettes s'approchent d'elle et la menacent. Elle se tourne et se met à les gifler. Une fois, deux fois, trois fois, avec des bruits de coups qui font mal à la tête ; quatre fois, cinq fois, six fois, jusqu'à ce que Pythagore se réveille en sursaut.

Son lit est posté dans la cour de l'école, juste sous la statue du cardinal Pichon de Bury.

Foresta Erivan apparaît. Le vent fait voler ses cheveux rouges. Elle pose sur lui un regard d'animal ; elle l'attire tout autant qu'elle l'effraie.

Pythagore essaie de se réveiller, pour de bon ; il ouvre les yeux, retrouve son lit.

Mais son lit est encore dans la cour des Prophètes ; et Foresta s'est approchée de lui.

Elle avance un peu plus chaque fois que la boucle du rêve recommence. Il pourrait la toucher, attraper ses cheveux qui volent au vent. Il pourrait prendre son visage entre ses mains et l'embrasser ; mais elle se dérobe toujours.

Ce manège le rend fou et le conduit invariablement à commettre quelque chose d'absurde – soit il se met à gifler la statue du cardinal Pichon de Bury de la même façon qu'elle a giflé Maxence Vidal-Daguerre ; soit il retire ses vêtements en plein milieu de la cour et les cache sous son lit ; soit il se recouche avec Mme Solilaisse et se réveille pour de bon.

∞

Il est 5 heures du matin.

Pythagore a oublié de fermer ses volets et la lumière rasante des lampadaires éclaire sa chambre. Par terre, sur son bureau, traînent des feuilles de papier-calque qu'il aime utiliser pour le dessin ; des stylos noirs – de toutes les tailles, de toutes les mines ; des livres de cours ; des vêtements.

Il se lève pour briser le cycle des rêves, quitte sa chambre, arpente l'appartement, ouvre la fenêtre du salon ; respire.

La rue est déserte. Les lampadaires forment des ombres bien alignées. Les voitures en rang d'oignons semblent dormir, les arbres font bruisser leurs feuilles et laissent pousser leurs idées.

Pythagore a envie de les rejoindre pour se confier.

Toute la journée du mardi, Louise a continué de l'éviter. Elle a passé son temps avec Foresta Erivan. Elle est arrivée en retard en cours, s'est cachée au dernier rang, s'est même endormie plusieurs fois, les cheveux répandus sur la table.

Foresta Erivan a une mauvaise influence sur Louise.

À la fin du TP de physique, Pythagore les a vues subtiliser un bec Bunsen et des tubes à essai.

Il a pris Louise à l'écart pour lui demander de s'expliquer. Elle a d'abord nié avant d'avouer tout bas :

– Je les rapporterai.

– Mais pourquoi tu les prends ?

– Je…

Pyth a senti qu'elle allait mentir parce que ses yeux cherchaient une excuse au plafond. Au dernier moment, son regard s'est stabilisé.

– Je te promets que je te le dirai… bientôt.

Il y avait donc quelque chose !

Pile à ce moment-là, Louise a fait tomber un petit paquet emballé de papier aluminium ; elle l'a ramassé et caché dans sa poche.

– C'est quoi ?

– Rien. C'est mon sandwich.

Pyth a pourtant distinctement aperçu du bleu…

Est-ce qu'il est paranoïaque ? Ou est-ce que c'était…

Il écarquille les yeux dans le noir.

– Non… ! se dit-il tout haut.

Est-ce que c'était de la drogue ?

Si Foresta Erivan avait de la drogue, Louise serait-elle du genre à vouloir en goûter ?

Il connaît deux filles qui vendent de l'herbe en première L, mais de la drogue bleue ?

Il voudrait parler à Louise, seul à seule, mais elle n'est plus jamais seule.

Qu'est-ce qui la pousse à traîner avec Foresta Erivan ?

Elles n'ont rien en commun ; et Louise a toujours ignoré les autres filles.

Est-ce que Louise viendra jeudi soir à la fête des Pêcheurs ?

Pythagore se laisse absorber par le silence.

…

Tant pis.

Tant pis si Louise a changé.

Tant mieux, même ; tant mieux pour elle.

∞

Pythagore n'a plus envie de dormir.

Il s'habille, laisse un mot sur la table du petit déjeuner, place ses écouteurs sur ses oreilles et sort. Il a besoin de marcher, de sentir l'air frais qui lui balaie les joues.

Il remonte la rue de l'Ouest – les bancs, les arbres, le café du monsieur qui adore lui dire « Bonjour Pythagore » parce que son nom fait marrer les habitués du comptoir.

Le quartier de la Grange-aux-Belles est désert. Le trottoir ne fait pas de bruit, il semble recouvert d'une matière spéciale – du goudron de nuit. Les ombres sont belles et précises, ciselées ; les lampadaires n'éclairent la ville que pour lui.

Pyth emprunte le chemin du lycée. Il aime être levé avant le jour ; il aime assister à son réveil.

À mesure qu'il s'approche du Vieux-Loiret, les rues s'animent, les boulangeries ouvrent les rideaux de fer, les cafés sortent les poubelles pour le ramassage matinal. C'est la première fois depuis la rentrée que Pythagore se sent à sa place.

Il passe devant les toilettes automatiques de l'angle de la rue Marie-de-Craon au moment où M. Gérôme en sort les cheveux mouillés, une trousse de toilette sous le bras.

Pyth comprend que le responsable de la Vie scolaire a encore sous-loué sa chambre pour se faire de l'argent ;

ils se saluent, un peu gênés, et entrent ensemble dans le lycée.

Un camion est garé à l'entrée et un livreur décharge du matériel – sans doute pour la fête des Pêcheurs, le lendemain. Le père de Louise l'aide à descendre les caisses.

– Oh, fils ! Tu es tombé du lit ?

– Oui, je voulais voir Louise. Elle est réveillée ?

M. Markarian regarde sa montre.

– J'espère bien qu'elle est levée à cette heure-ci ! Elle est allée dormir aux Cannettes, chez sa nouvelle copine.

– Elle a dormi là-bas ?

À sa connaissance, Louise n'a jamais dormi ailleurs qu'au lycée ou chez lui.

– Oui, c'est souvent, depuis la rentrée…

M. Markarian est occupé. Pythagore hésite à lui faire part de ses impressions sur l'amitié entre Louise et Foresta Erivan ; finalement, il se ravise.

Il traîne sous les arcades qui longent la salle des Médailles et s'installe par terre, contre le mur. Juste avant de remettre ses écouteurs en place, il entend un bruit qui provient de l'intérieur. Une silhouette surgit par l'une des fenêtres.

– Louise ?…

La jeune fille s'immobilise, comme un lapin pris dans les phares d'une voiture.

– Qu'est-ce que tu fais là ?

Elle semble essoufflée, regarde alentour, comme si elle cherchait quelqu'un ou quelque chose.

– Ton père m'a dit que tu dormais chez ta nouvelle copine.

– Oui… Je suis arrivée plus tôt. Je voulais… récupérer un truc que j'avais oublié.

– Dans la salle des Médailles ?

– Oui, mon livre de maths… Je voulais le récupérer avant qu'il y ait du monde.

– Tu avais laissé ton livre de maths dans la salle des Médailles ?

– … Oui…

Pythagore a la nette impression qu'il s'agit encore d'un mensonge, mais il n'a pas envie de le formuler. Il préfère renouer le dialogue.

– Tu vas venir demain soir ?

– Demain soir ?

– Pour les Pêcheurs !

– Oh ! C'est déjà demain soir ?

Pythagore est stupéfait. Est-ce que Louise a vraiment pu rater toutes les affiches placardées sur les colonnes et sur les murs – dans les halls, les escaliers, la cour, les toilettes ; l'estrade en construction depuis la veille, juste sous la statue du cardinal ; les piquets pour attacher les guirlandes, les enceintes et les énormes basses déchargées du camion ce matin ?

Même si Louise ne se promène pas en ville et n'a pas vu que les bars, les restaurants et tous les commerces de Loiret-en-Retz se préparent à fêter les Pêcheurs, elle ne peut pas ignorer ce qui se passe au lycée !

Elle jette un œil derrière Pythagore, comme si elle redécouvrait tout pour la première fois : la cour, les bâtiments et même le lever du soleil.

– Il est quelle heure ?

– 8 heures moins le quart, répond Pythagore. Je suis venu tôt exprès pour te voir.

– Ah oui ?

– Oui… Parce que je ne t'ai presque pas vue depuis la rentrée.

Louise reste silencieuse ; elle danse d'un pied sur l'autre, comme si l'envie de bouger la faisait trépigner.

Elle scrute encore la profondeur des arcades. Pyth reprend :

– Ça va ? Tu as un problème ?

– Non, non…

Louise lui sourit, laisse passer un temps ; regarde ses pieds ; puis relève la tête brusquement et propose :

– On va prendre un cappuccino ?

– Ok.

Elle tourne les talons et avance à toute allure.

– Tu ne fermes pas la fenêtre ? demande Pythagore.

– Euh… non. J'ai pas envie de faire le tour par l'infirmerie, j'ai la flemme.

– Tu n'as qu'à sortir par la porte qui est juste là, si tu veux je fais le guet.

– Non, non, c'est bon, viens, c'est trop tard maintenant, on va se faire prendre. Personne ne saura que c'est moi qui ai laissé la fenêtre ouverte, ils vont juste croire qu'elle était mal fermée.

Pythagore est vraiment étonné. Ce n'est pas le style de Louise de commettre une erreur aussi grossière. Laisser la fenêtre de la salle des Médailles ouverte ?! C'est offrir la preuve que quelqu'un y est entré, que quelqu'un a les clés ! Louise garde bien trop jalousement le secret du double de ses clés pour laisser la fenêtre ouverte par flemme de faire le tour.

– On y va, alors ?

– Oui.

Au moment d'emprunter la galerie qui mène à la cafétéria, Pythagore se retourne vers les fenêtres. Il lui semble que celle qui est restée ouverte est en train de bouger – comme si quelqu'un jouait avec pour faire des reflets !

Il s'arrête. Est-ce qu'il a rêvé ?

– Pyth, tu viens, insiste Louise.

Il attend quand même. Il a la certitude qu'il va assister à quelque chose qui pourrait expliquer ce que Louise fabriquait si tôt dans la salle des Médailles.

Mais rien ne se produit.

∞

Depuis le XIIe siècle, le pays de Retz célèbre le retour des pêcheurs du lac d'Herbauges : en 1124, la colère de Dieu avait fait gronder la terre et les cieux ; douze pêcheurs avaient sombré dans l'eau, au milieu de la tempête, puis étaient reparus miraculeusement douze jours plus tard, couverts de bijoux, dans la sacristie du prêtre orgueilleux de l'église Saint-Hilaire. Selon la légende, c'est de ce jour que date l'apparition du plancton luminescent dans les eaux du lac.

Louise et Pythagore ont toujours passé le carnaval des Pêcheurs ensemble. Le temps d'un soir, le lycée n'a plus l'air d'un lycée : il y a des lumières partout, de la musique qui résonne dans la cour des Prophètes. En première partie de soirée, les sixièmes, cinquièmes et quatrièmes présentent une pièce de théâtre brodée sur le thème de la légende – Pyhtagore a joué deux fois le rôle d'un pêcheur et une fois celui du prêtre orgueilleux devant son grand miroir. En seconde partie de soirée, tout le monde se déguise, soit en pêcheur, soit en paroissien de l'église Saint-Hilaire – même les profs et les parents d'élèves. Les étudiants des classes préparatoires boivent trop et s'embrassent ; personne ne leur dit rien.

Cette année il y a une particularité supplémentaire : le nom de Pythagore figure sur l'affiche des festivités.

Certes, le descriptif n'est pas très glamour. Il n'y est pas écrit en lettres de lumière « DJ P.L. aux platines », ni « DJ Ravenswood » – le nom que Pythagore et Louise se sont amusés à inventer pour l'occasion ; il est juste inscrit en bas, en tout petit, au milieu de plein d'autres noms, « Animation sonore : P. Luchon ». Mais, au final, ça revient au même : il va quand même faire le DJ.

Juste avant l'été, Pythagore avait oublié son lecteur et son casque à la Vie scolaire ; c'est M. Gérôme qui les avait trouvés. Il avait écouté ses musiques – des versions peu connues de chansons connues, des morceaux acoustiques remixés par des groupes locaux et plein d'autres curiosités. Il avait fini par lui rendre son lecteur en disant :

– Luchon, on cherche un élève pour passer du son à la fête des Pêcheurs l'année prochaine, ça vous tente ?

Pythagore était doublement reconnaissant : d'abord, que M. Gérôme n'ait pas vendu son lecteur sur Internet pour se faire de l'argent ; ensuite, qu'il lui permette d'endosser le rôle très flatteur de DJ.

Est-ce que Louise s'en souvient ?

Pythagore regarde les affiches placardées sur la machine à café tandis que son amie boit son cappuccino, les yeux dans le vague. Il s'apprête à lui poser la question au moment où une voix résonne derrière eux.

– Louise !

Foresta Erivan et ses cheveux rouges apparaissent dans la perspective. Ses yeux brillent fort et sa respiration est haletante.

– Je n'ai pas retrouvé… la chose que j'avais perdue.

– Ah… Tu as bien cherché ?

– Oui, oui, j'ai bien cherché…

Pythagore a l'impression qu'elles se parlent en code – comme les parents qui espèrent que ça passe inaperçu d'épeler les mots devant les petits et de dire : « Untel, c'est vraiment un gros C-O-N. »

– Tu m'accompagnes ? Je voudrais te montrer un truc.

– Oui.

Louise se tourne vers Pythagore.

– Je reviens… On se mettra à côté en physique ?

Pythagore hausse les épaules ; il pourrait les suivre, chercher à savoir si vraiment elles ont perdu quelque chose et, si oui, de quoi il s'agit et pourquoi elles y tiennent à ce point, mais à quoi bon ? À quoi bon dépenser de l'énergie pour rester avec Louise si elle n'a plus envie de passer du temps avec lui ? Autant la laisser filer, comme le reste.

∞

Pythagore va s'asseoir par terre dans la cour des Prophètes. Il est presque soulagé.

Il n'a plus aucune raison de se battre. Il se fiche officiellement de tout.

Il est libre.

Il appuie sa tête contre le mur et regarde un avion qui file. Il aimerait être à sa place – un tout petit objet pris en charge par le ciel.

La cour se remplit peu à peu. Les élèves s'amusent à monter sur l'estrade, à jouer avec les guirlandes, les tréteaux, les caisses. L'imminence de la fête est palpable et ajoute de l'effervescence aux conversations habituelles.

Pythagore observe ce petit monde.

Des collégiens qui se faisaient la courte échelle viennent de tomber en grappe. Ils se battent, reconfigurent leur assemblage, puis recommencent leur ascension.

De loin, il voit passer Nicolas Frangin, Hossein Zamani, Laure Gantier, Avril Alençon, Michel Cousin, Clémence Petit-Bon, Églantine de Morvan, Amel Dali…

Ils sont tous pressés et Pythagore a l'impression qu'ils n'appartiennent pas au même espace-temps que le sien. Puis c'est au tour de Maxence Vidal-Daguerre et de Jordanie Serra de faire leur apparition en courant. Maxence attrape Jordanie par le coude, la tire à lui et l'embrasse. Pythagore ne savait pas qu'ils sortaient ensemble.

Il se rend compte qu'il s'en fiche.

La cloche sonne. Tous les élèves se dispersent pour rejoindre leur salle. En cinq minutes, il ne reste plus personne dans la cour.

Pyth se lève enfin. Il a décidé de sécher les cours et d'aller voir son père.

∞

L'hôpital des Chartreux se dresse, superbe et majestueux, avec toute l'autorité que lui confèrent ses vieilles pierres.

Pyth enlève ses écouteurs et renoue avec la réalité.

Dans le hall flotte un léger brouhaha : des gens suivent le fil de leur activité, demandent un renseignement, attendent l'ascenseur, passent un coup de fil en chuchotant.

Pythagore connaît bien les lieux. Il n'a pas besoin d'aide ni de renseignement ; il a l'impression de faire partie des murs. Il monte jusqu'à la chambre de son père, se glisse par la porte, puis reste debout, quelques minutes, sans bouger.

Son père est appareillé de toutes parts. Il n'y a plus aucune trace de l'agression sur son visage. On pourrait croire qu'il dort.

D'habitude, quand Pyth vient à l'hôpital, sa mère est toujours dans les parages. Même quand elle descend pour lui laisser « un peu d'intimité », il s'attend à ce qu'elle revienne – il sent sa présence. Aujourd'hui, c'est différent. Personne ne sait qu'il est là. Il n'a pas croisé d'infirmière. Personne ne risque d'entrer dans la pièce ; les traitements de son père ne présentent aucun caractère d'urgence, cela fait trois ans qu'il dort.

Pythagore a tout son temps.

Il ouvre la fenêtre ; les bruits du dehors soulagent l'atmosphère confinée de la chambre.

Dans le jardin, les malades promènent leur perfusion à roulettes, les internes fument des cigarettes.

C'est la trêve.

Pythagore se tourne et s'approche du lit.

Il pourrait ouvrir la bouche et parler. Il aurait des choses à raconter. Il pourrait très bien dire : « Je vais passer du son demain, pour la fête des Pêcheurs. » Mais il se retient.

Est-ce que son père aurait compris ce que veut dire « passer du son » ? Il aurait sûrement penché la tête en arrière, un peu sur le côté, considéré le ciel et répété, l'air inspiré : « Passer du son… Mmmh, c'est beau, ça… » Son père était dans son monde. Un peu comme Louise.

Non, pas du tout comme Louise, en fait. Parce que Louise est une chercheuse acharnée, alors que son père était un chercheur rêveur. Il pouvait rester des heures devant ses papiers, sans les regarder vraiment, ses yeux bleu clair, translucides, légèrement proéminents dont Pyth a hérité flottant à la surface d'un horizon qu'il était le seul à percevoir.

– Qu'est-ce que tu fais, papa ?

– Je cherche.

– Tu cherches quoi ?

– Des réponses simples à des questions compliquées.

∞

Pythagore s'assied par terre contre le mur.

Il sort son carnet A5 ; griffonne des petites choses ; relève la tête de temps à autre ; griffonne encore. Soudain, son œil est attiré par un fil électrique qui pend sous le lit de son père.

Il glisse la tête entre le sol et le matelas et découvre, coincés sous les lattes du sommier, des câbles électriques roulés en boule avec une sorte de boîtier à boutons qui ressemble aux voltmètres des cours de physique.

S'agit-il de quelque chose d'important ? Faut-il signaler sa trouvaille aux infirmières ?

Au même moment, la porte s'ouvre sur un garçon chauve en chemise de nuit d'hôpital qui tient une perfusion à la main. Il fixe Pythagore, encore à moitié sous le lit ; puis le lit occupé par le père de Pythagore ; puis le numéro de la porte.

– Oh, pardon… je me suis trompé de chambre. La mienne est juste à côté.

Il sort et referme la porte.

Pyth s'extrait de sous le lit, le boîtier à la main. Il rouvre la porte de la chambre ; le garçon a déjà disparu.

Une infirmière passe.

– Excusez-moi… Je suis le fils du patient de la chambre 403.

– Oui ?

– J'ai trouvé ça sous son lit ; le fil pendait… alors…

L'infirmière tâte l'entrelacs de fils avec une légère suspicion.

– C'était sous le lit ?

– Oui, c'était coincé sous les lattes.

Elle a une moue dubitative.

– Ce n'est pas à nous, ça… Et de toute façon, on ne range rien sous les lattes des sommiers.

– Mais pourtant… c'était là.

– …

– Vous pouvez demander au garçon de la chambre d'à côté, il est entré quand je l'ai trouvé…

– Le garçon de la chambre d'à côté ?

– Oui, le petit garçon… qui a perdu ses cheveux… Il avait une perfusion à la main.

L'infirmière entrouvre la porte de la chambre voisine et désigne un vieux monsieur endormi.

– Vous voyez ! Il n'y a pas de petit garçon chauve dans cette chambre.

Elle pointe la chambre du père de Pyth et ajoute pour clore la discussion :

– Posez tout ça sur la table, j'en parlerai au médecin.

Pythagore s'exécute puis attend qu'elle s'éloigne pour ressortir dans le couloir et entrouvrir rapidement toutes les autres chambres de l'étage. Pas de trace du petit garçon.

Lorsqu'il revient dans la chambre de son père, le matériel a disparu.

– … ?

Pythagore ne comprend rien. Il reste figé quelques secondes, il réfléchit ; retrace l'enchaînement des événements ; ouvre la bouche et ne peut s'empêcher de dire tout haut :

– Bah alors ?

Il passe et repasse la pièce au peigne fin.

– C'est dingue…

Il inspecte le couloir… Personne.

∞

Pythagore se met à côté d'Hossein en cours d'éco. Nicolas les rejoint pour la pause déjeuner et leur annonce qu'Avril Alençon a passé un casting pour s'inscrire à une émission de télécrochet pendant les vacances.

– Il paraît qu'on peut voir la vidéo sur Internet !

Ils achètent des sandwichs et s'installent sur les barres du parking à vélos. Nicolas cherche, en vain, la vidéo d'Avril sur son téléphone.

Pendant un moment de silence, il s'absorbe dans la contemplation des toilettes publiques de l'angle de la rue Marie-de-Craon :

– Je crois que je n'ai jamais vu personne entrer là-dedans. Si ça se trouve, c'est juste des fausses toilettes que la mairie a installées pour faire croire qu'elle fait bien son boulot…

Hossein informe Nicolas qu'il les a déjà utilisées plusieurs fois :

– Elles sont très praticables et très propres.

Pythagore ajoute qu'il a vu M. Gérôme en sortir le matin même, avec sa trousse de toilette.

Au même moment, deux filles qui déboulent en courant de la rue perpendiculaire se dirigent justement vers l'habitacle : il s'agit de Louise et de Foresta Erivan ! Elles sont haletantes et ploient sous le poids de leurs sacs – celui de Foresta, en particulier, est extrêmement volumineux. Elle le pose devant les toilettes et en sort un énorme livre à couverture ancienne qui ressemble à un vieil atlas du CDI. Louise l'aide à extraire le livre, puis appuie sur le bouton de la cabine.

Tout à leur préoccupation, elles ne remarquent pas la présence des garçons.

La porte automatique se referme sur elles.

Nicolas ricane et demande à Pythagore :
– Qu'est-ce qu'elles vont fabriquer là-dedans ?
Pyth hausse les épaules.
– Je sais pas.
Ils attendent quelques secondes, puis Nicolas reprend :
– Elle est un peu bizarre, la nouvelle, non ? Les gifles qu'elle a foutues à Vidal-Daguerre, l'autre jour… C'était dingue !
– C'était sexy, riposte Hossein du tac au tac.
Puis il ajoute, avec toute la douceur de sa voix :
– Je ne dirais pas qu'elle est bizarre, je dirais qu'elle est… différente.
– Tu vas lui écrire des poèmes comme à Séphora Sitbon ? demande Nicolas.
Hossein ne répond pas mais il sourit dans le vide, comme s'il caressait volontiers l'idée.
– En tout cas, dimanche, quand on les a ramenées en voiture après le lac, Foresta faisait des trucs chelou.
– Chelou comment ? demande Pythagore.
– Je sais pas… Des trucs chelou… Erwan avait mis la musique à fond et elle restait collée aux baffles, comme ça…
Nicolas ouvre les yeux et fixe le vide.
– Et puis, elle a mis ses deux mains face aux haut-parleurs comme si c'étaient des ventilateurs – ou des sèche-mains. Et puis, elle a battu un des potes de mon frère au bras de fer !
– Vous faisiez des bras de fer dans la voiture ?
– Non, c'était juste avant de partir, deux potes d'Erwan ont lancé un concours…
Au même moment, ils entendent la cloche qui sonne. Ils ramassent leurs affaires, traversent la rue pour gagner le lycée. Lorsqu'ils passent devant la cabine, Nicolas commente :

– Dis donc, qu'est-ce qu'elles foutent là-dedans, ça fait une heure…

Il colle son oreille à la porte ; appuie sur le bouton de l'ouverture automatique. La porte reste fermée.

Lorsque Nicolas, Pyth et Hossein atteignent le bâtiment des langues, quelle n'est pas leur surprise de tomber sur Louise et Foresta qui attendent tranquillement le début du cours en discutant.

4

La fête des Pêcheurs

Pythagore n'a pas croisé Louise de la journée. Pendant la matinée, ils n'étaient pas dans les mêmes demi-groupes de TP. Au déjeuner, alors que tout le monde était en ébullition à cause de la fête des Pêcheurs, il ne l'a vue ni à la cafet', ni dans la cour principale, ni dans aucun des endroits où elle aime s'installer pour manger son sandwich. Quant aux cours de l'après-midi, c'est Foresta Erivan, seule, qui s'est présentée en sport, puis en musique – elle s'est même mise à côté de Nicolas Frangin, ce qui a légèrement agacé Pythagore.

Pyth ne comprend pas comment Louise peut autant négliger ses obligations scolaires.

À 17 heures précises, il se rend dans la cour des Prophètes. M. Markarian supervise le réglage des guirlandes. L'enfilade d'ampoules forme un chapiteau de lumière – jaune, rose, bleu, jaune, rose, bleu, jaune, rose, bleu… – qui se superpose aux statues et aux arbres ; les bâtiments de la cour s'encanaillent aussitôt d'un air de guinguette.

M. Gérôme s'affaire autour de l'estrade en déballant du matériel. Il fait signe à Pythagore d'approcher et passe au tutoiement.

– Je t'ai apporté des petites platines, des moyennes et des plus grosses ; quelques vinyles aussi, pas beaucoup – c'est juste au cas où, dit-il en désignant une énorme caisse remplie de disques. Ça, c'est pour améliorer le son, ça, c'est pour jouer avec les amplis, ça, tu peux le brancher ici et dédoubler ton jack…

Pythagore est stupéfait, jamais il n'avait imaginé se servir de vraies platines, ni de vrais vinyles, ni de tout ce matériel. Il comptait brancher son ordinateur et faire plus ou moins défiler ses *playlists*, comme pour l'anniversaire de Nicolas.

M. Gérôme continue son étalage.

– Ça, c'est une petite boîte à rythme, c'est pratique pour jouer par-dessus les morceaux, et ça marche aussi avec *Virtual DJ*. Tu as le logiciel sur ton ordinateur ?

– Euh… non…

– C'est pas grave, je vais te l'installer. Je t'ai pris aussi trois casques, au cas où le tien ne marcherait pas, essaie-les pour voir celui avec lequel tu es le plus à l'aise…

– Mais où est-ce qu'on va mettre tout ça ?

– Là ! dit M. Gérôme en désignant l'estrade.

– Là ?

Pythagore comprend que c'est pour le DJ que l'estrade a été montée, c'est-à-dire, pour lui.

Un chaud-froid se glisse le long de sa colonne vertébrale ; il ressent une excitation soudaine, en même temps que l'envie de se cacher.

– Je n'ai jamais utilisé de vraies platines…

Pyth s'étonne qu'une personne capable de dormir plusieurs nuits d'affilée sur le canapé de la Vie scolaire pour se faire un peu d'argent possède un matériel aussi sophistiqué.

– C'est pas grave : on va se concentrer sur les petites platines et tout le reste, ça servira de décor.

∞

Pendant que les bénévoles disposent sur des tréteaux les dernières victuailles – saladiers de punch avec ou sans alcool, mojito, cidre, bouteilles de vin pour les parents d'élèves, fromages, bonbons, chips, gâteaux –, Pythagore écoute les explications de M. Gérôme : comment alterner les platines avec l'ordinateur, comment pré-écouter au casque, etc. Il s'entraîne à répéter les gestes de transition, à utiliser les boutons « *Load A* », « *Load B* », « *Cue* », « *Source 1* », « *Source 2* », « *Sync* », « *Fade* », « *Bass* », « *Medium* », « *Treble* », etc.

Lorsque la pièce de théâtre est finie et que les élèves du collège envahissent la cour, excités et sautillants, Pythagore branche les amplis et commence officiellement à « envoyer du son ».

Pendant un bon moment, il transpire énormément, il tremble ; chaque changement requiert toute son attention, il ne lâche pas des yeux le décompte des secondes, et pré-écoute trois fois au casque avant de lancer un nouveau morceau.

Au bout d'une heure de pratique, il parvient à relever la tête pour regarder le public. Certains élèves de sa classe sont déjà là mais il se sent isolé ; il a l'impression d'être trop grand sur l'estrade – exposé, loin des autres.

Pyth reconnaît bientôt certains parents des élèves de sa classe, le père de Maxence Vidal-Daguerre évidemment, mais aussi celui de Laure Gantier qui lui avait fait la morale quand il avait « rompu » avec sa fille.

Personne n'ose encore danser ; il a l'impression que c'est sa faute. À chaque nouveau morceau, sa légitimité est remise en jeu.

Derrière l'enfilade des tables du buffet, il repère sa mère qui sert le punch sans alcool sans parler à personne. Elle s'est déguisée en pêcheur de la tête aux pieds – un ciré gris, de vieilles bottes, un châle en filet sur les épaules ; elle a lâché ses cheveux, dont la forme s'évase en triangle. Pourquoi a-t-elle pensé qu'elle ferait plus « pêcheur » sans son chignon ? Pyth n'en sait rien, mais il ressent quelque chose d'étrange, comme si, en plus de ses cheveux, elle exposait l'ampleur de sa fragilité.

Mme Ciuny, la belle prof d'anglais dont tous les garçons de sa classe disent qu'ils pourraient « grave se la serrer », s'approche d'elle pour la saluer. La différence entre les deux femmes est criante.

Mme Ciuny ne s'est pas vraiment déguisée : en guise de vêtements de pêche, elle porte une marinière à manches courtes légèrement échancrée qui découvre l'arrondi de ses épaules ; ses cheveux bruns, à moitié attachés, donnent l'impression qu'elle vient de sortir de sa douche ; son jean est retroussé juste ce qu'il faut pour bien montrer ses chevilles. Elle tend la main pour attraper une chips ; son poignet est gracile, son geste aérien. Au même moment, la mère de Pythagore plonge lourdement sa louche dans le saladier et remplit consciencieusement le gobelet d'un élève, comme si elle accomplissait une tâche cruciale. On dirait qu'elle n'a pas conscience que c'est la fête, ni qu'elle est déguisée. On dirait qu'elle est à la soupe populaire en temps de guerre et qu'elle distribue des rations. Son fils a envie de la secouer, de la réveiller, de la voir poser d'autres yeux sur le monde.

∞

Pythagore commence enfin à apprécier son rôle. Une grosse partie de l'école est maintenant rassemblée. Les élèves de prépa lancent la procession des lanternes qui figurent celles que les pêcheurs avaient allumées sur leur bateau avant d'être engloutis par la tempête. Ils entonnent, le bras levé, la chanson des pêcheurs du lac d'Herbauges.

Nous, nous, nous filons au lac d'Herbauges
Nous, nous, nous sommes notre propre jauge
Nous, nous, nous quand tremble le ressac,
Nous, nous, nous sommes les vainqueurs du lac

À leur façon de chanter, tout le monde comprend que la fête a commencé pour eux bien plus tôt dans les couloirs de l'internat, avec deux, trois bouteilles plus alcoolisées que le traditionnel cidre infusé au laurier.

La piste de danse se remplit d'un coup, les lycéens se mettent à danser, entraînés par l'euphorie des porteurs de lanternes. Plusieurs d'entre eux lèvent le pouce pour signifier qu'ils apprécient le morceau que vient de lancer Pythagore ; la fête a l'air de prendre. Avril Alençon s'agite comme si elle passait son casting télévisé ; Hossein danse tour à tour avec Amel Dali, Églantine de Morvan et Séphora Sitbon. Laure Gantier et la rousse du cours de gym viennent saluer Pythagore ; il leur fait la bise, leur prête son casque une seconde. Jordanie Serra ondule en lui jetant un regard tout de mascara ourlé ; puis elle se rapproche et lui demande le nom d'un morceau. Un élève de khâgne, très en joie, lui tend un verre en douce.

– Tiens, mec, ce n'est pas du jus de pomme.

Il éclate de rire. Pythagore aussi.

Tout va bien.

Seul Nicolas Frangin reste planté contre l'estrade, soi-disant pour mieux écouter la musique – en réalité parce que, malgré toute l'assurance qu'il affiche, il a peur d'inviter une fille à danser.

∞

Il est 22 h 30 quand Foresta Erivan fait son entrée dans la cour des Prophètes.

Seule.

Ses cheveux rouges accrochent la lumière.

Le centre de gravité de la fête vient de basculer.

Elle contourne la piste en rasant les murs, comme une espionne en mission. Elle semble chercher quelqu'un du regard – sans doute Louise ?

Elle n'a pas encore remarqué Pythagore sur l'estrade.

Nicolas Frangin quitte sa retraite et se dirige vers Foresta. Il ose lui parler ; Foresta sourit en retour. Leur conversation dure un certain temps. Un pincement de jalousie agace Pythagore. Nicolas n'a-t-il pas dit qu'il la trouvait « chelou » ? Pourquoi passe-t-il autant de temps avec elle ?

Au bout d'un moment, Foresta lève la tête vers l'estrade et remarque Pythagore. Leurs regards se croisent ; s'accrochent ; sursautent.

Pyth baisse aussitôt la tête vers la platine avec une mine concentrée. Il s'applique à battre le rythme de la tête, son casque à moitié sur l'oreille, comme le font les DJ.

D'un coup d'œil, il vérifie que Foresta le regarde toujours et découvre qu'elle progresse dans sa direction.

Elle ne le quitte pas des yeux.

Pythagore n'entend plus que les basses, les battements de son cœur, les basses, les battements de son cœur.

La silhouette aux cheveux rouges lui brûle la rétine. Il est tellement troublé qu'il en oublie d'écouter ce qu'il a au casque – un disque de M. Gérôme qu'il a mis à l'essai sur la platine B et qui enchaîne tout seul.

Une voix de femme s'élève, claire, aérienne, cristalline, haut perchée, pleine de grâce. Rien à voir avec la musique qui passait jusqu'à présent.

La voix se superpose aux basses du morceau en cours et semble survoler la piste comme un oiseau ; les têtes se tournent vers le ciel pour y chercher quelque chose. Même l'ivresse des élèves de prépa s'interrompt une seconde.

Pythagore est aussi surpris que la foule. Il laisse courir les deux pistes en même temps ; le décalage produit quelque chose de magique ; puis, tout en douceur, il baisse le son de la voix et enchaîne sur l'autre platine, avec un titre de sa *playlist*.

Tous ont cru que Pythagore avait superposé les titres exprès ; tous ont été parcourus par une vague de frisson. Lorsque le nouveau morceau débute, il canalise la montée d'émotion et relance l'énergie de la piste : ceux qui étaient assis se lèvent, ceux qui dansaient déjà se rassemblent, tout le monde se réveille.

Foresta et Pythagore échangent à nouveau un regard – un vrai regard, ardent, comme dans les rêves du garçon.

∞

Maintenant, tous les morceaux que Pyth envoie font mouche ; la fête est un magma d'énergie qu'il se sent capable de diriger et rediriger à sa guise.

Nicolas lui apporte des verres piqués au stock des prépas :

– Cul sec, mec.

À chaque fois, Pyth s'accroupit pour se soustraire aux regards ; il trinque et boit le verre d'une traite. Sa poitrine est chaude et sa tête, infiniment légère.

∞

Peu avant minuit, le feu d'artifice de la ville s'élance dans le ciel pour rendre hommage aux douze pêcheurs qui, exactement à la même heure, il y a presque neuf cents ans, ont ébloui de leurs bijoux ardents les paroissiens de l'église Saint-Hilaire.

Pythagore n'a jamais trouvé les fusées aussi belles. Il aimerait partager ça avec Louise – et peut-être avec Foresta Erivan.

Il la cherche du regard.

Elle n'est plus à l'endroit où elle se trouvait lorsque le feu d'artifice a commencé. Il balaie la foule du regard, scrute les coins sombres sous les arcades ; il sait qu'elle ne reviendra pas.

D'un coup, la soirée perd tout son intérêt.

∞

Pythagore n'a pas envie de rentrer chez lui. Il a dit à sa mère qu'il dormirait chez Louise. À présent, il traîne et cherche à se rendre utile ; il aide l'équipe de la Vie scolaire à ramasser les gobelets sales, les assiettes, tout ce qui traîne.

M. Gérôme fait semblant de ranger son matériel ; en réalité, il joue avec. Son casque sur les oreilles, il caresse les boutons du bout des doigts.

– C'est fou tout ce matériel, commente Pythagore, ça doit coûter une fortune, non ?

M. Gérôme acquiesce en silence ; soupire ; puis s'assoit sur l'estrade, les jambes dans le vide.

– Tout ce que je gagne, je le garde pour la musique.

Il se met à chanter avec une voix de tête très aiguë :

– « Je ne serai jamais le magicien d'Oz ». Vous connaissez cette chanson ?

– Non, répond Pythagore en notant que M. Gérôme a repris le vouvoiement.

– Je l'ai entendue à la radio quand j'étais petit, en vacances. J'ai trouvé que c'était triste de chanter ça ; comme si le chanteur s'était résigné. Je ne veux pas que ça m'arrive. Je ne sais pas combien de temps ça prendra mais je ne veux pas me réveiller en me disant un jour : « Je ne serai jamais le magicien d'Oz ».

Il empile ses disques, ses platines et les deux grosses boîtes de matériel dans un de ces hauts sacs à roulettes qu'utilisent les vieilles dames pour leurs courses.

– Vous comptez passer la nuit là ? Je vous dépose ?

– Non, non, merci, je dors à côté, chez Louise Markarian.

∞

Pythagore ne sait pas pourquoi il a menti ; il a juste envie de rester seul.

Il est assis sur l'estrade, au milieu des enceintes.

Les ampoules des guirlandes sont éteintes mais l'entrelacs de leurs fils offre une présence rassurante.

Il se dit qu'il pourrait très bien dormir là, à la belle étoile. C'est mieux que de rentrer chez lui ; c'est mieux que de chercher Louise en vain.

Il a un peu froid et récupère une des couvertures qui sert à protéger les caissons de basses. Il se sent comme un Indien d'Amérique devant son feu.

Il a entendu tellement de musique ce soir que le silence est rempli de notes. Les images de la fête dansent devant ses yeux : le visage de Jordanie Serra, celui de Laure Gantier, la procession des lanternes, la foule ; et, au milieu de la foule, les cheveux rouges de Foresta Erivan.

Pythagore ferme les yeux ; il revoit la façon dont Foresta hochait la tête, très légèrement, en rythme avec la musique.

Il imagine qu'il l'embrasse.

Il ne sait plus s'il est réveillé ou s'il dort…

∞

– Pythagore… Pythagore ?

Pythagore rouvre les yeux. Le visage de Foresta Erivan est juste au-dessus du sien, à quelques centimètres.

– Pythagore ! Lève-toi. Je t'attendais à la sortie… Louise a disparu.

Pyth émerge de son demi-sommeil ; la fatigue, la nuit, l'alcool et le froid lui embrument le cerveau.

– Dépêche-toi…, reprend la jeune fille.

– Quoi ?

Il ne comprend rien. Il n'est pas dans son lit ? Il est au lycée ?

Foresta lui donne une petite tape sur la joue.

– J'ai besoin de toi…

Foresta Erivan a besoin de lui ?

Il se lève et elle lui prend la main. Plus sûrement que le froid, plus sûrement que la gifle, ce contact électrique le tire de sa torpeur.

Ils traversent la cour des Prophètes et longent la galerie qui mène à la vieille cour.

Le lycée dort.

Les statues sous la lune n'ont pas la même présence que le jour, on dirait que c'est pendant la nuit qu'elles vivent leur vraie vie.

Foresta s'approche d'une des fenêtres de la salle des Médailles. La même que celle par laquelle Louise est passée la veille. Est-elle restée ouverte tout ce temps ?

Elle prend appui sur l'encadrement et se hisse à l'intérieur ; puis se tourne et tend la main vers Pyth.

– Viens.

Pythagore atterrit dans la pénombre. Il reconnaît l'endroit.

De son blouson, Foresta sort un petit paquet enveloppé de papier aluminium qui ressemble à celui qu'il a vu tomber de la poche de Louise.

– Il faut que tu manges ça.

– Quoi… ?

– Je t'expliquerai, je te jure ; mais, là, on n'a pas le temps.

Il ouvre le papier et découvre quelque chose de bleu, légèrement lumineux – un bleu phosphorescent. Il en saisit un petit bout, une texture molle, mais non dénuée de fermeté, un peu comme de la pulpe. De la pulpe bleue.

– Mange, ça va t'aider.

Pythagore porte l'aliment à ses lèvres. Il est frais, juteux comme un fruit. Son goût est légèrement familier mais difficile à cerner – une orange, une mangue, une clémentine ?

Foresta le regarde en silence.

– Tu sens quelque chose ?

– Non…

– Tu as bu de l'alcool, ce soir ?

– Un peu…

Foresta soupire, agacée.

– Ça va être plus compliqué pour le changement de fréquences.

Elle fouille dans son sac et en tire une fiole d'un liquide du même bleu que l'orange. Elle en vérifie le niveau à la lumière des lampadaires puis tend la fiole à Pythagore.

– Bois, c'est du concentré. Ça va te faire dessaouler d'un coup.

Pendant que Pythagore s'exécute, Foresta se place devant la fenêtre ; elle fait bouger le battant ; s'arrête ; scrute quelque chose au niveau de la charnière ; puis rectifie la position du battant.

– Qu'est-ce que tu fais ? demande Pythagore.

– Je cherche l'angle mort.

– … ?

Il ne comprend rien mais, très vite, il se rend compte qu'il s'en fiche.

Le concentré d'orange bleue offre à son corps l'expérience d'une vie nouvelle : un froid de glaçon glisse lentement le long de sa colonne dorsale, cascadant de vertèbre en vertèbre pour y insuffler de l'air, du frais, de la rosée du matin.

Son cerveau s'ouvre, respire, s'élève ; il rêve d'horizons plus vastes.

Tous ses organes s'étirent ; ils sont heureux d'habiter dans son corps ; ils s'aèrent et profitent du grand large.

Un sourire illumine son visage.

– Tu te vois dans le reflet ? lui demande Foresta.

– Oui.

– Pousse-toi un peu.

Pythagore bouge, il se sent comme dans l'eau, en apesanteur ; il ressent le mouvement d'infimes vibrations tout autour de lui.

Foresta attrape le battant et le fait pivoter tout doucement. Un souffle doux les enveloppe, une brise qui les caresse et les pousse.

Dans le reflet de la vitre se dessine une perspective.

C’est le passage dévoilé par l’angle mort.

5

La Société de géographie

Au loin, dans la profondeur du reflet, deux silhouettes marchent en diagonale.

Pyth plisse les yeux pour voir de qui il s'agit ; puis sursaute quand il se reconnaît aux côtés de Foresta Erivan.

Il porte son sweat à capuche rouge et le pantalon de skater noir qu'il avait choisi pour faire le DJ ; elle arbore son manteau militaire à boutons cuivrés, un pantalon sombre et ses fameuses bottes à lacets.

Il la dépasse au moins d'une tête, même s'il ne se tient pas droit.

La « Foresta » et le « Pythagore » qui sont dans le reflet n'ont pas conscience d'être regardés. Ils avancent toujours ; puis se tournent et s'arrêtent, d'un coup net.

À peine Pyth a-t-il le temps de voir ses yeux bleus effarés, deux grands yeux bleus, clairs et translucides hérités d'une longue lignée de Luchon aux yeux bleus, clairs et translucides – Émile Luchon, lunetier de son état, Marcel Luchon, instituteur et président du club d'astrologie de Loiret-en-Retz, Lucien Luchon, chercheur en physique quantique et cofondateur du projet *Starpoint* et enfin Pythagore Luchon, lycéen, dessinateur et perchiste –, que l'air lui donne une gifle dont il ressent l'impact jusque dans ses tympans.

∞

– Ça va ? lui demande-t-elle.

Ses paroles ont de l'écho. « Çava… çava… çava… » Pythagore ne répond pas. Ses gestes sont troubles, décuplés ou ralentis, il ne saurait dire.

Il a mal aux oreilles, comme quand l'avion amorce sa descente. Il souffle en se bouchant le nez pour équilibrer la pression de ses tympans. Sa tête bourdonne et vrombit, oscille de droite à gauche, de gauche à droite

Il a le mal de mer ; il tangue ; il a de l'eau à l'intérieur de lui-même et cette eau tangue aussi.

Il se tient devant un agencement de miroirs en triptyque. Des tables sont réparties comme dans un laboratoire. Il a du mal à se réapproprier l'espace, se cogne contre une chaise laissée au mauvais endroit, puis contre un muret qu'il n'avait pas vu.

La salle des Médailles ne se ressemble plus.

Chaque choc lui envoie des ondes dans tout le corps. Il a le vertige.

Foresta Erivan le prend par le bras et, aussitôt, ce contact lui fait oublier sa nausée.

∞

Dans la cour, les choses ont aussi changé : par un mécanisme qu'il ignore, les guirlandes rose, bleu, jaune ondulent dans tous les sens. Les statues n'ont plus les mêmes postures.

Quant à la végétation… elle est « luxuriante ». Il pense aux cours de géographie : végétation luxuriante, climat tropical.

Les feuilles semblent plus fortes, plus grasses que dans son souvenir ; il sent leur présence, leur odeur ; il croit percevoir la lente progression de la sève à travers leurs nervures ; il pense, cette fois, aux stomates étudiés en SVT, l'année précédente, à la photosynthèse.

Et puis, surtout…

Les arbres… Les arbres portent des fruits bleus et légèrement lumineux.

Des fruits bleus ? Comme celui que Foresta lui a donné à manger ?

Comment a-t-il pu ignorer, depuis tout ce temps, l'existence de ces fruits bleus ? Quel est leur nom ?

Fruit bleu.

Il veut le dire tout haut mais il n'arrive pas à articuler correctement à cause des turbulences dans sa tête – « fruibule, frublueux, fruit belu ». Il se met à rire, juste un petit peu, puis un peu plus, puis beaucoup, comme un moteur qui se met en marche. Il se plie en deux de rire, pendant que Foresta le tire par la main.

La cour des Prophètes a perdu ses statues.

– Hey ! Les prophètes ont disparu, dit-il tout haut.

À nouveau, son rire le submerge.

– Chut…

Au loin, des silhouettes avancent dans de larges vêtements. S'agit-il de profs déguisés en pêcheurs ?

L'agencement des bâtiments semble plus aéré que d'habitude ; leurs ombres sont empreintes de grandeur et de solennité.

Ils longent un immense édifice que Pyth n'avait encore jamais vu. Il voudrait le prendre en photo pour Louise, mais il n'a pas son téléphone.

Où est son téléphone ?

Il retrace mentalement le cours de ses pas. Où était-il juste avant ? Dans la salle des Médailles. Et juste avant ? Sur l'estrade, dans la couverture. Il a tout laissé là-bas. Il s'exclame :

– Il a oublié son téléphone !

Il s'arrête et rit tout son saoul.

– Je veux dire, j'ai oublié mon téléphone…

Foresta lui fait « chut » et le secoue pour qu'il reprenne ses esprits.

– On n'a pas beaucoup de temps, Pythagore…

Foresta Erivan a prononcé son prénom. C'est tout ce qu'il retient, Foresta Erivan a prononcé son nom.

∞

Ils quittent la cour ; se faufilent derrière un bâtiment, puis plongent dans un nouveau rassemblement d'arbres à fruits bleus. Ils traversent de hautes herbes.

De petits pylônes en métal cuivré sont plantés de-ci, de-là.

Ils ne devraient pas être loin du terrain de basket, là où se retrouvent les terminales pour fumer et s'embrasser.

À l'horizon, un astre dort, rouge et profond.

Oh ! La lune est rousse ! pense-t-il.

Il voudrait le dire tout haut, mais il se souvient qu'il faut se taire.

Pourquoi, déjà ?

Foresta s'arrête, se retourne et attrape son visage.

Est-ce qu'elle va l'embrasser ?

C'est lui, normalement, qui embrasse les filles ; c'est lui qui attrape leur visage. C'est sa tactique : il plonge les deux mains dans leurs cheveux, ses doigts s'enroulent autour de la nuque, son pouce s'attarde à la naissance de la joue, il se rapproche tout près, se penche dans leurs yeux ; et les embrasse.

– Maintenant, il ne faut plus parler. Tu comprends ? Plus du tout. On n'a pas le droit d'être là.

Elle scrute ses pupilles.

Ses yeux à elle brillent dans l'obscurité ; ses pommettes, hautes et plates comme celles des espionnes dans les films, sont rehaussées par l'éclat des guirlandes.

– Ils sont de quelle couleur, tes yeux ? demande Pythagore.

– Chut ! Ça perturbe la première fois qu'on traverse l'angle mort, mais il faut te taire. Ça ira mieux dans quelques minutes.

Pythagore respire son odeur, ses cheveux, sa peau. Rien n'est plus agréable que de la voir s'occuper de lui. Il y a quelques heures, elle était loin, dans la foule, inaccessible. Il ne savait même pas si elle avait retenu son nom. Et maintenant, elle est si près de lui qu'il n'aurait qu'à tendre le cou pour effleurer ses lèvres.

– Suis-moi dans l'herbe.

Elle l'incite à s'accroupir. Pythagore se laisse faire.

Ils rampent pendant un moment, dépassent d'autres piquets de métal ; croisent des câbles de cuivre, à moitié enfoncés dans la terre.

La conscience de Pythagore est arborescente, elle suit le fil de ses sensations à mesure qu'elles l'envahissent. La texture de la terre est souple et nourrie. Son odeur exotique lui rappelle celle des îles où il avait accompagné son père – l'odeur de l'enfance, du sentiment d'importance qui gonflait sa poitrine quand il prononçait le mot « colloque ». La hauteur et l'épaisseur des herbes lui donnent envie de s'allonger, de faire rouler sa tête ; de prendre Foresta Erivan par le bras ; de l'attirer à lui, dans la verdure ; de voir ses cheveux rouges s'y éparpiller.

∞

Foresta se cale derrière un gros rocher, accroupie pour observer. Pythagore la rejoint, adopte la même posture.

À quelques dizaines de mètres, en contrebas, se déploie une immense étendue d'eau, d'un noir dense et profond.

Ce n'est pas tant la grandeur, ni la brillance, ni la beauté de cette étendue qui impressionne Pythagore, même si ces trois qualités sont remarquables : au milieu de l'eau passe une traînée d'un bleu phosphorescent qui s'élargit à l'horizon – un chemin vers l'ailleurs.

L'eau semble illuminée comme une aurore boréale.

Bioluminescence !

Il pense au plancton lumineux du lac d'Herbauges. Aux excursions de son enfance dans le bateau à fond de verre.

Il se raccroche à des phénomènes connus.

Mais le lac d'Herbauges n'est pas situé juste derrière le lycée. Il faut prendre le bus régional et marcher pour l'atteindre.

Et puis, les lumières du plancton sont délicates, il faut les chercher pour les voir ; rien à voir avec cette sourcc intense de lumière bleu turquoise.

Il ne comprend pas ce qu'il fait là.

…

Ni comment il s'est retrouvé à cet endroit avec Foresta Erivan.

…

Où sont-ils ?

…

La beauté de l'eau prend des airs de menace.

Un bleu luminescent.

« Luminescent », comme la flamme du bec Bunsen.

Louise adore utiliser ce mot pour décrire la flamme qui s'échappe de l'embout de métal.

Louise !

Il avait oublié qu'ils venaient chercher Louise.

Il se souvient de l'urgence. Il s'est endormi sur l'estrade, Foresta Erivan l'a réveillé, secoué et même giflé pour qu'il se dépêche. Elle l'a tiré par la main, il se souvient du contact de sa peau, de la décharge d'adrénaline qu'il a ressentie ; de leur course, main dans la main, à travers la vieille cour. Il se souvient qu'ils sont entrés par la fenêtre dans la salle des Médailles.

– Tu vois le courant bleu ?

Pythagore voit le courant bleu, bien évidemment, mais il n'arrive pas à répondre « oui ».

S'il répond « oui », c'est comme s'il acquiesçait à ce lac, surgi de nulle part, à ces plantes aux parfums exotiques, aux bâtiments aux allures de cathédrales.

– Pythagore ? Tu vois le courant bleu ?

Et voilà que les mots cognent à son front : « Où sommes-nous ? » « Comment suis-je arrivé ici ? » « Pourquoi ? » « Que s'est-il passé ? »

Au même moment, une lumière effleure le visage de Pythagore. Il sursaute : ce qu'il a pris, un peu plus tôt, pour une ampoule de guirlande dansante est en réalité un halo rose et transparent qui glisse tranquillement dans l'air ; à l'intérieur de la sphère se trouve un filament noir – une minuscule silhouette, en ombre chinoise.

Est-ce que Pythagore se trompe ou bien la minuscule silhouette vient de lui faire des signes ?

Il se rapproche pour y coller son œil, mais la boule de lumière s'envole aussitôt. Il veut la suivre, Foresta l'attrape par le bras et chuchote :

– N'excite pas les lucioles, on va se faire repérer.

Il s'accroupit de nouveau, le cou tendu vers le ciel. Partout, des halos de lumière flottent, volent, dansent, ondoient et vivent leur vie – jaune, rose, bleue.

N'excite pas les lucioles ?

La réalité lui donne une claque.

Il ne peut plus être à Loiret-en-Retz, ni même en Bretagne.

Ont-ils voyagé sans qu'il s'en aperçoive ?

– Pythagore, écoute-moi : pour retrouver Louise, il faut aller dans l'eau. Il faut plonger dans le courant. Tu comprends ?

Pyth encaisse un nouveau coup.

Louise ? Dans l'eau ? Elle qui déteste nager ? Elle qui n'a jamais peur de rien sauf de ce qu'on l'oblige à faire pendant les cours de natation ?

– Il faut que tu plonges dedans… Et il faut y aller tout de suite.

Il n'a plus envie ni de rire ni d'embrasser Foresta. Tout sentiment vague s'est éclipsé pour laisser place à une brutale lucidité des sens, et c'est avec des mots aussi glacés que la sueur qui glisse le long de sa colonne vertébrale qu'il chuchote :

– Où est-ce qu'on est ?

Boum… Boum… Boum…

Trois coups résonnent dans l'air et les font sursauter.

Foresta se pétrifie.

Son visage filtre toute expression, mais le tremblement de ses pupilles rend sensible la puissance de son émotion.

Au loin, des échos de voix s'élèvent.

Foresta respire comme un animal pourchassé, le corps en alerte.

Au même moment, l'eau se met à frémir. Pyth tourne la tête : c'est le courant turquoise qui frissonne. Une écume légère se forme à sa surface, avec un bruissement qui ressemble au froissement d'un papier de soie.

Tout doucement, le courant bleu se retire ; il reflue ; son chemin s'évapore vers l'horizon.

Une sensation de gel tétanise les muscles de Pythagore.

Ni la Bretagne, ni la France, ni aucune des dénominations géographiques qu'il maîtrise ne sont adéquates pour désigner ce à quoi il assiste.

∞

– Ne bougez plus ! Restez à terre !

Plusieurs silhouettes entrent dans leur champ de vision et les plaquent au sol.

Une violente panique submerge Pythagore. Il sent une pression sur ses bras et l'arrière de ses genoux. On le maintient face contre terre.

Il entend Foresta qui s'emporte :

– Erkin ! Raysar ! Arrêtez ! C'est moi !

Avec difficulté, Pyth se contorsionne pour apercevoir les nouveaux arrivants – en vain : l'humidité moelleuse du terreau se presse contre sa joue ; il mange la terre et finit par abandonner la lutte. Il réalise qu'il préfère ça, finalement ; avoir le nez dans la terre ; se dire qu'il n'a pas d'autre choix que d'accepter ce qu'il voit, ce qu'il sent, ce qu'il touche.

Plusieurs voix de garçons s'entremêlent :

– Oh, arrêtez ! C'est Foresta.

– Foresta ?

– Mais oui ! Lâche-moi ! Tu vois bien que je ne porte pas de scaphandre !

– Qu'est-ce que tu fais là ? demande une voix grave.

– Je croyais que tu étais malade…, ajoute une voix de fille, plus aiguë.

– Et vous ? réplique Foresta en toussant, je croyais que vous faisiez les suppléants pour l'entraînement de nuit ?

Les assaillants de Pythagore relâchent leur pression et le laissent se mettre sur les genoux. Revenu à la verticale, il découvre une dizaine de jeunes gens – garçons et filles – en manteau de fourrure et de peau.

– Oui, mais on a dû quitter la plage. Ils ont découvert un nouveau corps.

Le visage de Foresta se tend. Elle interroge :

– Une femme sublittorale ?

– Oui, décapitée, vidée de son sang, la signature des gangs.

– Les battues viennent de reprendre.

Le dénommé Erkin poursuit de sa voix assurée :

– J'espère que le Conseil d'État va comprendre, maintenant… J'espère qu'ils vont voter la guerre !

Foresta reste silencieuse puis ajoute, la gorge serrée :

– Ça fait combien de corps depuis que la terre a tremblé ?

– Six.

∞

Des buissons voisins monte un bruit de pas. Tous se taisent.

– Qu'è qui s'è passè là ?

– …

– Aspirant Èrivan ? Pourquoi tu è là ?

L'homme que Pythagore ne voit pas encore a une voix rocailleuse, avec un accent difficile à identifier.

Foresta ne répond pas.

Dans la nuit, résonne le bruit d'une gifle.

– Èrivan ! L'Empoing, c'è dans quatre jours, è toi tu te dègages de l'entrènement pour faire le rendè-vous avec un garçon ?

L'homme roule les « r ». Son accent est à la fois rebondissant et heurté. Pyth n'a jamais rien entendu de tel. Peut-être un mélange d'espagnol et d'autre chose… un pays slave ?

Brusquement, l'homme se penche vers Pythagore et lui attrape le visage par le menton :

– Et toi, tu c'è qui ?

Pyth est surpris par cette soudaine proximité, plus encore que par la force de sa poigne.

L'homme a une trentaine d'années. Il est très brun, les yeux incandescents et noirs, les sourcils fournis. De sa personne émane quelque chose de sauvage et d'impulsif. Ses gestes sont directs.

Foresta aide Pythagore à se redresser complètement.

– C'est mon garant de biologie ! Vous m'avez demandé de prendre un garant en biologie des climats !

– Jè t'è dit ça il y a trois mois et toi tu obèis ce soir ? Èrivan, pourquoi tu fè toujours à l'envers ?

Une voix leur parvient du rivage :

– Lieutenant Abakan !

Les hommes se tournent.

– On a trouvé un nouveau corps !

– C'est encore une femme sublittorale… décapitée…

Abakan se fige.

– C'è deuxième pour cèt nuit. Envoie le signal, dit-il d'une voix coupante à un membre de la troupe.

Ce dernier enfonce dans la terre un gros filin de cuivre relié à un moteur qu'il porte en bandoulière. L'ensemble produit un son qui résonne dans la nuit et qui semble relayé par un réseau invisible. Une fois, deux fois, trois fois.

Silence.

– On rentre à la casèrne.

∞

Le lieutenant Abakan ouvre la marche, suivi par les silhouettes en ordre rangé. Par-dessus leurs manteaux de peau, tous portent de lourds câbles de cuivre enroulés sur l'épaule.

Pythagore reprend le contrôle de ses fonctions vitales. Il respire, avance, observe.

Il n'a pas assez de réflexes pour tout englober – les lucioles, les plantes, la taille des herbes, l'odeur de la terre.

Son cœur bat, vif et précis.

Il se tourne et compte trois hommes qui ferment le cortège.

Dès qu'elle sent l'attention des autres se relâcher un peu, Foresta se colle à l'oreille de Pyth et chuchote :

– Tu saignes ?

Pythagore n'en sait rien ; il touche son visage, y cherche des traces de sang. Sur sa tempe, à la lisière des cheveux, il sent quelque chose d'humide ; il y passe la main.

Foresta le questionne à nouveau :

– C'est du sang ?

L'obscurité le fait hésiter une seconde. Est-ce du sang, ou de la sueur mélangée à de la terre ?

Elle le fixe avec attention ; puis passe le bout de ses doigts sur sa tempe. Son geste, pourtant furtif et dépourvu de sensualité, enflamme la peau de Pythagore.

– Il ne faut pas qu'ils voient ton sang, c'est très important… Pythagore ? Tu comprends ?

Pyth ne comprend rien, mais il acquiesce quand même.

– Quoi qu'il arrive…

Elle jette un œil en arrière, vérifie que personne ne l'entend.

– Ne dis pas d'où tu viens ; sinon on ne pourra plus aller chercher Louise.

Pythagore continue à enregistrer les pylônes aux tiges de cuivre entrecroisées, les chemins de terre, les lucioles ; et soudain, les bâtiments qui se dressent face à eux.

∞

La troupe s'arrête net devant un édifice qui semble être un croisement entre un château Renaissance et un entrepôt d'usine. La plaque apposée sur la façade porte l'inscription : « Aspirants de la Société de géographie ».

Ils traversent une sorte de hangar en terre battue ; de petits talus ont été pratiqués çà et là, comme des positions retranchées ; plusieurs jeunes gens, torse nu, en sueur, courent, plantent et déplantent de gros câbles dans le sol. Ils crient, sautent, se cachent et jouent à la guerre.

Au milieu du terrain, le lieutenant Abakan marque une pause et se met à crier :

– Kerdam, dègage le câble avec la percè ! Ne laisse pas traînè mou… l'advèrsère peut faire la reprise sinon.

Le dénommé Kerdam enroule son câble sur l'épaule et poursuit sa course.

La troupe traverse d'autres espaces d'entraînement, puis atterrit dans un vestiaire à casiers. L'odeur du bois se mélange à celle des fourrures.

Le lieutenant Abakan lance à la cantonade :

– Je veux tout sous clè – lè crampons, lè câbles, lè filins d'asphalt, lè embouts, même lè manteaux de bucq. Je veux tout signè, sur le registre. Chacun c'è le responsable de son matèriel.

Chacun ouvre donc son placard, pose son manteau, enfile une veste légère aux boutons cuivrés – comme celle de Foresta.

Pythagore comprend que ce qu'il avait pris pour un style vestimentaire est en réalité un uniforme.

Lorsque le lieutenant Abakan revient dans la pièce, il a enlevé son attirail, lui aussi ; il porte une chemise blanche retroussée aux manches. Pas besoin de toucher ses muscles noueux pour savoir qu'ils sont denses et très solides.

Sa peau laisse apparaître une multitude de tatouages noirs, tracés à l'encre grasse. Pythagore en détaille les dessins et notamment celui de l'avant-bras, qui représente une large araignée aux pattes fines et ciselées.

L'homme retient Foresta alors que les autres sont en train de sortir.

– Èrivan…

Foresta baisse la tête.

– Moi je suis rèsponsable de toi ; tu veux faire partie de l'Empoing ? Tu veux faire honneur ou dèshonneur ?

– Je veux faire honneur.

– Tu as ratè l'entrènement de nuit… Demain je t'attends pour l'entrènement de jour. Tu ne dors pas : c'è tant pis pour toi.

Foresta acquiesce avant de reprendre :

– Lieutenant Abakan, vous croyez qu'on va partir en guerre contre les gangs du Gaoyan ?

– C'è une possibilitè.

– Mais… pourquoi les Genoux Bleus viennent attaquer notre Sublittoral ? Ils étaient nos alliés, non ?

– Èrivan… J'ai vècu avec lè gangs pendant quinze annèes. Je connè bien leurs bateaux. È je peux te dire une chose… Le bateau qu'ils ont dècouvèrt l'autre soir, je ne crois pas que c'è Genoux Bleus – ni pèrsonne du Gaoyan.

– Mais alors qui a fait trembler la terre ? Qui tue les femmes sublittorales ?

– Je ne sè pas, Èrivan. Je chèrche aussi de mon côtè…

∞

Quand ils sortent du bâtiment, le soleil n'est pas encore levé.

Aussitôt Pythagore est pris de nausée – gang, Gaoyan, scaphandre, aspirant, commandant, lieutenant, guerre, femmes décapitées : il se penche par-dessus le muret d'un escalier en pierre et vomit tout ce dont son corps peut se vider.

6

Le commandant Baar

– Pythagore… ? Ça va ?

Il vomit, tousse, crache, encore pris de spasmes.

Il inspire à grandes goulées avant de crier :

– Merde !

Il marque un temps.

– Où… est-ce… qu'on… est ?

Foresta attrape une orange bleue dans son sac, puis s'accroupit à côté de lui pour l'éplucher.

– Ton corps n'est pas habitué aux fréquences d'ici, il faut manger beaucoup de peptines naturelles au début. Dans quelques heures ça ira mieux.

Le calme de Foresta le rend fou – comme quand on s'entend répondre « chuuut » alors qu'on a envie de hurler… Il repousse sa main.

– Où est Louise ?

– Je ne sais pas.

– Quoi… ?

Sa gorge est nouée, enflée.

– Je ne sais pas *exactement*. Elle doit être sur le continent sublittoral ; elle a traversé le courant.

– Elle a traversé le courant ?

– Oui ; et moi je ne peux pas y aller. Personne ne peut y aller. C'est pour ça que je suis venue te chercher.

Pythagore la dévisage, incrédule. « *C'est pour ça que je suis venue te chercher* » ? « *Personne ne peut y aller* » ?

– Comment ça ?

Foresta aligne des mots.

« … Elle a plongé… seulement la nuit… désolée… pas… c'est pour ça… et trop vite… vas-y… mange… allonge-toi… respirer… je ne peux pas… mais… tu… »

Pythagore n'enregistre pas.

– Arrête, lui demande-t-il. Arrête de parler.

Foresta continue.

Il ne se rend même pas compte qu'il hurle.

– Arrête, bordel !

« Bordel » – l'injonction préférée de M. Markarian. Il a envie de la répéter en boucle, et « merde » aussi.

Est-ce qu'il parle tout haut ? Est-ce qu'il parle dans sa tête ?

Foresta s'est tue.

Il observe les couleurs des lucioles qui l'entourent, la coupe colossale des pierres de l'escalier sur lequel il vient de s'asseoir, les armatures métalliques des immeubles auxquelles s'accrochent les premières lueurs du matin, la légèreté de la brume qui traîne, par endroits, au ras du sol, le tronc massif et noueux d'un arbre qui s'enfonce dans une portion de terre sans pavé, les oranges bleues qui s'épanouissent au milieu des branches. Il s'appuie contre le muret derrière lui, relève la tête, regarde la forme des étoiles qui semblent plus grosses que des perles.

Il voudrait tout saisir d'un coup.

– Ok…

L'air qu'il expire par à-coups pourrait presque ressembler à un rire, mais ce n'est pas un rire : c'est de l'exaltation.

De l'exaltation mêlée à de l'incrédulité, mêlées à l'obligation qu'il a de croire à ce qui se déploie sous ses yeux.

Il répète :

– Ok… Bon… Ok…

Foresta essaie de sourire.

– Je suis désolée. C'est violent… Ce n'était pas prévu que tu viennes ce soir… C'est ici que je vis.

Le cerveau de Pythagore tourne en boucle : est-ce que… c'est… une blague… un hologramme… un film en 3D… un film dans un parc d'attractions… dans lequel on l'aurait amené sans qu'il se rende compte de rien ? Il sait que non. Il sait que ce n'est pas une attraction… ni une simulation… ni une hallucination… Ce n'est pas non plus… un rêve… Il ne rêve pas. Il n'a pas non plus l'impression d'être fou… mais en même temps quand on est fou… est-ce qu'on le sait ?

– Où est-ce qu'on est… ? Par rapport…

Il ne veut pas dire « par rapport à Loiret-en-Retz », ça lui semble dérisoire.

– On est sur la Terre.

Évidemment, voudrait-il répondre.

Mais en même temps, nulle part sur la Terre on ne trouve des arbres à fruits bleus, des étoiles grosses comme des perles.

– Ce n'est pas la même… que la vôtre, mais on l'appelle aussi la Terre…

Foresta écarte les mains, l'air impuissant, comme pour dire : « Je ne sais pas comment dire ça autrement… »

– On est juste en bordure de la mer d'Éole, à l'extrémité de la ville.

– Quelle ville ?

– Eman. La ville d'Eman, c'est la capitale.

Pythagore plisse les yeux. Eman... ? Est-ce qu'il a déjà entendu ce nom ?

– Eman... c'est la capitale de la Galécie.

– La Galécie ?

– Oui.

L'air est le même ici que là-bas, pense Pythagore. *Il suffit de faire entrer de l'air dans mes poumons.*

– Moi, je suis aspirant géographe, comme tous ceux que tu as vus ce matin. On s'entraîne pour participer à la bataille de l'Empoing et intégrer la Société de géographie.

– La Société de géographie.

– Oui. La plupart des bâtiments que tu vois appartiennent à la Société de géographie. C'est la plus importante du continent. Elle a son ingénierie, sa faculté de géologie, de cartographie, de biologie des climats, un immense centre de recherche et un dispensaire, derrière l'orangeraie bleue. Tu as vu l'orangeraie sur la grande place ?

Elle fait exprès de poser des questions à Pythagore pour le forcer à dire « oui ».

– De ce côté-là, tu tombes sur le vieux port, les ateliers de musique, le quartier des marchands, les raffineries à eau, les usines de cuivre et les fabriques de câbles.

– ...

– Et de l'autre côté, tu as la cité étudiante, les centres de recherches, l'observatoire, les faubourgs, les remparts – et encore plus loin, le nouveau port derrière lequel s'étend la vraie ville.

Foresta marque une pause. Elle le regarde se débattre intérieurement et ajoute :

– Tu te débrouilles bien, tu sais.

– ... ?

Foresta sait parfaitement comment se sent Pythagore ; elle a connu le même choc quand elle a débarqué, il y a un peu plus d'un mois, dans la salle des Médailles.

– C'était le milieu de la nuit, explique-t-elle, il faisait noir, il n'y avait pas de lucioles ; je suis tombée sur Louise qui démontait une prise électrique. Elle avait son téléphone dans une main, un tournevis dans l'autre. Je ne savais pas ce qu'était une prise, ni ce qu'était un téléphone, ni comment tout ce qui se trouvait autour de moi pouvait être possible. J'ai paniqué – elle aussi. J'ai essayé d'expliquer d'où je venais mais je ne savais pas quels mots utiliser… Elle a pensé que j'étais folle – moi aussi. J'ai fini par lui faire traverser l'angle mort avec moi ; il a fallu s'y reprendre à trois fois pour qu'elle commence à accepter ce qui était en train de se produire.

Pythagore la coupe :

– L'angle mort… C'est quoi exactement ? On est passés… par la fenêtre ?

– Par l'angle courbe qui se dessine entre deux zones de reflets… On y accède par les miroirs, les vitres, les fenêtres – quand ils se réfléchissent l'un dans l'autre.

Foresta lui laisse le temps d'enregistrer l'information puis elle reprend le fil de son récit avec la découverte du lycée, des bâtiments, des matériaux, des écrans de toutes les tailles, de l'environnement naturel, du ciel… Elle lui raconte comment elle ct Louise se sont liées d'amitié, comment chacune s'est aussitôt prise de curiosité pour l'existence de l'autre puis comment, quelques jours plus tard, Louise s'est introduite à la Vie scolaire pour lui créer une identité et une fiche pédagogique.

Pythagore est sonné.

Il regarde ses vêtements – le sweat rouge, le pantalon noir de skater –, qui lui semblent obsolètes, hors sujet.

Puis il regarde l'herbe grasse qui pousse à travers les pavés. La superposition de ses vêtements, de la pierre et de l'herbe.

Puis il regarde les vêtements de Foresta.

Il repense à la première fois qu'il a vu Foresta au lycée, dans la salle de SVT. Il repense à la façon dont elle s'est faufilée entre les rangs et comme ses cheveux rouges tranchaient sur la routine des cours.

Il repense aux gifles ; il repense à l'appel.

Il en a le vertige.

– Foresta… Tu parles français… ?

La jeune fille sourit.

Elle marque un temps avant de répondre :

– Pour nous, ce n'est pas du français, c'est du galécien…

Pythagore écarquille les yeux : ce détail lui semble encore plus remarquable que tous les autres.

– C'est une langue plutôt répandue en Archéanie.

Foresta enchaîne en frappant les paumes de ses mains sur le sol.

– Et l'Archéanie, c'est notre continent.

Pyth répète lentement :

– Le galécien… La Galécie… L'Archéanie…

Foresta lui tend à nouveau un quartier d'orange bleue ; cette fois-ci, il l'accepte.

∞

La pulpe du fruit éclate dans sa bouche ; aussitôt, son esprit s'apaise et prend de la hauteur.

– Les peptines aident à changer de fréquences. C'est ce que prennent les géographes dans les Territoires Mouvants.

Les 3 Territoires Denses, Stables, Mouvants

- plan de coupe -

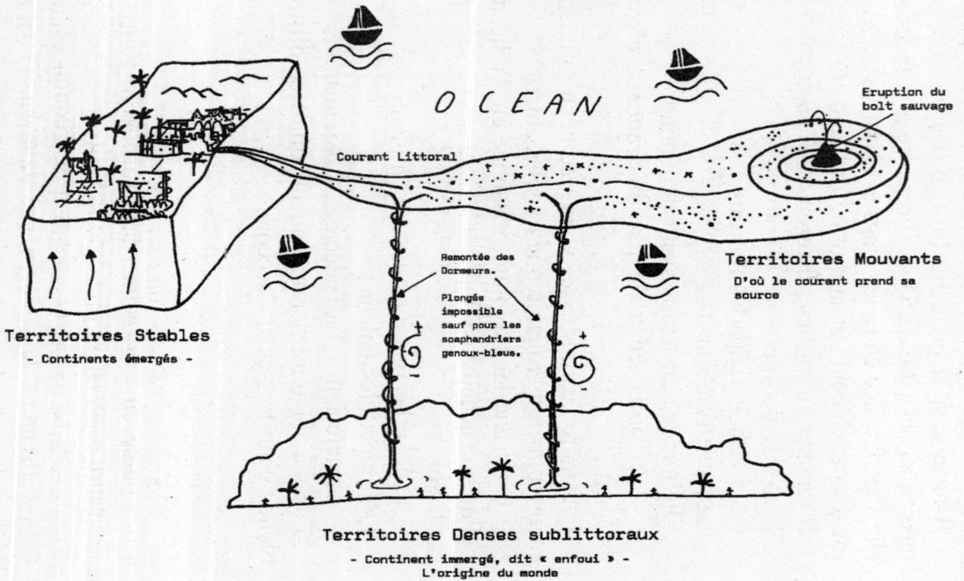

Pythagore ignore ce que sont les peptines et les « territoires mouvants », mais il a l'impression de le savoir.

Le soleil se lève sur la rue ; une lumière rasante illumine les vitres, les fenêtres en métal cuivré, les yeux de Foresta.

– Tu as les yeux violets…

– Oui.

Elle est juste une fille. Et lui, juste un garçon. Normalement, c'est une situation qu'il sait gérer.

Il reconnaît la Foresta Erivan du lycée et il ne la reconnaît pas du tout.

Les choses sont presque pareilles et radicalement différentes.

C'est ce qui est troublant : il comprend et il ne comprend pas.

∞

– Donc… on va chercher Louise ?

– Non, maintenant, on ne peut plus.

– … ?

– Elle est passée de l'autre côté du courant… et le courant s'est retiré.

– … ?

– On essaiera ce soir, quand il reviendra.

Pythagore s'imagine Louise sous l'eau, prisonnière des profondeurs.

– Elle est dans l'eau ?

– Non, elle est dans un autre territoire.

– … ?

– Notre géographie est très différente de la vôtre. Ici, la Terre est découpée en trois zones géographiques – trois milieux. Il y a les Territoires Stables : ce sont les terres immobiles qui forment nos continents et qui ressemblent à vos continents à vous. Nous en avons cinq : l'Archéanie, l'Euménie, l'Abjarnik, l'Abyssie et le Gaoyan.

Du pied, elle frappe le sol.

– Cinq continents. Tu vois, là, c'est stable. Nous sommes sur un continent.

Pythagore acquiesce.

– La deuxième zone se trouve au milieu des océans ; il s'agit des Territoires Mouvants : la matière y est mobile, instable, changeante. L'eau, l'air et la terre fusionnent, puis se repoussent avant de se mélanger à nouveau. C'est dans les Territoires Mouvants que le courant prend sa source. La journée, il dort ; et la nuit, il se déploie vers les continents stables.

Pythagore essaie de visualiser à quoi ressemblerait un courant qui dort le jour et se déploie la nuit : une sorte de marée ? une vague tranquille et phosphorescente qui attendrait la nuit pour déferler ?

– Et enfin, il existe une troisième zone géographique, plus complexe, qui est située de l'autre côté du courant : ce sont les Territoires Denses, qui forment le continent sublittoral. Personne ne peut aller dans le continent sublittoral, tout simplement parce que personne ne peut traverser le courant – le courant est comme imperméable ; il repousse nos corps.

Pythagore fait l'effort de suivre sa logique.

– Mais… Louise ? Elle n'a pas été repoussée par le courant ?

– Non, justement.

– Pourquoi ?

– Je ne sais pas exactement pourquoi. C'est nouveau, pour moi… Je pense que c'est parce que son corps est différent du nôtre. Vous tous, sur votre terre, vous êtes différents de nous. Nous ne sommes pas habitués aux mêmes fréquences, ni aux mêmes climats. C'est pour ça que je suis venue te chercher ; parce qu'à mon avis, tu pourras plonger – comme Louise.

Une chose simple étonne Pythagore, plus que tout le reste.

– Mais… pourquoi Louise s'est baignée ? Elle déteste l'eau. Elle a plongé de son plein gré ?

Au sourire de Foresta, Pythagore comprend qu'elle a expérimenté la violente aversion de Louise pour tout ce qui est aquatique.

– Oui, parce que le fluide du courant n'est pas comme de l'eau. Tu l'as vu tout à l'heure, non ? Il est plus épais que l'eau ; il porte les corps, il les nourrit. Tout le monde aime flotter à sa surface. Mercredi soir, je me suis baignée, Louise m'a rejointe ; c'est elle qui a voulu plonger tout au fond. Je lui ai dit que c'était impossible, je lui ai expliqué, comme à toi, que le courant repoussait les corps, mais elle a voulu essayer quand même et, contre toute attente, elle a réussi !

« Sa silhouette s'est enfoncée dans la matière lumineuse…

« Et puis, elle a disparu.

« J'ai voulu essayer à mon tour, j'ai pensé que, peut-être, ce soir-là, un changement climatique avait rendu possible l'accès au courant ; mais non… Le courant m'a repoussée, comme d'habitude.

– Et… maintenant ?

– Maintenant, elle est toute seule, de l'autre côté.

– Mais concrètement, c'est comment ? Elle peut respirer, là-dessous ?

– Oui, je crois… C'est juste que l'air est plus épais, la végétation plus grasse, les matières plus lourdes ; les particules ne vibrent pas à la même fréquence qu'ici.

Fréquences, vibrations, particules, densité.

Pythagore ferme les yeux. Ces mots lui rappellent le vocabulaire de son père.

Foresta reprend :

– Ceux qui vivent sur le continent sublittoral ont une morphologie adaptée aux fréquences basses.

– Il y a des gens qui y vivent ?

– Oui.

– Donc Louise… est dans un endroit… dense… avec des gens… différents. C'est dangereux ?

À nouveau, Foresta marque un temps avant de répondre.

– Les corps qu'on a retrouvés décapités par les gangs appartenaient tous à des jeunes femmes sublittorales…

Pyth ressent un coup au cœur.

Les corps décapités…

Les femmes sublittorales…

Louise…

À l'intérieur de lui, toutes les lumières s'éteignent. Deux mots émergent de son obscurité : « C'est impossible. » Louise n'a rien à voir avec les courants, les Territoires Mouvants, les Territoires Stables, les Territoires Denses, les gangs et les scaphandres.

– Je l'ai attendue sur la berge jusqu'à ce que le courant se retire, soupire Foresta, elle n'est jamais revenue.

– Elle n'était pas en cours, hier… Ça fait combien de temps qu'elle est là-dedans ?

– Depuis… mercredi soir.

Pythagorc cst pris de vertige.

Doit-il paniquer ?

Ou doit-il ignorer tout ce qu'il vient d'entendre sous prétexte que « c'est impossible » et que ce monde n'est pas le sien ?

– La seule chose qu'on peut faire, ajoute Foresta, c'est aller au dispensaire pour voir les corps… et vérifier que celui de Louise n'en fait pas partie.

Elle se redresse et lui prend la main.

– Le dispensaire n'est pas loin. Il est très surveillé, mais on va essayer d'y entrer, d'accord ?

Pythagore fait oui de la tête, mécaniquement. La chaleur de la main de Foresta lui permet d'oublier de réfléchir.

∞

Après avoir traversé deux rues bordées de pierres et de pylônes, Foresta pointe l'index en direction d'une lourde porte en métal argenté.

– On va passer par là… En général, il n'y a personne le matin.

À l'instant où Foresta prononce ces mots, un petit groupe de jeunes gens en blouse s'approche de l'entrée. Ils toquent ; un géographe leur ouvre, puis referme aussitôt le battant pour en bloquer l'accès.

Pythagore n'entend pas ce que dit le géographe, mais les protestations des jeunes gens en blouse s'élèvent jusqu'à lui.

– Encore ! Mais c'est comme ça depuis dimanche !

– Ça n'est pas normal ! Les biologistes de l'université sont prioritaires. On doit avoir accès au vieux bassin.

– J'ai mis des pommades à lever, je dois les récupérer dans moins d'une heure.

Le géographe leur assène encore quelques mots à voix basse et les autres rétorquent :

– Le professeur Deanjii ? Mais qu'est-ce qu'on en a à faire du professeur Deanjii !

– Mes parents travaillent avec le président de la Société de biologie, ça va remonter à ses oreilles ; et il connaît des Garde-Fous…

À ce moment, la porte s'ouvre pour laisser sortir d'autres personnes en tenue de géographes. Ce sont des hommes d'âge mûr, bien plus vieux que les compagnons de vestiaire de Foresta. Ils ont des mines peu engageantes et portent tous, entre autres instruments, des câbles de cuivre enroulés autour de l'épaule.

L'un d'eux prend naturellement la place centrale ; il est grand, avec une barbe noire si fournie qu'elle paraîtrait austère si elle n'était accompagnée de chaînes autour du cou, de boucles d'oreilles et de tatouages – sur les tempes, au coin des yeux, sur les mains.

– C'est le commandant Baar, commente Foresta.

– Le commandant Baar ?

– Le commandant de la Société de géographie.

Ce dernier s'approche des jeunes gens en blouse et se met à crier d'une voix profonde :

– Vous voulez aller voir les Garde-Fous ?

Les jeunes gens baissent la tête.

– Mais allez-y ! Allez donc rendre visite à cette bande de vieux planqués ! Ça leur fera un peu d'animation… Mais que voulez-vous qu'ils fassent ? À qui appartient le dispensaire de la Société de géographie ?

– …

– La réponse n'est pas très compliquée. Il appartient… à la Société de géographie. Et qui dirige la Société de géographie ?

– …

Il se tourne vers ses hommes ; ceux-ci anticipent la réponse et se mettent à rire.

– Jusqu'à preuve du contraire, je crois bien que c'est moi.

Il cesse de rire et reprend d'un ton plus sérieux :

– Des femmes ont été tuées ; leurs corps sont en cours d'autopsie. Je vous défends d'approcher, ce serait un manque de respect et une entrave à l'investigation.

– …

– Le premier biologiste que je surprends à traîner sa blouse dans la salle du vieux bassin sera interdit de dispensaire jusqu'à nouvel ordre. C'est bien clair ?

Les jeunes gens font tous « oui » de la tête avant de rebrousser chemin.

Foresta s'apprête à les imiter lorsque la voix du commandant tonne de nouveau :

– Hé ho ! La petite Erivan !

D'un geste, il écarte les membres de son escorte et affiche un sourire qui lui fend le visage.

– Viens voir par ici. Le lieutenant Abakan m'a dit que tu faisais tout à l'envers ?

Foresta s'approche.

Baar se tourne vers ses hommes, les prenant à témoin :

– Elle a fait tourner en bourrique notre équipage de navire à l'âge de six ans, alors je ne suis pas étonné qu'elle n'en fasse qu'à sa tête, n'est-ce pas, Erivan ?

Foresta sourit.

– Commandant, vous avez besoin d'assistant pour les autopsies ? Je suis avec mon garant de biologie et je pensais…

– Non, Erivan, pas d'autopsie. Concentre-toi sur l'entraînement. Si on gagne l'Empoing, je t'emmène avec nous faire la guerre.

Au moment où il prononce ces mots, le regard du commandant s'éclaire de l'intérieur. Foresta poursuit :

– Commandant… vous pensez vraiment que ce sont les Genoux Bleus qui sont venus jusqu'ici pour tuer des femmes ?

– La terre a tremblé, ça veut bien dire ce que ça veut dire… Nous avons vu leur bateau, leur matériel de plongée, leur signature… Qui d'autre selon toi ?

– Je ne sais pas. Le lieutenant Abakan pense que le bateau qu'on a retrouvé n'appartient pas aux Genoux Bleus.

– Si ce n'est pas les Genoux Bleus, c'est un autre gang ; il n'y a que les gangs pour décapiter les femmes. Et si les Genoux Bleus se sont laissé voler leur scaphandre par un gang concurrent, c'est qu'ils ne contrôlent plus leur région. Dans les deux cas, il faut partir en guerre.

Le commandant disparaît à l'intérieur du bâtiment.

∞

Foresta rebrousse chemin et s'adosse un instant à un large mur de pierre. Pythagore la rejoint. Il n'a pas compris grand-chose à la conversation qu'elle vient d'avoir, mais il est stupéfait par l'aura qui s'est dégagée du commandant de la Société de géographie : un mélange de puissance, de violence et de relents d'aventure qui semble planer encore un peu dans l'air.

– Il est… impressionnant, dit-il à défaut de trouver un mot plus orginal.

Plongée dans ses réflexions, Foresta ne relève pas.

– Il a l'air de bien te connaître, ajoute Pyth, pour l'inviter à s'exprimer.

Au lieu de cela, Foresta se redresse vivement comme si elle venait d'avoir une idée. Elle fouille ses poches et sort de l'intérieur de son manteau un carnet à spirale. Elle le feuillette rapidement et s'arrête sur une page couverte de la petite écriture nerveuse de Louise. Le titre de la page indique : « Relevé des translations ».

Foresta reprend :

– Si on ne peut pas entrer dans le dispensaire par une porte, on va essayer d'y entrer par un angle mort.

Elle fait glisser son doigt sur les lignes en les lisant tout bas à toute vitesse.

Salle des médailles 3e fenêtre (fenêtre simple + miroir gauche) -------- Laboratoire ß – RDC – 1re fenêtre

Toilettes filles cafet' (fenêtre + dernier miroir de la rangée) -------- Société géo – 2e étage/salle de bains chambre de garde

Ancienne infirmerie fenêtre en 3 -------- salle de bains (attention place du petit miroir)

– Il faut qu'on retourne au lycée, il y a un passage qui mène directement à la salle du vieux bassin…

Classe de CM1 jaune (fenêtre d'angle) -------- Toilettes loges/Club conserv. (3e étage) droite

Vie scolaire/Salle conseil de classe (double fenêtre) ------- Algueraie (séchoir d'algue – miroir alouette/fenêtre à cran)

Foresta arrête son index sur l'avant-dernière ligne.

– Voilà !

Toilettes de la piscine + fenêtre -------- salle du vieux bassin (miroir d'optique)

– Les toilettes de la piscine mènent à la salle du vieux bassin. Et la salle du vieux bassin est à côté de la salle d'anatomie – c'est là qu'ils pratiquent les autopsies. Viens, on va passer par ma chambre. On sera plus tranquilles.

∞

Ils atteignent une bâtisse blanche, autour de laquelle courent des passerelles. Des escaliers en fer forgé, semblables aux échelles de secours des films américains, permettent de passer d'une passerelle à l'autre.

– C'est la cité étudiante.

Foresta tire une échelle coulissante et commence à grimper.

– Je n'ai pas envie de passer par l'intérieur. Il y a des gens que je ne veux pas croiser ce matin.

Au troisième étage, Pythagore se fige en découvrant un astre rouge qui brille à l'horizon, comme un deuxième soleil. Foresta commente :

– C'est le soleil de nuit. La journée, il rase l'horizon, mais le soir, il monte dans le ciel et triple de volume.

Ils entrent dans la chambre de Foresta par la fenêtre.

Celle-ci est très sommaire. Un lit défait, un bureau avec quelques papiers, une grande étagère murale exposant des instruments hétéroclites en métal cuivré, des livres, des cordes.

– J'avais des blouses quelque part… Ça serait mieux qu'on les porte pour circuler dans les laboratoires.

Tandis que Foresta fouille dans ses affaires, Pythagore parcourt la chambre du regard et remarque un objet familier : le sac à dos rouge et jaune de Louise !

Jusqu'à présent, seul le récit de Foresta faisait état de la présence de Louise dans l'autre monde. Maintenant, l'objet qu'il a sous les yeux rend son passage manifeste.

Aux murs sont affichés des croquis et des cartes géographiques. Pyth demeure en arrêt devant ce qui

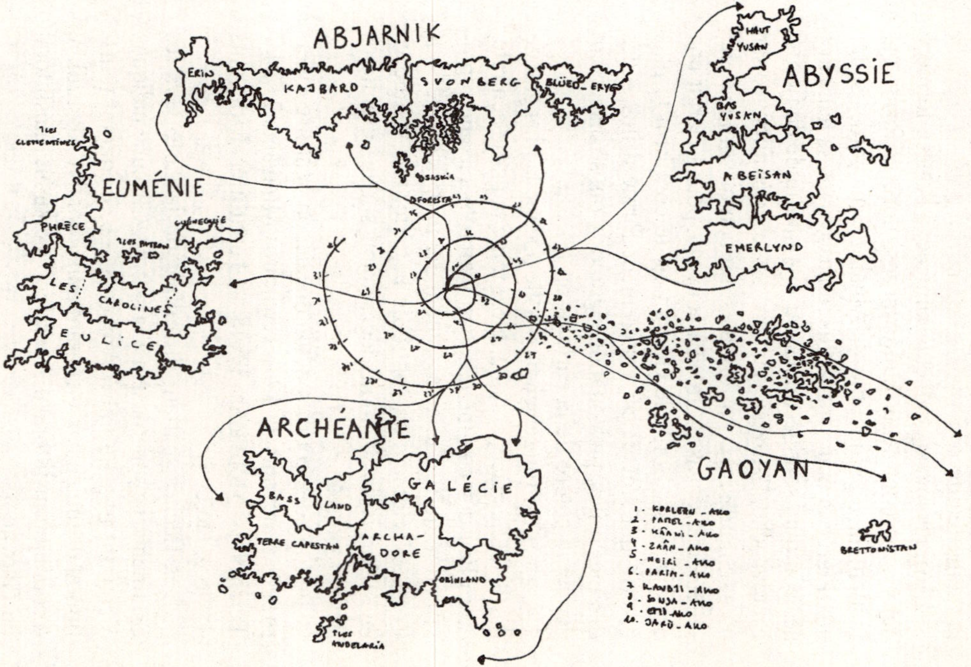

ABJARNIK
ERIN
KAJBARD
SVONBERG
ABYSSIE
HAUT YUSAN
BAS YUSAN
ABEISAN
EMERLYND
EUMÉNIE
PHRECE
LES CAROLINES
EULICE
ARCHÉANTE
BASS LAND
TERRE CAPESTAN
ARCHADORE
GALÉCIE
ORINLAND
GAOYAN
BRETTONISTAN

semble être une carte du monde. Elle ressemble à celles qu'ils étudient en cours – couleurs, légendes, flèches, pointillés – à ceci près qu'elle ne présente pas du tout la même réalité.

L'Archéanie, au sud, et l'Euménie, à l'ouest, forment deux gros continents plutôt larges, dont la forme est facilement reproductible. L'Abjarnik, au nord, est lui aussi large et étalé, mais plus ramassé dans sa hauteur ; ses contours sont découpés par une multitude de fjords. En revanche, l'Abyssie, au nord-est, est très allongée sur un axe nord-sud et sa forme est un peu biscornue : elle se resserre, s'évase, rétrécit à nouveau, pour s'élargir une dernière fois. Enfin, le Goayan est le continent le plus bizarre qui soit. Il est entièrement formé d'îles – des dizaines d'îles, plus ou moins grandes, qui se dispersent depuis le centre de la carte jusqu'à l'est.

La mer est figurée en bleu. Elle occupe la plus grande partie de l'espace, et notamment toute la partie centrale, au milieu des continents. Pyth s'attarde sur une représentation qu'il n'a jamais vue nulle part : dessinée sur l'eau, exactement au centre de la carte, une spirale va en s'élargissant et mord légèrement sur les premières îles du Gaoyan.

Le long des courbes de la torsade, on peut lire « Territoires Mouvants 1° 12 – Territoires Mouvants 2° 24 – Territoires Mouvants 3° 48 – Territoires Mouvants 4° 96 », etc.

Des flèches, partant du milieu de la carte vers les continents, se superposent à la spirale. Chacune indique : « courant translittoral d'Archénanie », « courant translittoral d'Euménie », « courant translittoral d'Abjarnik », « courant translittoral d'Abyssie », « courant translittoral du Gaoyan ».

∞

Foresta tire Pythagore de son observation.

– Viens. Plus tôt on y va, moins on risque de croiser du monde.

Elle lui tend trois petites fioles bleues.

– C'est du concentré d'orange bleue. Avale la première maintenant et garde les deux autres en réserve pour tout à l'heure si ça bourdonne.

Pythagore place deux fioles dans la poche zippée de son sweat, puis fait sauter l'embout en résine de celle qu'il a en main. Un petit « pop » de pression se fait entendre.

Alors qu'il commence à boire, on entend toquer violemment à la porte.

– Erivan !

Un garçon passe la tête par l'entrebâillement.

Il est grand – aussi grand que Pythagore –, torse nu, ses cheveux longs en bataille lui tombent dans la figure. Son regard, chaud et puissant, semble voir plus de choses que les autres. Ses muscles arborent trois tatouages faits de la même encre grasse que ceux du lieutenant Abakan.

Foresta ne dit rien ; ses pupilles oscillent, incertaines.

– Eloa t'a vue monter avec un…

Le garçon s'interrompt en découvrant Pythagore caché par la porte.

– Alors c'est vrai…

Il fixe Foresta avec, dans les yeux, autant de désir que de dégoût.

– Je croyais que tu avais besoin d'être seule pour te concentrer sur l'Empoing ?

– …

– Qui c'est ? dit-il en désignant Pythagore du menton.

Foresta se tourne vers Pythagore, légèrement gênée, et lui dit :

– J'en ai pour deux minutes. Attends-moi ici.

7

La piscine

Pythagore est tiraillé entre deux états contraires : le concentré d'orange bleue apaise son esprit, tandis que l'irruption et le comportement du garçon lui donnent envie de se battre et de lui coller une baffe.

Il n'a pas envie d'attendre « deux minutes » comme Foresta le lui a demandé.

Il ouvre la porte ; la jeune fille a disparu du couloir.

Il prend à droite, croise deux jeunes gens à peine réveillés, les cheveux en pagaille, torse nu, seulement vêtus de pantalons souples.

Une porte ouverte donne sur une salle de bain.

L'odeur de la pièce est très agréable – des effluves de savon à l'ancienne mélangés à des senteurs d'arbres résineux, le cèdre ou le sapin. Tout y est rutilant : les douches en cuivre et bois huilé, les conduites d'eau doublées d'armatures métalliques, les miroirs sur tige.

Face aux douches se trouve une rangée de portes : des toilettes métalliques avec des sièges en ellipse sont entourées d'une multitude de tuyaux et de roues crantées. Pythagore a une pensée pour Louise : il imagine sa réaction en découvrant pareil réseau de plomberie ; puis il entend l'écho d'une conversation de l'autre côté de la cloison. Il monte sur le siège et aperçoit, à travers une grille d'aération, une autre salle de bain où se tiennent Foresta et le garçon aux cheveux en bataille.

Le type la tire vers lui et colle son front contre le sien.

– Aurelian, arrête, lui dit Foresta.

– Tu as abandonné le groupe pour lui ?

– Non, j'ai abandonné le groupe parce que je veux gagner l'Empoing.

– Ça te va pas du tout d'être géographe.

– Ce n'est pas parce qu'ils t'ont demandé de partir que tu dois les critiquer. Toi aussi, tu as été géographe !

– Tu sais très bien pourquoi je suis parti : le commandant Baar est complètement fou. Et quand je dis « fou », je pourrais même dire « fou dangereux »... Tous ceux qui l'ont suivi en mission le savent : c'est un dictateur ! Et même un dictateur cruel. Et toi, tu veux l'accompagner à la guerre ?

– Ce n'est pas la guerre qui m'intéresse, c'est l'expédition. L'exploration... Toi aussi, tu étais comme ça...

Aurelian se détache de Foresta.

– Foresta... qu'est-ce que tu imagines, exactement ? Qu'est-ce que c'est, pour toi, « l'exploration » ? Tu ne te rends pas compte de ce qui va se passer quand vous serez au Gaoyan. Il n'y a pas les gentils d'un côté et les méchants de l'autre.

– Je sais.

– J'espère que vous allez perdre l'Empoing ; j'espère que tu ne seras jamais géographe.

Foresta le gifle.

Ils restent immobiles en silence.

– Ça ne te manque pas ?

– Quoi ?

– Le groupe... la musique... l'odeur du métal qui chauffe... la nuit...

Le garçon attrape Foresta par les épaules, puis le cou ; il pose à nouveau son front contre le sien. Elle se laisse faire et ferme les yeux un instant. Pythagore a envie de frapper contre la grille pour les empêcher de se rapprocher, mais Foresta se dégage la première.

Aurelian la rattrape par la main.

– Tu veux pas venir jouer avec nous pour les essais, ce soir ? Eloa n'est pas aussi bon musicien que toi.

Elle ne répond pas. Pythagore a l'intuition qu'elle va céder ; qu'elle va l'embrasser.

Soudain, ce pic de jalousie mêlé à l'effet des peptines lui embrouille le cerveau. Pris de vertige, il descend de la cuvette, sort de la cabine et s'appuie sur le rebord d'un grand lavabo en cuivre où se trouve fixé un miroir à tige. Il est pâle, il transpire ; ses yeux semblent fiévreux.

Puis il remarque qu'un second miroir, derrière lui, capte sa silhouette, tout en se reflétant dans le premier ; à son reflet se superpose une minuscule silhouette qui avance au loin, en diagonale.

Pyth cherche à reprendre contact avec lui-même, mais l'air vibre autour de lui ; ses pensées vibrent aussi. Il a même l'impression que son sang fait du bruit en coulant dans ses veines.

Le souffle d'un courant d'air l'enveloppe.

Il comprend ce qui est en train d'arriver – trop tard. Il veut reculer, bouger, mais c'est comme si ses muscles étaient paralysés – occupés ailleurs.

Le petit reflet s'arrête, se tourne.

Pythagore se reconnaît en même temps qu'il reçoit une gifle sur tout le corps.

Il vient de retraverser l'angle mort.

∞

Les angles, les fenêtres, les perspectives virevoltent autour de lui comme les chevaux d'un manège. Il sent l'ondulation de l'air sur ses joues.

Les minuscules vibrations de l'atmosphère l'empêchent de bien voir. Il se cogne contre une vitre, glisse, tombe, atterrit sur le sol – coude, épaule, tête.

Il met quelques secondes à rouvrir les yeux.

Ses oreilles bourdonnent.

Il a toujours le mal de mer.

∞

Pyth se redresse lentement en poussant sur ses bras.

Dehors, il fait encore nuit. Tout est sombre.

Il essaie d'habituer son regard à la pénombre, tâte les objets qui l'entourent. Il sent un matelas. Puis, sur le côté, il devine les vitres d'une fenêtre. En y collant son nez, il reconnaît la cour des petits et comprend qu'il se trouve face à la fenêtre en saillie de l'ancienne infirmerie.

Le matelas est celui de la banquette encastrée sur laquelle il s'est assis des dizaines de fois avec Louise.

Il essaie de prendre ses repères. Il connaît la configuration des pièces : c'est dans le bureau de l'ancienne infirmerie que se trouve le passage vers la salle des Médailles.

Soudain, il entend du bruit dans la pièce voisine. Des voix, des coups, des soupirs.

Il avance vers la porte en rampant, colle son œil au trou de la serrure.

… !

Et recule aussitôt.

Deux personnes sont en train de – il entend la voix de Nicolas Frangin faisant des commentaires dans sa tête – « coucher, mec ; ils sont en train de coucher » !

Pyth retient un énorme éclat de rire.

Ce n'est pas tant le fait de voir ça – deux corps nus, de dos, les pantalons aux chevilles, en pleine action –, c'est plutôt qu'il ne s'y attendait pas.

Il y a quelques secondes, il était dans un autre monde ; ses idées vibraient sous l'effet des peptines d'orange bleue. Une seconde d'inattention a suffi pour lui faire retraverser l'angle mort.

Et maintenant… ça !

∞

Pythagore colle à nouveau son œil à la serrure ; son mouvement fait craquer le parquet.

Surprise, la femme se fige. Elle plaque sa main sur le dos de l'homme, pour arrêter son mouvement.

– Je te jure que j'ai entendu du bruit.

Pythagore essaie de rester immobile, mais il a le vertige. Son cœur bat.

Il bouge à nouveau. Le parquet craque et, cette fois, l'homme se retourne.

À la lueur des lampadaires extérieurs, Pythagore reconnaît M. Danton, le plus costaud des profs de sport, qui a été champion de judo dans sa jeunesse.

– Il y a quelqu'un ? demande-t-il.

Il se détache de la femme, qui drape son corps d'un couvre-lit : il s'agit de Mme Ciuny, la belle prof d'anglais.

– Va voir…, dit-elle.

Pyth recule, mais ce faisant il heurte un tabouret. Le bruit est indéniable.

Il imagine M. Danton, vif, l'air indigné, qui remonte son pantalon et déplace ses kilos de muscles à la vitesse de l'éclair.

Par réflexe, Pyth se jette sur la porte, pousse le verrou pour se protéger, mais il le sent vieux et fragile – dérisoire face à la masse des muscles de M. Danton qui va bientôt s'abattre dessus de tout son poids.

Malgré la nausée, Pythagore se place devant la fenêtre, l'ouvre, fait jouer les battants comme Foresta dans la salle des Médailles. Il cherche son reflet, mais les vitres sont découpées en petits carreaux ; il ne sait pas où regarder et n'a aucune idée de la façon de procéder.

– Qui est là ? dit la grosse voix de M. Danton.

Boum... Boum... Boum... M. Danton tape contre la porte et use de son large torse comme d'un bélier.

Boum... Boum... Boum... La fragile targette est en passe de sauter. Pythagore panique ; il a beau changer de position, il ne trouve pas l'angle mort.

Soudain, il se sent idiot : au lieu de chercher l'angle mort de la fenêtre, il n'a qu'à sauter ; il est au rez-de-chaussée !

Il atterrit dans un arbuste et se met à courir à travers la cour des petits ; il passe sous l'escalier des CP, trouve la remise de Périclès qui n'est jamais fermée à clé, y entre et se plaque contre le mur.

∞

Pythagore essaie de calmer sa respiration et, surtout, de réprimer son envie de rire. Il aspire l'air à grandes goulées, en faisant le moins de bruit possible.

M. Danton passe en courant sous l'escalier ; puis repasse dans l'autre sens, en marchant, cette fois.

Pyth entend le bruit de la fenêtre de l'infirmerie qu'on referme.

Normalement, lorsque M. Danton et Mme Ciuny sortiront, ils le feront par la porte principale ; ils passeront donc par la cour des Prophètes ; Pyth devrait être tranquille.

Ses yeux s'habituent à l'obscurité de la pièce exiguë. Il reconnaît les seaux, les balais, les serpillières, la voiturette du petit-fils de Périclès qui traîne au milieu des produits d'entretien, un paquet de cigarettes.

Il pose les mains par terre et sent la réalité brute du ciment.

Il pourrait croire qu'il a rêvé tout ce qu'il a vécu de l'autre côté de l'angle mort.

Il ferme les yeux et, aussitôt, s'impriment sous ses paupières le mouvement des lucioles, les ombres des pylônes de cuivre, les étages de passerelles, le dessin des continents, la taille des étoiles.

L'écart entre les deux mondes est si fou que…

Si fou que…

Il est presque sûr qu'il n'a pas rêvé, mais… ce serait quand même plus logique.

Pythagore rouvre les yeux ; passe en revue les éléments qui se pressent dans sa tête : la ville d'Eman… le courant, la Société de géographie, l'Archéanie, le Gaoyan, les gangs, les Territoires Stables, les Territoires Mouvants, les Territoires Denses du continent sub-littoral…

Louise aurait traversé le courant.

Louise serait en danger.

Louise serait peut-être… morte ?

« Décapitée »… ?

Louise ne peut pas être morte, Louise doit dormir tranquillement dans son lit.

… Ou pas.

Pyth se masse les tempes.

Il repense à l'orange bleue, aux peptines…

Soudain, il a une idée. Il ouvre le zip de son sweat rouge.

Dans sa poche se trouvent toujours les deux fioles de concentré d'orange bleue, données par Foresta.

Il n'a pas rêvé.

Son cœur se desserre, puis se resserre aussitôt : Foresta l'attend bien de l'autre côté de l'angle mort ; mais Louise est toujours en danger.

∞

Des pas, au-dessus de sa tête, le font sursauter ; plusieurs personnes sont en train de descendre l'escalier qui domine la remise. Des voix s'élèvent en riant.

– Merde, il faut aller se changer.

– Je suis complètement dé-fon-cé. Je sais pas comment je vais pondre huit pages de philo…

– C'est dégueulasse de nous foutre un concours blanc le lendemain des Pêcheurs…

– Hey ! Bonne nouvelle ! J'ai encore du vomi dans mes cheveux !

– Ooooh… Mec, t'es crade. Va prendre une douche, t'as une heure.

– Non, non, je préfère réviser, j'ai rien foutu !

– Merde ! Tu te mets pas à côté de moi, je te préviens.

– À côté de moi non plus, mec. Tu pues.

– Eh… Ça se révise pas la philo, de toute façon. Va prendre une douche et roule-toi un joint, t'auras plus d'inspiration…

Ils éclatent de rire ; puis les voix s'éloignent et disparaissent.

∞

Pyth se glisse dans la cour. L'horloge indique 6 heures du matin.

Aussitôt, il s'inquiète de savoir quelle heure il est dans l'autre monde.

Que va penser Foresta quand elle reviendra dans sa chambre ?

Qu'il s'est perdu ? caché ?

Comprendra-t-elle qu'il est repassé de l'autre côté ?

Si oui, pensera-t-elle qu'il s'est défilé ?

Elle ne pourra jamais se figurer qu'il ne l'a pas fait exprès. Et même si elle l'envisage, ça ne lui donnera pas l'air très malin.

Vaut-il mieux paraître abruti ou lâche ?

Ni l'un ni l'autre.

Il repense au front d'Aurelian posé contre celui de Foresta. L'a-t-elle embrassé ? Qu'ont-ils vécu tous les deux ? Aurelian a parlé de « groupe », de « venir jouer avec eux ce soir ».

Pythagore doit repartir tout de suite.

S'il a réussi à passer tout seul dans un sens, il doit pouvoir repasser tout seul dans l'autre…

∞

La fenêtre de l'ancienne infirmerie est désormais fermée de l'intérieur.

Pythagore se plante devant, cherche son reflet. Il a compris qu'il faut mettre les battants presque en parallèle mais il ne peut rien engager si la fenêtre est fermée.

Il lui faut trouver une fenêtre disponible, des miroirs, quelque chose pour faire jouer les perspectives de reflets.

Est-ce que n'importe quel reflet pourrait faire l'affaire ?

Doit-il retourner dans la salle des Médailles, comme à son premier passage ? Si oui, comment y entrer sans le trousseau de clés de Louise ?

Il tâte ses poches ; il n'a ni épingle, ni trombone, ni aucun des objets dont il sait se servir pour ouvrir les portes.

La fenêtre par laquelle ils sont entrés la veille est encore ouverte, mais Pyth ne peut en profiter : Périclès passe l'aspirateur dans la salle pour préparer la venue des visiteurs, qui sont autorisés le week-end.

Pythagore retourne dans la cour des Prophètes ; l'estrade y est toujours dressée, de même que les piquets, les guirlandes et le matériel de musique.

Son sac est là.

Il monte sur l'estrade, attrape son téléphone.

Pas de message. Sa mère le croit chez Louise et ne s'est pas inquiétée.

∞

Foresta n'a-t-elle pas parlé de passer par la piscine ?

Pyth gagne le bâtiment qui abrite le bassin et, aussitôt, l'odeur du chlore l'envahit. Sa tête se remplit de souvenirs : la furie de Louise qui refusait de se changer, qui s'accrochait aux portes des casiers et s'enfermait à clé dans les toilettes.

Elle hurlait à la prof : « Jetez-moi à l'eau avec tous mes habits ! » tout en sachant que celle-ci ne le ferait pas – consciente des règles d'hygiène et de sécurité. La prof donnait deux heures de colle à Louise qui s'en fichait car, quoi qu'il arrive, elle passait sa vie au lycée.

∞

Du matériel de peinture et quelques outils traînent encore le long des murs.

L'acoustique est humide.

Pyth plonge la main dans l'eau silencieuse ; son reflet se trouble.

Lorsque la surface redevient lisse comme un miroir, il sursaute : une autre silhouette se reflète à côté de la sienne.

Ses cheveux sont mouillés, son maquillage a coulé ; il met quelques secondes à la reconnaître : c'est Jordanie Serra ! Jordanie Serra qui porte des vêtements d'ouvrier pleins de peinture et trois fois trop grands pour elle.

– Ben… qu'est-ce que tu fais là ? lui demande Pythagore.

– Je… j'ai froid.

Pythagore répète :

– Oui, mais… qu'est-ce que tu fais là ?

Elle se recroqueville sur elle-même, comme un petit chat.

– J'étais avec Maxence… Il s'est barré tout seul, ce con. Je voulais pas monter sur son scooter, il était bourré… Il s'est barré… et moi j'ai plus de batterie et j'ai pas d'argent pour rentrer.

– …

– On s'est baignés tout habillés. On n'avait pas de serviette. Alors j'ai trouvé ces habits… Et…

Jordanie éclate en sanglots.

– Ils puent la transpiration…

Pythagore est partagé entre l'envie de rire et de la consoler. Il la prend dans ses bras.

Il repense à leur baiser furtif, lors de la précédente fête de fin d'année.

– Mais ils sont où, tes vêtements ?

Il lui parle comme à une petite fille perdue au supermarché et à qui il dirait : « Ils sont où, tes parents ? »

Jordanie désigne un tas qui ressemble à une grosse serpillière essorée.

– J'ai essayé avec le sèche-mains des toilettes, mais il est pas encore branché.

– Tu veux qu'on appelle chez toi ? J'ai de la batterie.

– Non, je vais me faire tuer, j'ai dit que je dormais chez une copine.

– Tu veux qu'on aille prendre un café chaud ? Pourquoi tu restes là ?

– Mais… je peux pas sortir comme ça !

À nouveau, elle pleure et sa voix part dans les aigus. Pythagore ne peut s'empêcher de sourire.

– Il n'y a personne dehors… deux, trois prépas ; ils ne feront pas attention à toi, ils révisent leurs concours blancs.

Jordanie pleure de plus belle.

– Tu veux que je te prête mon sweat ?

Elle s'arrête de pleurer, considère le vêtement de Pythagore, penche la tête d'un côté, puis de l'autre.

– Mmmmh.

– Ce sera comme si tu t'étais changée pour faire du sport…

– Mmmmh… Ok.

Pythagore enlève son sweat rouge et Jordanie, sa veste d'ouvrier.

Elle est en sous-vêtements.

Pythagore essaie de rester de marbre, mais la semi-obscurité, l'écho embué de la piscine et le caractère inattendu de la situation le grisent.

Jordanie Serra est censée être la plus belle fille de seconde. Ils se sont déjà embrassés une fois… Elle est à côté de lui, en soutien-gorge…

Le temps s'étire.

Les bras de Jordanie sont fins, musclés comme il faut ; l'attache de ses épaules est précise ; ses clavicules sont élégantes.

La jeune fille ne se presse pas pour enfiler le vêtement.

– Tu me prêtes ton tee-shirt, aussi ?

– Euh… oui… ok…

Il enlève son tee-shirt en espérant qu'elle ne dise pas qu'il sent aussi la transpiration.

Il le lui tend ; elle sourit et pose une main sur son épaule.

À ce contact, Pythagore s'échauffe. Jordanie Serra serait-elle en train de lui faire des avances ?

– Merci, dit-elle en chuchotant.

– De rien, chuchote-t-il à son tour en se rapprochant d'elle.

Jordanie ne recule pas.

Au contraire, elle appuie son regard et laisse monter le trouble ; les sens de Pythagore s'égarent.

Il avale sa salive. Il a oublié ce qu'il est venu faire à la piscine.

Jordanie se penche vers lui ; sourit à nouveau ; fait mine de perdre l'équilibre.

D'une main, il la rattrape par le coude ; de l'autre, il cueille son visage.

Elle entrouvre les lèvres…

Pythagore cesse de réfléchir. Il attire lentement la jeune fille à lui…

Et l'embrasse.

À peine a-t-il posé ses lèvres sur celles de Jordanie qu'il prend conscience que c'est Foresta qu'il voudrait embrasser ; il imagine que c'est son visage qu'il tient entre ses mains, que ce sont ses pommettes qui rebondissent sous les siennes.

Il n'entend pas que la porte du vestiaire s'est ouverte, ni qu'une personne est en train de raser le mur où s'alignent les douches automatiques.

L'une d'elles se déclenche toute seule et un bruit de jet à forte pression éclate dans le silence de la piscine.

Pythagore et Jordanie sursautent.

Ils tournent la tête et découvrent Foresta, intempestivement douchée par le déclencheur automatique.

Le visage plein de stupeur et les cheveux trempés, elle les observe sans bouger.

∞

Jordanie éclate de rire tandis que Pythagore se redresse.

– Ça va ? demande-t-il à Foresta.

Celle-ci passe la main dans ses cheveux et les essore rapidement sans répondre.

Pyth a les joues qui brûlent : « cuisantes » est le mot qui convient.

Son cœur bat fort.

Il est toujours torse nu.

Foresta l'a vu embrasser une autre fille : c'est comme s'il s'était tiré une balle dans le pied.

Il ne se rappelle même plus pourquoi il a embrassé Jordanie – ou si : parce qu'elle a posé la main sur son épaule, parce qu'elle pleurait, parce que sa peau était douce, parce qu'elle avait besoin d'un pull…

Il attrape la chemise d'ouvrier et l'enfile.

– Jordanie a eu un problème. Je lui ai prêté mes affaires. Ça va mieux, tu t'es réchauffée ? ajoute-t-il à son intention.

À peine a-t-il fini sa phrase que Pyth se sent idiot en pensant au double sens que peuvent revêtir les mots « tu t'es réchauffée ».

Jordanie rit de plus belle, enfile le tee-shirt de Pythagore.

– Non, j'ai toujours froid ; j'ai envie d'un café chaud.

– Euh… Tu veux aller à la cafet' ? Je te laisse de l'argent ? J'ai promis à Foresta de l'aider à… faire un truc. C'est pour ça que j'étais venu ici, à la base…

Jordanie ne répond pas. Elle ne s'attendait pas à ce que, deux fois dans la même nuit, on la laisse en plan.

– Tu dois l'aider à faire quoi ?

Foresta répond à la place de Pythagore, avec un ton très sec :

– Un truc.

– Bon… ok… Allez-y alors… Je te rendrai ton sweat plus tard.

Pythagore ne sait pas comment conclure ; peut-il décemment partir après l'avoir embrassée ? Il a l'habitude d'être irréprochable avec les filles.

– Tu veux envoyer un message pour que quelqu'un vienne te chercher ?

– Non. Je préfère prendre le bus.

– Ok.

∞

L'attention de Pythagore se dédouble. Il est là, sans être là. Il regarde Foresta qui s'active, qui évalue la distance entre la fenêtre et les miroirs.

– Quand on sera dans la salle du vieux bassin, il ne faudra pas faire de bruit.

À quoi pense-t-elle ? Pourquoi ne dit-elle rien ? Une autre fille aurait commenté, posé des questions, jasé.

Est-ce qu'elle s'en fiche ?

Il a envie de dire quelque chose au sujet de ce qu'elle a vu, mais sous quelle forme ? Il ne peut pas dire « Je me fiche de Jordanie Serra » juste après l'avoir embrassée.

D'ailleurs, il ne s'en fiche pas complètement… Une part de lui est quand même un peu fière de l'avoir embrassée.

Pythagore regarde son reflet dans les miroirs. La chemise pleine de peinture lui donne un look – presque cool – de tagueur.

Tout à coup, il pense à son sac qu'il a laissé près des affaires des ouvriers…

Puis il se fait la réflexion que son sac ne risque rien. Qui lui volerait ses cours ?

Son portefeuille, peut-être… Son téléphone ?

Tant pis. Il les récupérera plus tard.

Il n'ose pas interrompre Foresta ; il n'arrive pas à accrocher son regard. Leurs yeux se croisent sans se trouver.

Est-elle vexée ?

Il repense à la dureté de ton avec laquelle elle a répondu à Jordanie Serra : « Un truc. »

Non, elle ne semble pas vexée ; juste soucieuse de faire vite. Peut-être qu'elle se fiche complètement de lui…

Il a envie qu'elle dise quelque chose.

Il comprend pourquoi les filles lui reprochent son silence, à présent.

– Foresta…

Le seul fait de prononcer son nom le trouble infiniment.

– Je voulais te dire… Je n'embrasse pas toutes les filles, comme ça, n'importe comment… C'est juste que…

Une étincelle d'amusement allume la pupille de Foresta.

– Oooh ! C'est adorable de me dire ça ! Mais tu sais, à ton âge, c'est normal de vouloir séduire tout le monde.

« À ton âge » ?

Quel âge croit-elle qu'il a ?

Et quel âge a-t-elle ?

« Adorable » ?

Ces mots fouettent l'ego de Pythagore et provoquent en lui une mortification immédiate.

Foresta semble ne s'apercevoir de rien.

Malgré sa grande taille, Pyth se sent rapetisser ; il a l'impression d'être un petit cousin dont Foresta aurait la garde.

Il est démangé par l'envie de repousser son bras condescendant mais, déjà, le courant d'air l'appelle.

C'est mille fois contrarié et mortellement vexé qu'il passe pour la troisième fois de l'autre côté de l'angle mort.

8

Ultraviolet

Une forte odeur de plantes et d'humidité les submerge. Le son a un écho mouillé – un peu comme à la piscine, mais en plus touffu.

Deux ou trois lucioles volettent dans la pièce ; elles sont trop peu nombreuses pour l'éclairer vraiment.

Pythagore se redresse et distingue la silhouette d'arbustes, de plantes, de tables de travail, d'instruments.

Foresta reste assise sur ses talons ; elle ramasse ses cheveux en torsade, puis les place tous du même côté, devant l'épaule – comme pour les ranger.

Pythagore observe la courbe de sa nuque et chaque racine de chaque cheveu – leur implantation délicate à la lisière du crâne. Alors que son imagination s'enflamme, la phrase de Foresta résonne à ses oreilles : « Oooh ! C'est adorable de me dire ça ! »

Quelle était l'intention précise de ce « Oooh » ? Quelle était son intonation exacte ? Est-ce que Foresta s'est moquée de lui ?

Peut-être qu'elle a juste trouvé gentil qu'il se préoccupe de… De quoi ? Qu'avait-il dit exactement ?

« Je n'embrasse pas toutes les filles, comme ça, n'importe comment… »

– Ça va ? lui demande Foresta.

– Oui…

– On est dans le sous-sol du dispensaire.

Pythagore lui tend la main pour l'aider à se relever. Il tangue comme un bateau dans la tempête, mais s'évertue à ne pas le montrer.

Il regarde l'étrange miroir à fond noir bombé qui leur a permis de traverser l'angle mort, si semblable aux miroirs d'alchimie de la salle des Médailles.

Au milieu de l'espace se trouve un immense bassin – plus grand encore que la piscine du lycée – au milieu duquel baignent des algues, des plantes rouges et des câbles de cuivre.

– C'est le plus vieux bassin naturel d'Eman.

Foresta s'accroupit sur le bord ; elle passe la main sur les grosses pierres qui cernent l'eau sombre et remarque qu'elles sont parcourues de fissures.

– Le bassin a souffert du tremblement de terre… Ce n'était pas comme ça la dernière fois que je suis venue.

Au même moment, une luciole éclaire un renfoncement où se trouve posée une sorte de cadran.

Foresta examine l'objet en question et sourit.

– C'est une boussole jumelle ! Je n'en ai jamais vu de si petite. Elle a l'air très ancienne.

Le cuivre du cadran est gravé de symboles mathématiques, tandis que le fond de la boussole présente un miroir à l'aspect fluide. Foresta s'y regarde ; elle semble y chercher un indice.

– Les géographes les utilisent pour baliser les Territoires Mouvants et câbler des ponts géographiques entre deux zones. C'est un vieux système d'aimant : on envoie la boussole primaire en éclaireur et l'autre boussole – la secondaire – reflète ce que perçoit la première.

Foresta scrute à nouveau le cadran quand, soudain, l'écho d'un bruit monte des profondeurs de la salle. Au loin, deux individus en blouse déambulent en discutant puis disparaissent par une porte latérale.

Pythagore et Foresta sortent de leur cachette et reprennent leur progression jusqu'aux arcades de pierre qui abritent les laboratoires. Sur les portes, ils peuvent lire :

« Salle des machines capillaires »
« Analyse sanguine – Pr Andjika Deanjii »
« Biologie des climats – Pr Dorian Sunn »
« Salle d'anatomie »

– C'est là, dit Foresta.

Elle colle son oreille à la porte.

– Je crois qu'il n'y a personne.

Lentement, elle tourne la poignée.

∞

Une odeur de colle blanche assaille immédiatement leurs narines.

Uniquement parcourue de lucioles bleues, l'atmosphère du laboratoire évoque celle d'un submersible au fond de l'océan.

Sept tables – chacune nappée d'un drap – jalonnent l'espace. Sur chacun des draps repose un corps de femme.

Nu.

Sans tête.

Des machines à roues tournent lentement au-dessus des corps, envoyant un liquide ambré dans leurs chairs.

Pythagore sent son estomac se retourner. Il n'a jamais vu de cadavre, encore moins de cadavre décapité.

Les peaux ont déjà changé de couleur. Bleu, vert, blanc, gris, ombré ; on dirait presque de faux cadavres de cinéma.

C'est d'ailleurs ce dont Pyth se persuade.

Il ne peut imaginer Louise parmi ces corps. Ne serait-ce que parce qu'ils sont nus : Louise n'est pas une fille qu'on voit nue.

Pythagore sait très bien ce qu'il doit chercher pour identifier le corps de son amie.

L'année précédente, ils avaient fabriqué une machine à tatouer d'après un guide dégotté sur Internet, dans l'idée de réaliser de faux parchemins sur des peaux de cochon. Un soir, Louise avait demandé à Pythagore de lui tatouer quelque chose de minuscule et d'invisible pour tout le monde sur l'intérieur du pied. En pensant à son père, Pyth y avait dessiné un « S », une étoile et un point.

– Tu pourrais la reconnaître ?

– Oui. Elle a un tatouage au pied.

Ils inspectent les corps, un à un.

Une femme, deux femmes, trois femmes. Une paire de pieds, deux paires de pieds, trois paires de pieds.

Pas de tatouage.

Foresta commente :

– Elles n'ont plus une goutte de sang… C'est fou…

Pythagore continue son inspection.

Quatre femmes, cinq femmes, six femmes. Quatre paires de pieds, cinq paires de pied, six paires de pieds.

Toujours pas de tatouage.

– Le sang sublittoral est connu pour ne pas coaguler et s'évaporer, mais je ne pensais pas que c'était à ce point…

Septième femme.

Septième paire de pieds.

Pas de tatouage.

Louise n'est pas là.

La violente tension qui tenaillait Pythagore disparaît aussitôt. Il respire, ferme les yeux, s'octroie une pause ; mais, au même moment, une porte claque dans le laboratoire voisin. Foresta le saisit par le bras et l'entraîne sous une des tables mortuaires. Ils se cachent derrière un drap.

∞

La porte de la salle d'anatomie vient de s'ouvrir.

Des pas se rapprochent de leur table.

Foresta colle son œil à un trou du drap pour regarder. Pythagore l'imite. Une blouse gris clair entre dans son champ de vision ; puis en sort ; puis revient.

Foresta chuchote à l'oreille de Pythagore :

– C'est le professeur Deanjii.

Des bruits métalliques résonnent sous la voûte. Le professeur passe d'une table à l'autre.

Soudain, la porte s'ouvre à nouveau.

Tous sursautent.

Le professeur laisse tomber quelque chose qui éclate au sol en libérant une flaque de sang rouge.

– Profèsseur Dèanjii…

Foresta et Pythagore se regardent. Ils ont reconnu la voix du visiteur : c'est le lieutenant Abakan.

– *Saäy…*, répond le professeur.

Pythagore est surpris d'entendre une voix féminine – le professeur Deanjii est une femme.

– Profèsseur Dèanjii… Pardonnè-moi… Je suis venu parlè parce que vous avè la connaissance comme moi dè peuples gaoyan…

– *Saäy…*

Abakan marque un temps avant de reprendre.

– Je ne crois pas que ce sont lè gangs qui sont à Èman – surtout pas lè Genoux Bleus. Lè gangs ne voyagent pas. Ils ne travèrsent pas les ocèans. Vous savè bien… Ils restent dans lè îles.

Après un silence, le professeur lui répond dans une langue totalement inconnue.

– *Vassor ès ana manitar al razor, parvim kay al Cap Esteban. Abakan bankay to'urmè vasaayè manè ?*

– Profèsseur Dèanjii… Je ne veux plus parlè la langue gaoyan. C'è fini pour moi. *Parès el son... Parès el son al ivon.*

Le professeur ne répond pas.

– È aussi… profèsseur Dèanjii, vous savè bien : quand lè gangs voyagent, ce n'è pas avèc un bateau, c'est avèc cinquante bateaux…

Une voix tonne depuis la porte qui est restée ouverte :

– Lieutenant Abakan, je me fiche de savoir qui se trouve vraiment dans ces scaphandres et pourquoi ils tuent les femmes. Tout ce que je vois, c'est que, grâce à eux, le Conseil d'État va enfin voter la guerre.

Cette fois, Pythagore et Foresta reconnaissent le commandant Baar, qui poursuit :

– Il y a dix ans, quand tu t'es enfui de chez ton père, tu m'as supplié de faire de toi un géographe et de t'aider à lutter contre la tyrannie des gangs. Le professeur Deanjii m'a fait promettre la même chose : je suis en train de tenir ma parole.

Abakan ne dit rien.

Le professeur reprend :

– *Navèle ées nap niyâsanè hanè daalayè paynovè, fayqè si... ? Fayqè si... Abakan... ?*

Le commandant tape dans le dos de son lieutenant, comme pour le réconforter.

– Retourne à la Société, Abakan. Continue à entraîner mes aspirants et rapportez-moi une belle victoire le soir de l'Empoing. Ensuite, on part faire la guerre.

Abakan sort.

Le professeur se baisse vers le sol pour ramasser les débris de la fiole.

– J'è cassè la boutèille…

Elle a le même accent roulant et heurté que le lieutenant Abakan.

Comme elle passe et repasse furtivement devant le trou du drap, Pythagore aperçoit ses cheveux platine, presque blancs, relevés en un chignon de danseuse. Sa peau ambrée, d'un caramel doré, semble d'une douceur infinie.

Un instant, il sursaute parce qu'il a l'impression d'avoir croisé son regard. Ce n'est pas n'importe quel regard. Le professeur Deanjii a des yeux très fins et étirés comme ceux des Japonaises, mais avec une pupille verte translucide. Il est stupéfait par sa beauté exotique.

Le commandant passe la main sous le drap, juste devant Pythagore, et ramasse un fragment de fiole où se trouve encore un peu de sang.

– Vous pouvez essayer avec ça ?

Le professeur ne répond pas, mais aux bruits des ustensiles qui résonnent sous la voûte, ils comprennent qu'elle est en train de mener une expérience.

Au bout d'une minute, Baar commente d'une voix enthousiaste :

– On dirait que ça marche !

La voix du professeur, en revanche, reste neutre et précise :

– Sous le peau, un peu, c'è oui… Il redonne le matière dans le veines. La couleur aussi. Il faut attendre… *Es kay var... Es kay var*… J'è encore besoin de rouge…

– Je vous en rapporterai.

– Je voudrè l'avoir ici, c'è mieux pour analysè.

– C'est dangereux… Il faut la préserver dans la bonne atmosphère… Laissez-moi retourner au Haut Commandement, je vais voir ce que je peux faire.

Quelques instants plus tard, ils quittent la pièce.

∞

Aussitôt, Foresta chuchote.

– Il était rouge !

– De quoi ?

– Le sang… Il était rouge !

– Et alors ?

Elle se relève, attrape un scalpel sur une table et se pique le doigt.

– Regarde.

Pythagore se fige : le sang de Foresta est bleu – une goutte brillante, rebondie et bleue.

– Donne ton doigt.

Elle le pique à son tour.

– Et voilà. Le tien est rouge, comme celui de Louise.

– …

– Nous avons le sang bleu. Vous avez le sang rouge. C'est une des raisons pour lesquelles vous pouvez traverser le courant et pas nous, à mon avis…

Pythagore est ébranlé par cette différence aussi profonde qu'intime. Il comprend pourquoi, un peu plus tôt dans la crique, Foresta avait insisté pour savoir s'il saignait.

– Je ne sais pas comment c'est possible, mais je crois que Louise est avec eux, murmure Foresta.

– Pourquoi ?

– Le professeur avait un échantillon de sang rouge, je ne vois pas comment elle aurait pu en avoir si ça ne vient pas de Louise…

– …

– Tu as vu comme moi ?

Pyth ne sait plus ce qu'il a vu – il a vu une flaque rouge, mais tout est trop différent dans ce monde. Il n'est pas en mesure d'interpréter, ni de faire des suppositions.

– Oui, je crois…

Foresta réfléchit tout haut :

– Louise a dû remonter plus loin dans le courant… dans une autre crique. Peut-être que le commandant l'a trouvée pendant une battue ?

– Mais pourquoi ils la garderaient avec eux ? Pourquoi ils lui auraient prélevé du sang ?

– Je ne sais pas… Le professeur Deanjii est une spécialiste en biologie des climats. Elle a dû trouver que le sang de Louise était extraordinaire. Peut-être qu'ils la gardent en observation ?

– Mmmm, fait Pyth sans grande conviction.

Foresta ajoute :

– C'est peut-être de Louise qu'il parlait quand il a dit qu'il fallait « la préserver dans la bonne atmosphère »…

– Qu'est-ce que ça veut dire ?

– Je ne sais pas, répond Foresta pour la seconde fois. Il a parlé du Haut Commandement… C'est là que se trouvent les chambres de repos climatique. Peut-être qu'ils pensent qu'elle est malade, qu'elle a besoin de… calme ?

– Peut-être…

– On peut aller voir si elle n'est pas là-bas.

Au même moment, Foresta découvre une nouveauté apparue sur l'un des corps : tout le réseau des veines, sur le cou, les épaules et le haut du buste, semble éclairé de l'intérieur par une violente lumière violette – ultraviolette. Bien qu'ils soient en train d'observer une femme morte décapitée, la luminescence du réseau intérieur – artères, veines, capillaires – est saisissante de beauté.

Foresta ne peut s'empêcher d'effleurer de ses mains la peau du cadavre.

Pythagore l'imite et s'étonne de la tiédeur de l'épiderme : le cheminement de la lumière ultraviolette semble dispenser de la chaleur dans l'entrelacs des veines.

Fasciné par la nature de ce rayonnement, Pyth approche son œil à deux centimètres de la peau ; il a l'impression de se trouver au centre d'une investigation de police scientifique : la couleur ultraviolette lui rappelle celle des lampes qu'utilisent les enquêteurs dans les films, quand ils cherchent à détecter les traces de sang laissées par un corps assassiné.

À côté du cadavre, sur un plateau métallique, Foresta remarque une seringue et le fragment de fiole que le commandant a ramassé par terre.

Désormais il est vide, à peine teinté de rouge.

– On dirait que…

Foresta attrape la seringue, inspecte la pointe de l'aiguille.

– On dirait que le professeur Deanjii a injecté du sang rouge… dans le cadavre ? Mais pourquoi ?

Un nouveau bruit à l'extérieur les pousse à se retrancher derrière une table.

– Il ne faut pas traîner ici, conclut Foresta. Allons voir si on peut faire un tour dans le Haut Commandement.

Le silence revenu, ils se faufilent hors de la pièce.

Foresta essaie d'ouvrir les portes latérales de la salle du vieux bassin. Elles sont fermées à clé, sauf une qui débouche sur un couloir et un escalier. Foresta attrape deux blouses sur une patère. Elle en enfile une et tend l'autre à Pythagore.

– On circulera plus facilement avec ça.

Dans les étages, ils traversent d'autres couloirs qui desservent d'autres laboratoires, puis, tout en haut des marches, ils atterrissent dans un vaste hall.

∞

L'accueil du dispensaire est aussi lumineux que la salle du vieux bassin était sombre. C'est un immense patio depuis lequel tous les étages hors sol sont visibles. Des passerelles intérieures courent d'un escalier à l'autre, tandis que des agencements de poulies permettent aux patients de monter directement dans leur chambre.

Les visiteurs du dispensaire et son personnel soignant vaquent tranquillement à leurs petites affaires lorsqu'un mini-tremblement de terre parcourt l'ensemble du bâtiment.

Tout le monde s'arrête, se regarde. Puis les plus jeunes se ruent vers la sortie en poussant des cris de joie.

– Ils sont en train de brancher les câbles pour le concert de ce soir, explique Foresta.

Elle sort à son tour, attirée par l'animation.

Un bruit de basse, grave et distant, résonne dans l'atmosphère.

La place de l'orangeraie bleue se remplit sous leurs yeux.

– Qu'est-ce qui fait ce bruit ? demande Pyth.

– Les machines à crans : leurs câbles crantés s'enfoncent loin dans la terre. Quand on branche un instrument dessus, on peut l'entendre à des centaines d'encablures…

Plus loin, des jeunes gens en manteau de fourrure plantent de longues tiges métalliques dans des talus de terre ; ils courent, décrochent les tiges ; courent encore, les replantent. Un lieutenant passe dans les rangs et surveille leurs manœuvres.

– Tu n'es pas censée aller t'entraîner ? s'inquiète Pythagore, se souvenant de ce que le lieutenant Abakan a exigé de Foresta.

– Pas avec eux, ils sont débutants ! Regarde, ils utilisent des cordelettes fixes.

Elle reprend avec une pointe de fierté dans la voix :

– Moi, je m'entraîne pour la bataille de l'Empoing, avec de vrais câbles de géographe – des filins d'asphalt en métal vif.

– C'est quoi, la bataille de l'Empoing ? interroge Pythagore, qui a déjà entendu ce nom plusieurs fois.

– C'est à la fois une bataille et un jeu… Enfin, c'est plus qu'un jeu, c'est une tradition qui permet de désigner le nouveau commandant de la Société de géographie. Deux équipes d'aspirants s'affrontent pour empoigner la terre de l'autre. Douze aspirants se battent pour le commandant en titre ; douze autres se battent pour celui qui veut prendre sa place. Le chef de l'équipe gagnante devient commandant.

– Et tu vas y participer ?

– Oui, j'espère… Et si je suis choisie, je serai la plus jeune aspirante à participer à l'Empoing.

Pythagore brûle de lui demander son âge, mais quelque chose le retient. Il demande plutôt :

– Contre qui vous allez vous battre ?

– On ne sait pas. Les adversaires ne se déclarent jamais avant le jour de la bataille… Mais peut-être qu'il n'y aura pas de candidat cette année. Tous les géographes veulent partir en guerre avec le commandant Baar.

Au même moment, ce dernier fait justement son apparition sur le terrain et rejoint le lieutenant, au centre de l'exercice. Il porte un manteau de fourrure noire avec des attaches argentées dont l'éclat tranche sur la sobre tenue des jeunes aspirants.

Foresta sourit.

– S'il assiste à l'entraînement, il en a au moins pour une heure : ça nous laisse du temps pour visiter son cabinet.

∞

Dans les rues d'Eman, les lucioles s'agitent.

Des établissements de restauration ouvrent les uns après les autres ; des parfums d'herbes et de grillades flottent au milieu des passants. Les devantures en métal rutilant accrochent la lumière des lucioles. Les reflets sont si vifs que Pythagore pourrait se croire dans une artère de ces villes asiatiques où les néons sont rois.

Foresta s'arrête au coin d'une rue. Le soleil rasant illumine son visage enthousiaste.

– Tu sens ? C'est l'odeur des chaussons.

Ils tournent la tête au bruit d'un panneau qui coulisse et découvrent un homme s'activant derrière un comptoir de tôle ; il fume une grosse cigarette blanche en préparant des galettes sur une plaque chauffante. Sur la devanture de son échoppe, on peut lire : « *Conserverie – Cuisine au linge* ».

– J'ai faim, lance Foresta. On mange quelque chose, vite fait ?

Elle entraîne Pythagore sur le côté de l'échoppe, aménagé en bar ; il est affamé, lui aussi.

– Alors, les jeunes, vous êtes aspirants ?

Foresta acquiesce et lui commande deux chaussons.

– Et qu'est-ce qu'ils disent, vos chefs ? On va partir en guerre, oui ou non ?

– Je ne sais pas, répond Foresta. On verra après l'Empoing. Si c'est le commandant Baar qui gagne, c'est sûr qu'il fera voter la guerre.

– Moi, j'ai pas peur de le dire, ajoute l'homme en coupant de petits végétaux, je suis pour la guerre ! Quand les gangs se foutaient sur la gueule entre eux, tout là-bas dans leurs îles, ça m'était bien égal…

Foresta ne commente pas. Elle le regarde disséminer les petits morceaux de légumes sur les galettes.

– Mais maintenant qu'ils s'attaquent à nos comptoirs… maintenant qu'ils ramènent leurs bateaux et leurs scaphandres d'égorgeurs…

Il referme les galettes, puis les entoure de linge blanc, avant de les poser au-dessus d'une sorte de machine à faire de la vapeur.

– … alors là, on va pas se laisser faire !

L'homme leur tend enfin deux chaussons enveloppés d'une folle odeur de pain et d'herbes grillées. Foresta lui donne en retour quatre pièces, des ronds de cuivre au liseré argenté.

Pythagore ouvre les coins du linge : la crêpe est merveilleusement chaude. Il croque, se brûle un peu ; à l'intérieur, de petits morceaux fondants offrent une résistance agréable – des légumes, des herbes, des parfums qu'il ne reconnaît pas, proches de la coriandre ou d'autres herbes qu'on trouve au restaurant chinois.

– Foresta Erivan !

Un nouveau client vient de s'accouder au comptoir en fixant Foresta d'un œil sarcastique. Celle-ci attend un instant avant de répondre.

– Bonjour, Eloa.

– Foresta Erivan ! Tu avais disparu !

– Pas vraiment…

– C'est lui que j'ai vu ce matin ? ajoute Eloa en désignant Pythagore d'un sourire. C'est lui qui est monté dans ta chambre ?

– Oui, merci d'en avoir parlé à Aurelian, c'était très intelligent.

Embarrassé, le garçon change de sujet.

– Tu viens aux essais, ce soir ? Il y a un groupe qui débarque du fin fond de l'Abyssie ; ils ne parlent pas un mot de galécien ; ils sont habillés en peaux d'arech des pieds à la tête et, à mon avis, c'est eux qui vont tout rafler…

– Je ne peux pas venir.

– Ah bon ?! Pourquoi ?

– J'ai du travail…

– Du travail ? Le soir des essais ? Quel genre de travail… ?

– Du travail.

– Ah, ça y est, tu parles comme un géographe maintenant… Tu fais des mystères ! Ha ha ha !

Le garçon frappe dans ses mains en riant.

– Foresta Erivan, candidate pour la bataille de l'Empoing ! Si on m'avait dit ça l'année dernière…

Foresta reste de marbre. Eloa se reprend.

– Mais bon… Si c'est ça que tu veux… alors c'est bien.

Cette dernière phrase distille une sorte de malaise. Le garçon ajoute :

– Au fait, Aurelian m'a demandé s'il pouvait se servir de ta basse à niveau ; j'ai dit oui… Comme tu l'as laissée en plan…

Quelqu'un, plus loin dans la rue, interpelle Eloa. Il se tourne et les quitte sans même les saluer.

Foresta s'efforce de rester impassible, mais son visage se crispe de contrariété.

∞

Le bâtiment du Haut Commandement de la Société de géographie est particulièrement imposant ; ses armatures métalliques sont gigantesques et ses pierres rugueuses semblent tout juste sorties de leur environnement naturel. L'édifice ne présente aucune ouverture – hormis le dernier étage, qui possède une passerelle et quelques fenêtres.

– Je n'ai pas encore trouvé quel angle mort permet d'accéder directement à l'intérieur, mais on va grimper – je l'ai déjà fait plusieurs fois.

Pythagore s'inquiète en considérant la hauteur à laquelle se situe la passerelle.

Ils font le tour du bâtiment. Pas d'escalier, ni d'échelle, ni même de conduite de cuivre ou quoi que ce soit qui pourrait les aider dans leur entreprise. Ils se plaquent à l'abri des regards dans un feuillage touffu.

– Tu vois la fenêtre, là-haut ?

Foresta désigne une grande fenêtre qui se situe au-dessus de la passerelle, à une douzaine de mètres du sol.

– C’est le cabinet privé du commandant Baar. C’est par là qu’on va entrer.

Bien que fort de son entraînement de perchiste, Pythagore, sans vouloir paraître peureux, ne voit pas comment escalader ce mur austère et abrupt.

9

Des lucioles noires

– Tu es sûr… ? demande Pythagore, troublé de constater à quel point Louise et Foresta partagent le même goût pour les entreprises à risque.

Foresta soulève une plaque de cuivre que masquaient des feuillages et en sort un câble.

– Je l'ai volé il y a quelques mois. À l'époque, personne ne surveillait le matériel.

– Qu'est-ce que c'est ?

– C'est un filin d'asphalt en métal vif – c'est ce qu'on utilise pour la bataille de l'Empoing.

Le câble en question mesure une dizaine de mètres ; il est deux fois plus gros qu'une corde de bateau ; ses reflets cuivrés lui donnent un aspect fluide, souple, presque vivant. En le regardant de près, Pythagore comprend pourquoi : le filin d'asphalt est fait d'une nuée de fibres minuscules, plus fines que des cheveux, qui vibrent à l'unisson.

– C'est un cuivre très jeune – à peine un an. Tu peux le planter dans n'importe quel sol, pas besoin d'effort pour délier la matière.

En effet, à peine Foresta a-t-elle enfoncé le premier embout dans la terre que les milliers de fibres s'entremêlent à sa texture ; aussitôt le câble se tend, plein de force.

– Prends-le, lui dit Foresta.

Pythagore attrape le câble de cuivre – il est frais. Une énergie prodigieuse s'en dégage et parcourt son corps de vibrations, comme si on l'avait branché sur le moteur du monde.

– C'est fou, dit-il. D'où vient… cette force ?

– De la terre. C'est la même énergie qui passe dans les pylônes, les rails, les machines à crans, la structure des immeubles – partout. Et la nuit, quand le courant affleure, les sols ont encore plus de puissance…

Foresta plante l'autre embout dans le mur – même dans la pierre, le filin d'asphalt pénètre comme dans du beurre – puis commence à grimper en s'aidant de la force qui circule dans le câble. L'entreprise est très facile ; elle pose ses pieds sur des recoins de pierre qui semblent impraticables, presque lisses, et le câble lui permet de se hisser sans effort. Fasciné par les propriétés et la puissance du métal vif, Pythagore la suit aussi aisément.

Foresta déplante et replante l'embout supérieur à mesure qu'ils progressent. Ils ont grimpé une dizaine de mètres, à présent, et le filin d'asphalt est intégralement tendu depuis le sol.

Foresta regarde dans le vide et Pythagore en éprouve un léger vertige.

– On n'a plus de jeu… Je vais faire un décroché. Attention, ça va secouer…

D'un mouvement sec, Foresta déracine l'embout du câble planté dans la terre ; Pythagore en ressent un choc – comme une déperdition d'énergie. Avec une aisance impressionnante, Foresta ramène le câble en l'enroulant sur son épaule, puis le lance vers la passerelle, deux mètres plus haut. Le filin forme une boucle gracieuse ; il se cale autour de la rambarde, puis retombe vers Foresta qui le replante dans la pierre.

– Voilà, c'est sécurisé. On n'a plus qu'à grimper jusqu'à la passerelle.

Ses cheveux rouges lui tombent dans la figure, sa respiration est haletante ; jamais Pythagore ne l'a trouvée aussi belle.

Entraînée par son enthousiasme, Foresta prend un mauvais appui ; son pied glisse et, avec son pied, tout son corps.

Elle lâche un cri étouffé…

… dégringole…

… essaie de se raccrocher aux pierres…

… glisse entre Pythagore et le mur…

Celui-ci se presse fermement contre elle pour l'empêcher de tomber ; puis, d'une main, l'agrippe par la taille. L'élan de la chute a manqué de le faire tomber, lui aussi, mais il reste cramponné au câble et recale bien ses pieds sur leur recoin de pierre.

Le tout n'a duré que quelques secondes. Le temps de sentir la béance du vide, la précarité de leur position.

Le cœur de Foresta bat aussi vite que celui d'un oiseau affolé.

Pythagore est troublé par cette soudaine proximité – l'odeur du cou de Foresta, de ses cheveux. Sa main est encore posée sur la taille de la jeune fille ; la chemise qu'elle porte s'est relevée dans la chute, il sent sa peau sous ses doigts.

Sa peau à elle, ses doigts à lui.

Il desserre légèrement son emprise.

– Ça va ?

– Oui, oui…, dit Foresta avec un entrain forcé.

Les jointures de ses doigts sont blanches à force de serrer le câble.

Elle respire fort ; lui aussi.

Pyth recule légèrement : la façon dont son souffle effleure la nuque de la jeune fille lui fait tourner la tête plus sûrement que le vide.

– Tu veux toujours grimper ?

– Oui, oui…

Mais Foresta ne bouge pas.

Pythagore pourrait avoir l'impression qu'elle fait durer l'instant – ou pas ?

– Oui, on va grimper, reprend-elle.

Elle relève la tête ; tourne son visage vers le sien. Ses lèvres sont tout près des siennes.

– Il faut juste faire attention…

– Oui.

∞

Ils atteignent la passerelle.

Accoudés à la rambarde, ils regardent le paysage en silence. La ville d'Eman se déploie devant eux dans une nébuleuse architecturale travaillée comme une parure de fée. Elle est parcourue de points de verdure, de scintillements, de citadelles, de ponts, de toits qui accrochent la lumière. Pythagore pense à une carte postale d'Istanbul que son père lui avait envoyée quand il était petit et qu'il avait gardée punaisée au-dessus de son lit pendant plusieurs mois.

Un nouveau grondement fait trembler la terre.

Foresta pointe le doigt en direction d'un bâtiment surmonté d'une grande coupole en verre et fer forgé.

– C'est le palais d'Éole, la salle de concert.

Au pied du palais, les organisateurs s'agitent. Des caisses de bois sont hissées par des treuils.

– Les musiciens apportent leurs instruments pour caler les fréquences, commente Foresta.

Elle fixe du regard les petits points qui s'activent, comme si elle essayait de reconnaître des amis.

– Ce soir, c'est le concours pour désigner ceux qui joueront pour la fête – après la bataille de l'Empoing.

Pythagore perçoit de la nostalgie dans sa voix. Pour la distraire de son regret, il pose une question qui lui trotte dans la tête depuis un moment :

– C'est quoi cette histoire de « scaphandres d'égorgeurs » ?

– Les scaphandres…

Elle prend un temps ; se masse les paupières.

– Les scaphandres, c'est la signature du gang des Genoux Bleus.

– … ?

– Je t'ai dit que le courant était imperméable… que personne ne pouvait le traverser…

– Oui.

– Ce n'est pas tout à fait vrai. Au Gaoyan, il y a un gang qui a réussi : les Genoux Bleus. Ils ont fabriqué des scaphandres en cuir d'algue capables de traverser le courant. Personne ne connaît le secret de leur fabrication… La légende du Gaoyan dit qu'autrefois les Genoux Bleus plongeaient dans le courant pour boire le sang des femmes et que c'est comme ça qu'ils ont réussi à mater la région.

« Les gangs pensent que boire le sang sublittoral donne des pouvoirs – que ça enlève la peur, que ça donne une force surhumaine ; plus de virilité, aussi… C'est pour ça que, depuis des centaines d'années, ils sillonnent le courant avec leurs bateaux – pour traquer ceux qui remontent à sa surface.

– Ceux qui remontent à sa surface ?

– Oui, ceux qui habitent en dessous, dans les Territoires Denses sublittoraux, et qui remontent à la surface du courant.

– Comment ça… ?

– Toutes les nuits, le continent sublittoral rejette des hommes et des femmes ; ils sont drainés par le courant. Ça peut être à cause d'un changement de fréquence ou d'un changement climatique… Ils flottent dans le courant jusqu'à ce qu'on les trouve ou jusqu'à ce qu'ils échouent quelque part. On les appelle les Flotteurs ou les Dormeurs. Moi, par exemple, c'est ce qui m'est arrivé…

– … ?

Elle sourit.

– Je ne me souviens plus de ma vie sous le courant, mais je me souviens du jour où le courant translittoral d'Abjarnik m'a rejetée. J'ai flotté sur le dos pendant longtemps. Et c'est le commandant Baar qui m'a trouvée.

« Il n'était pas encore commandant à l'époque ; il faisait partie d'une expédition qui sillonnait les Territoires Mouvants vers le nord. Il dit qu'il m'a repérée grâce à mes cheveux rouges. C'est lui qui m'a donné mon nom : « Foresta », c'était le nom de l'île la plus proche de notre position, et « Erivan », c'était le nom du bateau. J'étais très petite – à peine six ans – mais au lieu de me débarquer au port suivant, les géographes m'ont gardée avec eux jusqu'à la fin de la mission. Ce sont les premières personnes à s'être occupées de moi.

Foresta parcourt la ville du regard.

– À la fin de l'expédition, ils m'ont ramenée à Eman et j'ai grandi ici.

Foresta doit donc son prénom à une île ; elle est née sur un continent enfoui sous un courant phosphorescent et, pourtant, Pythagore a l'impression de la comprendre – mieux que les filles de sa classe, en tout cas.

– Mais alors, si tu viens d'en bas… pourquoi tu ne peux plus traverser le courant ?

– Parce que le sang s'adapte – c'est le principe de la biologie des climats. Une fois qu'un corps remonte du continent sublittoral, il ne peut plus y replonger.

Pythagore l'observe ; il essaie d'imaginer l'enfance de Foresta au milieu des géographes et de leurs manières militaires. Il comprend un peu mieux ses façons de faire – son regard droit et franc, son absence de minauderie, sa facilité à donner des gifles.

– Et toi, tu veux partir en guerre ?

– Je ne sais pas, répond-elle en haussant les épaules. Je ne sais plus quoi penser. Dimanche, quand la terre a tremblé, on a découvert un bateau d'allure gaoyan caché dans une crique. Il y était marqué « Kor-Lean » – ce qui veut dire « Genoux Bleus » en langue gaoyan – et il était chargé de câbles, de couteaux et de matériel de plongée. Dès le lendemain, on a commencé à compter les corps – décapités. Tout le monde en a déduit que, grâce à leurs scaphandres, les Genoux Bleus avaient traversé notre courant et tué des femmes sublittorales pour boire leur sang. Mais ça n'a pas de sens. Les Genoux Bleus sont nos alliés au Gaoyan, ils ont toujours œuvré pour stabiliser la région ; ils ont toujours empêché les autres gangs d'attaquer nos bateaux.

Foresta se lève.

– Viens, on a perdu assez de temps. Il faut en profiter pendant que le commandant est encore à l'entraînement.

∞

Depuis la fenêtre ouverte, Pythagore balaie la pièce du regard. Fauteuils, méridienne, tapis. Tous les meubles sont en bois noble ou en métal étincelant. Sur de robustes étagères s'exposent des instruments de navigation à l'allure élégante.

Foresta se risque dans la pièce la première et se dirige vers une longue console. L'espace est envahi de produits et d'ustensiles capillaires : peigne, rasoir, brosse, teinture pour cheveux.

– Il n'y avait pas tout ça la dernière fois.

Elle attrape une petite bouteille de teinture noire et sourit en lisant :

– « Teinture de précision – noir intense » !

Une dizaine de petites bouteilles de teinture noire du même genre se disputent l'espace.

– Il fait des réserves pour partir en guerre ?

Foresta éclate de rire. C'est la première fois que Pythagore entend le rire de la jeune fille cascader franchement. Il aime que sa voix rebondisse, que son visage s'éclaire. Elle ressemble à une fille normale.

Leurs regards se croisent ; se retiennent. Pyth a encore le souvenir de l'empreinte de son corps sur le sien.

– En tout cas, Louise n'est pas là, commente Foresta.

Elle va à la porte d'entrée, essaie de l'ouvrir en vain, tandis que Pythagore scrute une immense carte géographique accrochée au mur. Elle est plus détaillée que celle de la chambre de Foresta et présente de longs chemins fléchés vers le Gaoyan – des croix sur certaines îles, des lettres, des chiffres et d'autres signes.

– C'est son plan de guerre, murmure Foresta, fascinée.

Soudain, le bruit d'un impact les surprend : quelque chose qui s'agite de l'autre côté du mur. Quelque chose qui cogne – comme s'il voulait sortir.

Ils cherchent une ouverture, sans la trouver.
Pythagore décroche la carte.
Elle cachait une porte étroite.
Et c'est de là que viennent les bruits.

∞

La porte est fermée à clé.

– Louise ? demande Pythagore à tout hasard.

Personne ne répond, mais les bruits s'amplifient.

Pyth s'approche de la minuscule serrure. C'est une serrure à l'ancienne, avec une ouverture par percussion.

Il tâte les poches de sa chemise de chantier ; il en extrait un ticket de métro, un papier de chewing-gum, quelques pièces de monnaie, un trombone et un couteau suisse.

Il sait faire mille choses avec un trombone ! Et peut-être même davantage s'il y a un passe-fil dans les accessoires du couteau.

Il vérifie. Il y a un passe-fil !

– Je peux essayer de l'ouvrir.

– Tu sais faire ça ?

– Peut-être. Ça dépend comment la serrure a été fermée.

Pythagore se sent important ; investi par l'intérêt nouveau que Foresta lui porte.

Il commence par assouplir le trombone. Il sait comment ne pas le tordre brutalement ; il sait le chauffer et lui laisser du jeu.

Pythagore insère le passe-fil dans le cylindre. Il caresse la première goupille, en espérant que le fil de métal ne soit pas trop fragile pour ce genre de système. Il ne l'est pas.

Il aime sentir sur lui le poids du regard de Foresta.

Il repousse facilement la première goupille, puis la deuxième ; et enfin la troisième. Il sécurise sa prise avec le trombone avant d'aller plus loin. Puis il reprend son avancée. Les dernières goupilles cèdent.

Clac.

Jamais il n'a ouvert une serrure avec autant de facilité. Sa satisfaction lui fait oublier tout le reste. Il se redresse, le cœur gonflé de fierté, et entrouvre la porte.

– Voilà.

∞

Bzzzzzzz…

Pythagore n'identifie pas immédiatement le bruit qui prend sa source dans la profondeur.

Bzzzzzzz…

– Attention ! lâche Foresta dans un souffle.

Trois choses noires se faufilent par l'entrebâillement de la porte et s'élancent à présent dans les airs. Trois gros insectes qui diffusent une lumière lugubre ; leur vol est lourd et plombé, comme celui des hannetons.

– Ce sont des lucioles noires, dit Foresta d'une voix blanche. Il doit y avoir quelque chose de mort à l'intérieur.

Bzzzzzzzzzzzzzz…

Pythagore ouvre franchement la porte.

Ils entrent dans le cabinet secret.

Et de battre
leurs cœurs
s'arrêtent.

∞

Accrochées par leurs longs cheveux soyeux, des têtes de femmes pendent du plafond, comme des breloques.

Ce sont de très jeunes femmes – des adolescentes arrachées au sommeil – dont la gorge a été entaillée.

Leurs yeux grands ouverts sont pleins d'effroi et présentent une expression teintée de surprise. *Pourquoi ?* semblent-elles toutes penser.

Pythagore manque de vomir.

Il essaie d'empêcher Foresta d'entrer mais elle a déjà tout vu – d'autant que sur toute la longueur du cabinet s'étend un immense miroir mural qui souligne la mise en scène et redouble l'horreur.

Foresta et Pythagore longent le miroir. Ils progressent à pas lents, en suivant leur reflet au milieu des têtes. Pythagore a l'impression de traverser un film d'épouvante ; un conte du Moyen Âge ; une expérience impossible.

Une odeur entêtante les enveloppe : une odeur de terre et de forêt après la pluie, de bois, de mousse, d'animal – d'animal qui aurait couru et transpiré pour échapper à un prédateur.

Au milieu de l'effroyable caveau trône une large caisse en cuivre remplie d'objets divers, dont deux attirent particulièrement leur attention : un scaphandre à peau luisante et les lunettes zébrées noir et blanc de Louise Markarian.

Foresta ose à peine poser sa main sur le scaphandre, comme si elle redoutait qu'il se réveille, tandis que Pythagore s'empare des lunettes de Louise, tel un vestige précieux.

Semblables à de grosses mouches excitées par la pluie, les lucioles noires continuent de voler dans la pièce en se cognant aux murs, au miroir, aux têtes, aux murs, au miroir, aux têtes…

Bzzzzzz, bzzzzz, bzzzzz…

Ils n'entendent pas que, derrière eux, la porte se referme à double tour.

∞

– Erivan ! lance une voix d'homme très chaleureuse.

Pythagore se retourne, glacé : le commandant Baar vient de les enfermer. Il leur parle depuis une petite fenêtre, pareille aux ouvertures pratiquées dans les portes de cellules de prison. Son visage tatoué resplendit dans l'encadrement rectangulaire et le montre arborant un sourire fier. Sa barbe et la racine de ses cheveux sont d'un bleu électrique.

– Je ne sais pas comment vous êtes entrés dans mon cabinet, mais je sais pourquoi vous n'allez plus jamais en sortir.

Il le dit comme s'il leur annonçait une bonne nouvelle ; comme s'il les invitait à prendre le thé.

– C'est dommage, Erivan.

– C'est vous… qui tuez… les femmes ?

– Je ne les tue pas, je leur prélève du sang. Le sang sublittoral s'évapore à la moindre blessure : elles meurent – c'est la vie.

Il fixe Foresta et sourit.

– Erivan, tu vas rater la guerre, c'est dommage ; je t'aurais bien cmmenée avec nous. On aurait pris le bateau qui porte ton nom.

– …

Le commandant prend une brusque inspiration et pousse un « Haaaaa » de plaisir.

– Vous sentez l'odeur de ces femmes ? C'est celle de la liberté. Vous allez comprendre ce que ça fait que d'avoir l'esprit libéré du bien et du mal ; une intelligence qui fonctionne sans entraves, qui profite des fréquences les plus basses.

Effarés, Pythagore et Foresta subissent son discours de fou, mais ils sont obligés de s'avouer secrètement que l'odeur des têtes fait monter en eux quelque chose de nouveau.

« Fréquences basses ».

Les idées se déploient différemment dans le cerveau de Pythagore. Elles sont plus lourdes, presque ondoyantes.

Le commandant fait volte-face et plonge dans la profondeur de son salon. Par l'ouverture du judas, ils le voient s'asseoir devant la console où se trouve toujours la dizaine de bouteilles d'encre noire.

Il tire sur la racine bleue de ses cheveux et commence à appliquer le produit noir au pinceau.

Le fou rire de Foresta au sujet des teintures semble appartenir à une époque révolue. Le fait même d'avoir pu rire dans cette pièce paraît désormais déplacé et dérisoire.

Le commandant reprend d'une voix tranquille :

– Il n'y a que deux problèmes avec le sang sublittoral. Le premier c'est qu'il s'évapore : impossible à conserver, impossible à transporter ; il faut le consommer tout de suite – sur place. Mais ce problème…

Il marque une pause, plonge la main dans sa poche et brandit une petite fiole rouge qu'il admire à la lumière du soleil.

– … j'ai un petit trésor qui va m'aider à le régler.

– …

– L'autre problème, c'est qu'il déteint sur les poils et complique l'entretien capillaire.

Foresta le dévisage, sans bouger ; puis articule avec peine :

– Pourquoi… vous… gardez les têtes… ?

– Plus fort, Erivan, plus fort, chantonne le commandant.

– Pourqu' vou… gard' les têt'…

La voix de Foresta semble enveloppée de brouillard, comme dans les cauchemars où les cris sont empêchés.

– Plus fort ! hurle cette fois le commandant en frappant du poing sur la table.

Pythagore vient au secours de Foresta et hurle à son tour, plein d'une rage qu'il ne reconnaît pas :

– Elle vous demande pourquoi vous gardez les têtes !

Baar pivote sur le tabouret de la console et plante ses yeux dans ceux de Pythagore – c'est la première fois qu'il le regarde pour de vrai.

– Chhhhut… Ne joue pas à l'homme. Il n'y a pas d'homme, il n'y a pas de héros. Il n'y a que les besoins des uns et des autres. Il y a le sang. Il y a la guerre.

Puis il reprend, comme si Pythagore n'existait pas :

– Pourquoi je garde les têtes, Erivan ? Pour l'odeur des cheveux ! À ton avis, à quoi servent les poils sur le corps humain ?

Il renifle les poils de son avant-bras.

– À diffuser les odeurs. Si le sang sublittoral s'évapore, son odeur reste accrochée aux cheveux.

Il marque une pause et poursuit d'un ton badin :

– Tu n'as jamais eu de pot-pourri, Erivan ? Tu n'as jamais remarqué que l'odcur dcs fleurs mortes est beaucoup plus entêtante que celle des vivantes ?

– …

Le commandant achève sa teinture ; se passe de la lotion ; coupe quelques poils récalcitrants.

– Erivan, c'est la vue de mes têtes coupées qui t'empêche de parler ? Ne t'inquiète pas, dans quelques heures tu ne ressentiras plus aucune gêne.

Au loin, quelqu'un toque à la porte de la pièce principale.

– Commandant ? C'est l'heure !

Foresta ouvre grands les yeux, en proie à un espoir soudain. Elle se met à taper contre les murs et à hurler – d'abord, juste des cris, puis des mots éraillés :

– Aidez-nous ! Aidez-nous !

Baar la regarde se débattre.

– Calme-toi, Erivan.

Il la couve du regard comme si elle était son enfant.

– Je garderai bien précieusement ta tête.

Et il ferme le panneau d'un coup sec.

∞

Pyth et Foresta restent seuls dans le petit cabinet, face aux têtes – face aux reflets des têtes.

Les lucioles noires les frôlent et se cognent encore et encore contre les murs.

Ils ne les remarquent même plus.

Des larmes silencieuses coulent le long des joues de Foresta. Elle fixe la porte, impuissante.

– Tu pourrais la rouvrir ?

Pythagore scrute l'intérieur de la serrure, puis fait non de la tête.

– Plus maintenant, il l'a fermée à double tour.

D'un coup, Foresta s'embrase ; elle frappe à nouveau contre les murs, mais deux fois plus fort, comme une sauvage.

Pythagore la laisse se défouler ; il se concentre sur le miroir mural.

– C'est dommage qu'il n'y ait pas de deuxième miroir, commente-t-il d'une voix atone. Ni de fenêtre.

Il s'accroupit pour fouiller dans la caisse et en sort un filin d'asphalt, plusieurs moteurs à pistons, des sortes de boîtes de conserve vides, des tubes de verre, une lunette d'observation, des plaques de métal argenté qui présentent un faible reflet.

– On pourrait essayer avec ça ? demande-t-il à Foresta lorsqu'elle reprend son souffle.

– Non, il faut un miroir ou une vitre, répond-elle brutalement.

Pythagore repose les plaques et ferme les yeux. Pris de vertige, il inspire profondément et cherche son oxygène ; sa respiration se fait lourde. Il lutte contre l'odeur des femmes, mais celle-ci semble déjà familière, presque intime.

– Ça te fait quelque chose ? demande Foresta.

– Je crois.

Il affronte du regard les têtes coupées et leur expression effarée.

– Maintenant, je peux les regarder en face.

Soudain, une idée germe en lui – simple et lumineuse. Il s'empare d'un des outils métalliques de la caisse et frappe le grand miroir sur le mur. Celui-ci se brise à moitié. Pythagore ramasse un débris, puis le brandit face à lui avant de se repositionner, dos au miroir.

– On peut essayer comme ça ?

Foresta comprend, se calme aussitôt et sort de sa poche deux fioles de concentré d'orange bleue. Elle en prend une et donne l'autre à Pythagore.

Leurs poumons se chargent en oxygène ; l'effet des peptines lutte contre celui des fréquences basses.

– Voilà, chuchote Pythagore.

Ils se cherchent dans le fragment de reflet que Pythagore fait pivoter. Foresta l'aide ; leurs mains se touchent.

Très vite, les vibrations de l'air s'épaississent et leur caressent les joues.

– Voilà, répète Foresta en chuchotant pour ne pas déranger la minuscule image qui vient d'apparaître, au loin, dans le miroir.

10

La Closerie

Ils atterrissent sur un plancher de bois qui dégage une forte odeur de poussière.

Pendant un temps, ils restent allongés, immobiles, sans parler.

De faibles lueurs filtrent par une fenêtre ouverte ; ils sentent la brise du dehors et l'air du matin.

Les cloches d'une église sonnent à proximité.

Au bout d'un moment, Pythagore se rend compte que Foresta est glacée, qu'elle tremble. Il la prend dans ses bras et la serre fort, sans autre intention que de la rassurer.

La pièce est basse de plafond et encombrée de meubles recouverts de draps.

Pythagore se relève, se penche à la fenêtre. Ils sont au dernier étage d'un immeuble.

En bas, la rue est encore déserte – hormis un homme, assis sur un banc, qui tient un chien en laisse.

En se contorsionnant, Pyth déchiffre une partie des grosses lettres apposées sur la façade de l'immeuble.

O… S… E… R… I… E…* * * * *

Il comprend qu'ils ont débarqué à *La Closerie*, le plus bel hôtel du Vieux-Loiret.

Il balaie de nouveau la rue du regard et sursaute en remarquant que l'homme au chien pointe le doigt dans leur direction.

Pythagore referme la fenêtre.

Il ne dit rien à Foresta pour ne pas l'inquiéter, mais l'entraîne doucement vers la porte. Amorphe, elle se laisse diriger.

L'étage n'est pas destiné au public ; le couloir mansardé est encombré de chariots de ménage, de produits d'entretien, de recharges en tout genre. Après avoir descendu un escalier très étroit et peu éclairé, ils accèdent aux parties aménagées pour la clientèle : le couloir y est large et confortable – tableaux, banquettes, appliques.

Ils progressent silencieusement sur la moquette ; passent devant des plateaux de victuailles abandonnés devant les portes de chambre.

Pythagore n'est jamais entré à *La Closerie*. Il sait qu'il doit trouver rapidement un chemin vers la sortie : avec sa blouse de grosse toile superposée à sa chemise d'ouvrier, personne ne croira qu'il est un client de l'hôtel cinq étoiles. Il entraîne Foresta vers un autre escalier de service.

Au rez-de-chaussée, il entrouvre une porte : plusieurs personnes élégantes installées dans de gros fauteuils lisent chacune un journal devant un petit déjeuner qui fume.

Au loin, il aperçoit le hall de l'hôtel et la porte de sortie, mais il n'ose pas s'aventurer dans la salle à manger.

Ils descendent encore un étage ; atterrissent au sous-sol, dans une cuisine où deux plongeurs sont affairés au nettoyage de casseroles.

Pyth en profite pour attraper une dizaine de petits croissants tièdes qui reposent sur une grille et les fourrer dans ses poches ; puis, tous les deux se recroquevillent pour traverser la cuisine sans être vus. Ils longent un couloir de cave ; un dernier escalier en béton les mène dans l'arrière-cour de l'hôtel où un échange de sacs de linge est en cours – le propre contre le sale.

Ils avancent en crabe, rasant le côté du camion marqué « Loiret Linge », et sortent enfin dans la rue.

∞

La rue Trousseau est perpendiculaire à l'entrée principale de l'hôtel. Pythagore y jette un œil pour apercevoir l'homme du banc. Il est toujours là et son doigt est toujours tendu vers le haut de l'immeuble : il bat la mesure, comme s'il comptait les fenêtres. Pythagore se rassure. Ce geste ne leur était sans doute pas destiné.

Toutefois, il est pris d'un sentiment étrange, l'impression d'avoir déjà vu cet homme quelque part. Il est jeune, porte un treillis militaire et des chaînes en argent. C'est lorsqu'il se tourne de trois quarts que Pyth reconnaît sa tonsure : sur la moitié du crâne ses cheveux sont bien épais ; sur l'autre, ils sont rasés. C'est le jeune qu'il a croisé devant la Maison des Légendes avec Nicolas et Hossein.

∞

Calés sur les marches de l'église Saint-Hilaire, Pythagore et Foresta reprennent leurs esprits en se rassasiant de croissants.

Ils assistent en silence au passage des éboueurs, au lever des premiers rideaux de fer, au ballet des camions qui livrent les cafés.

L'horloge indique 7 h 30.

– Il est plus tôt ici que là-bas, remarque Pyth.

– Oui, répond Foresta d'une voix plate et fatiguée. Le temps est élastique… Il est parfois plus rapide chez vous, parfois plus rapide chez nous. On ne peut pas vraiment savoir.

Pythagore en prend note – mollement. Ils sont tous les deux hagards. Les images des têtes du petit cabinet hantent leurs corps malmenés.

Foresta reprend lentement :

– Le commandant Baar… Il va savoir qu'il y a quelque chose. Il va chercher à comprendre comment on s'est échappés.

– Le commandant Baar, répète Pythagore, comme s'il avait besoin de prononcer son nom pour bien mesurer son existence.

Ce qu'il vient de vivre est si terrible qu'il a besoin d'ancrer ses souvenirs dans la réalité pour ne pas les confondre avec les échos d'un cauchemar. Un frisson glacé lui parcourt l'échine.

Foresta continue à réfléchir tout haut :

– Comment est-ce qu'il s'est procuré ce scaphandre ?

Elle mâche un bout de croissant de manière mécanique, les yeux dans le vide.

– Il coupe la tête des femmes… Il fait accuser les Genoux Bleus… Il veut récolter du sang sublittoral… Est-ce qu'il veut envahir le Gaoyan ? Il est fou…

Elle se tourne vers Pythagore.

– Et il va avoir peur qu'on le dénonce. Il va falloir qu'on se cache…

Ils se regardent, encore effarés ; puis elle ferme les yeux, se masse les paupières et ajoute :

– Dans la caisse de plongée, avec les lunettes de Louise, il y avait aussi des boîtes vides ; c'étaient des rations de géographe et… quelqu'un les a mangées. Je pense que c'est Louise ; je pense qu'il la garde là-bas… sous le courant.

– Alors… on doit y retourner – ce soir…

Foresta est présente physiquement, mais son esprit est resté là-bas ; elle est encore en état de choc.

– Je pensais que… le commandant était…

Sa voix se casse ; elle s'interrompt. Des larmes emplissent ses yeux d'un coup, comme une lame de fond.

– Qu'il était… comme un… qu'il était – pour moi – comme un…

Pythagore sait quel mot elle brûle de prononcer, mais aucun des deux ne le dit tout haut.

– J'ai toujours voulu… l'impressionner… J'ai toujours voulu… qu'il soit fier de… moi… fier de m'avoir repêchée…

Elle ferme les yeux ; lutte contre les larmes. Son menton tremble.

Pythagore ne sait pas s'il doit la prendre dans ses bras pour accueillir ses pleurs ou, au contraire, changer de sujet pour l'aider à tenir bon.

Foresta détourne la tête. Il comprend qu'elle a besoin d'intimité. Il attend quelques secondes avant de lancer :

– Il faut qu'on trouve quelque chose à dire au père de Louise… pour ne pas qu'il s'inquiète.

Foresta fait oui de la tête.

– Comment tu as fait hier… ?

Elle avale sa salive avec difficulté ; puis se tourne à nouveau vers lui pour répondre d'une voix plus maîtrisée :

– Je ne lui ai rien dit. Louise lui avait déjà demandé si elle pouvait dormir chez moi toute la semaine – elle voulait m'accompagner aux entraînements de nuit.

À la façon dont Foresta le regarde, Pyth comprend qu'elle lui est reconnaissante d'avoir repris en main la conversation. Il poursuit donc :

– Et au lycée ? Comment tu as fait pour justifier son absence ?

– J'ai demandé de l'aide à Nicolas Frangin.

– …

– C'est son grand frère qui a appelé ; il s'est fait passer pour le père de Louise.

– Erwan… ?

– Oui…

La gorge de Foresta se dénoue, sa tension se relâche.

– Erwan a accepté de vous aider… Il a demandé combien ?

– Il n'a pas demandé d'argent.

– Ah bon… C'est nouveau ça…

Pythagore sourit légèrement.

– Mais… tu es sûre que ça a marché ? Tout le monde connaît la voix de M. Markarian au lycée.

– Oui, c'est ce que Nicolas m'a dit. C'est pour ça qu'on a appelé à l'heure du déjeuner, c'est une nouvelle qui répond.

– Ok, répond Pythagore. On fera la même chose tout à l'heure. Et il faudra qu'on fasse attention aux mails, aussi… La Vie scolaire envoie des mails aux parents pour récapituler les absences, il faudra qu'on les efface.

– D'accord.

Pythagore se lève.

– On devrait même y aller tout de suite, avant les cours. Je pourrai récupérer mon sac, et toi tes affaires.

Foresta acquiesce mais ne bouge pas. Pyth a l'impression que quelques larmes menacent de réapparaître. Il enchaîne avec un entrain légèrement forcé :

– Tu sais, je pense qu'il ne faut pas traîner. Si ça se passe mal de l'autre côté, il faut au moins qu'on assure un minimum ici.

Foresta approuve. Il lui tend la main pour l'aider à se lever.

∞

Ils récupèrent le sac de Pythagore à la piscine, puis se rendent chez Louise. M. Markarian a déjà quitté la loge. Ils n'ont aucun mal à accéder au vieux PC du salon – il n'a pas de code. La boîte mail du père de Louise est pleine de quatre-vingt-trois messages non lus, dont celui que la Vie scolaire a envoyé la veille.

Pyth l'efface d'un clic et enregistre l'adresse du secrétariat dans « courrier indésirable » de manière que le prochain mail aille directement à la poubelle.

Dans la chambre de Louise, ils retirent leur blouse. Foresta récupère ses affaires de lycée, tandis que Pyth remarque plusieurs objets qu'il n'avait encore jamais vus en ce lieu – notamment un livre épais sur lequel on peut lire : *Géographe(s)*.

– C'est le premier manuel qu'on donne aux aspirants, explique Foresta. Louise l'a lu presque en entier.

Pyht l'ouvre à la première page où sont griffonnés quelques mots d'une écriture de médecin. Seule la signature, énorme, est bien lisible : « Baar ».

Foresta arrache la page d'un coup sec et sourit froidement avant de la déchirer en de multiples morceaux.

– C'est lui qui me l'a offert… quand j'avais dix ans.

La page suivante est une rapide introduction à l'ouvrage.

Ce livre est à l'usage de tous les géographes, qu'ils soient débutants, aspirants, confirmés.

Il se découpe en trois parties principales :

1. Les bases de l'étude de la terre et de ses vibrations – géologie, biologie des climats, analyse des différentiels vibratoires, navigation, forage, astronomie, cartographie.

2. L'histoire des grands géographes et de la Société de géographie depuis la création de la Société d'Archéanie jusqu'à celle de la Ligue sociétaire.

3. L'analyse des comportements et des codes d'honneur des géographes à travers les cinq continents et leur relation avec les gouvernements.

Pythagore feuillette le livre. Au milieu des descriptifs, croquis et cartes, Louise a collé de nombreux Post-it avec des annotations.

Pyth en lit une au hasard :

Dimanche ! Tremblement sublittoral (à cause des scaphandres ? > Genoux Bleus ?) Répercussion : tremblement de terre Loiret-en-Retz ? / Regarder épicentre.

Il s'étonne aussitôt :

– C'est dimanche dernier que le Sublittoral a tremblé ?

– Oui, dans la nuit – comme chez vous…

– Ça veut dire que…

– Qu'il y a des correspondances géologiques entre ici et là-bas…

Pyth prend une seconde pour réfléchir aux conséquences de cette hypothèse.

∞

La cour des Prophètes se remplit d'élèves de prépa qui vont commencer leur concours blanc. Certains échangent des fiches, d'autres prennent des airs faussement décontractés, d'autres paniquent ouvertement :

– Mon stylo fétiche ne marche plus… Merde… Merde… Je vais tout foirer.

Assis par terre, adossés contre un mur, Pythagore et Foresta sont ahuris par le décalage entre ce qu'ils ont vécu et la scène qui se déroule sous leurs yeux. Leurs oreilles bourdonnent. Ils se sentent comme des passagers en transit dans un aéroport de bout du monde.

Leur premier cours commence une demi-heure plus tard. Une demi-heure de calme.

Pyth se lève pour aller à la machine à café.

Sur le distributeur sont encore collées les affiches de la fête des Pêcheurs. « Animation sonore : P. Luchon ». Il les lit comme de vieux journaux qui dateraient d'un autre siècle.

Il passe par les toilettes pour s'asperger le visage d'eau. Dans le miroir, il découvre sa peau blême, ses cheveux ébouriffés et ses yeux brillants, comme s'il avait la fièvre. Il porte toujours la même chemise d'ouvrier couverte de peinture.

Dans les cabines d'à côté, les rires fusent ; les portes claquent.

Pythagore tend l'oreille.

– Les mecs, faudra pas venir tous en même temps…

– Sauf si on a la vieille pionne qui capte rien.

– Oh ! Ça serait de la balle.

– Mec, fais gaffe… Ça se voit grave !

– C'est les fiches de Santoni, il écrit trop gros !

Ils éclatent de rire.

– Où est-ce que vous avez mis « le temps » ?

– J'ai « le travail », « l'art », « la politique », « la cité »…

– Hé, mec, ça va tomber.

Quelqu'un répète :

– Où est-ce que vous avez mis « le temps » ?

Pythagore repère un paquet d'antisèches caché derrière les tuyaux des toilettes où il vient de s'enfermer : il attrape une feuille au hasard.

> Peut-on dire que le temps exclut et que l'espace tolère ?

Il se laisse pénétrer par cette question, puis replace la feuille là où il l'a trouvée.

∞

Il revient dans la cour, tend un café à Foresta. Ils le boivent lentement, à petites gorgées, en observant les techniciens qui remballent l'estrade, les caisses et les guirlandes.

Soudain, Pythagore sursaute. Sa mère vient d'apparaître au bout de la cour, d'un pas pressé.

Elle semble inquiète, stressée. Pythagore croit d'abord qu'elle se dirige vers lui, mais finalement elle se glisse dans une salle de philo dont elle referme la porte vitrée.

Pyth se lève, va coller son nez au carreau : sa mère est en train de poser son sac sur le bureau ; puis sa veste, sur le portemanteau.

Au moment où elle s'apprête à tourner les talons, elle remarque la présence de Pythagore et se fige.

Puis elle sourit, hésite à sortir, et finalement sort.

– Pythagore !

– Oui…

– Comment ça va ?
– Bien… J'ai dormi chez Louise.
– Oui, oui, je sais…
– Et toi… ? Tu n'es pas allée à l'hôpital ?
– Non… Pas ce matin, mon grand.

Pythagore attend qu'elle explique sa présence dans une classe de philo, mais elle ne dit rien.

– Pourquoi tu es là ?
– Je rends service à une collègue. Je la remplace pour sa surveillance.

Les élèves s'agitent ; certains se lancent des regards par en dessous. Pythagore remarque des signes de menton en direction de sa mère.

Et, tout à coup, il fait le lien.

Est-ce que c'est à sa mère qu'ils ont fait allusion lorsque aux toilettes les élèves ont parlé de « la vieille pionne qui ne capte rien » ?

Il dévisage tous ceux chez qui il surprend un regard sarcastique ; il voudrait les tuer.

« La vieille pionne qui ne capte rien »…

– À plus tard, mon grand. Amuse-toi bien.

Sa mère referme la porte de la classe.

Pythagore sent que quelque chose n'est pas normal.

∞

Il décide d'aller à la Vie scolaire pour vérifier les horaires de la nouvelle secrétaire de l'accueil et compte bien en profiter pour jeter un coup d'œil au planning de surveillance des concours blancs.

M. Deschamps, happé par un jeu sur son téléphone, ne fait aucune difficulté pour les laisser passer, Foresta et lui.

Dans un fauteuil, une prof somnole, la tête jetée en arrière, des copies à corriger sur les genoux.

Pythagore laisse son regard parcourir les grands panneaux de liège sur lesquels sont punaisés les plannings des permanences, des cours, des conseils de classe, des réunions de parents d'élèves ; la programmation des bacs blancs, des concours blancs, des DST ; la répartition des salles et des surveillants.

Intrigant.

Le nom de sa mère figure partout où c'est possible – à la surveillance du samedi matin, aux créneaux de permanence en journée, à l'étude du soir du collège, tous les jours de 17 heures à 18 h 30, à la surveillance des brevets blancs prévus pour dans deux mois.

Sa mère n'est pas juste en train de rendre service à une collègue, elle a pratiquement doublé son temps de travail. Pourquoi lui a-t-elle menti ?

Foresta tire Pythagore par la manche.

– Regarde… Jasmine Blanc. Elle travaille bien à l'heure du déjeuner.

∞

– Ça va, mec ? demande Nicolas Frangin à Pythagore.

– Ouais, ça va.

Ils sont les premiers dans la classe. Nicolas les scrute comme s'il cherchait à comprendre la nature de leur rapprochement.

– C'était cool hier…

– Ouais, très cool.

– J'espère que tu t'es reposé, parce qu'il y a les vingt ans de mon frère, ce soir, à la maison du lac.

Nicolas tape sur l'épaule de son ami et, d'un geste qu'il cherche à rendre anodin, pose tranquillement son sac contre celui de Foresta. Pythagore comprend qu'il essaie de se placer à côté d'elle. Il se souvient qu'ils ont besoin de la voix d'Erwan, son frère, et il le laisse faire.

– Il m'a dit d'inviter deux, trois copains, mais j'en suis déjà à cinq et je compte pas m'arrêter là. Tu peux venir aussi, dit-il à Foresta d'une voix un peu trop aiguë.

Pyth se tourne vers Laure Gantier, lui fait la bise, pose son sac à côté du sien.

Il ajoute à l'adresse de Nicolas :

– Honnêtement, je sais pas si j'aurai la force de venir jusque là-bas…

– Tu déconnes, mec ? C'est ses vingt ans ! Et les parents ne sont pas là… Tu peux pas rater ça !

Jordanie Serra entre dans la classe et frôle ostensiblement Pythagore – sans le regarder. Ses lèvres font la moue. Elle a le regard plissé, comme s'il y avait du brouillard dans la classe et qu'elle cherchait à repérer sa route.

Pythagore éprouve de légers picotements dans tout le corps en repensant à ce qu'ils ont partagé la nuit dernière. Il hésite sur l'attitude à adopter.

– Jordanie ? lui dit-il avec un léger sourire. On ne se dit plus bonjour ?

Elle lui sourit.

– Si, si, salut.

Puis elle baisse les yeux et chuchote en affichant une mine solennelle :

– Je ne sais pas quoi faire… Si Maxence apprend qu'on s'est embrassés, il va nous tuer.

– Bah… ne lui dis pas…

– Lydia m'a dit que c'était mieux que je lui dise, que c'était pas honnête sinon.

– Tu l'as dit à Lydia Morali ?

– Mmmmh.

Pythagore la regarde, sceptique, l'air de dire : « Si tu l'as dit à Lydia Morali, c'est comme si tu l'avais posté sur Facebook. »

– J'ai laissé ton sweat à la maison… je ne voulais pas d'histoires.

– Ok.

Elle regarde ses vêtements.

– Tu ne t'es pas changé ?

– Non. C'est grave ?

– Non.

Elle sourit de nouveau, puis s'éloigne.

Laure Gantier sort ses affaires de son sac et lui jette un regard affligé. Quand Pyth et elle sont « sortis ensemble », l'année dernière, elle l'a accusé d'être « secrètement attiré » par Jordanie.

Elle pose devant elle le texte sur lequel ils sont censés avoir préparé un plan de commentaire composé, puis son devoir qu'elle place bien parallèle au texte, parfaitement présenté.

Pythagore se rend compte qu'il a oublié de faire le sien.

– C'était pour aujourd'hui ? demande-t-il. Merde, je croyais que c'était pour la semaine prochaine.

Au même moment, Maxence Vidal-Daguerre passe devant leur table. Il s'installe à côté de Jordanie et lui fait un smack tandis que celle-ci adresse un coup d'œil ravageur à Pythagore.

Pyth se tourne vers Laure.

– Il fallait juste préparer un plan, c'est ça ?

Il espère qu'elle lui laissera regarder sa copie, mais elle avance justement son buste pour lui barrer la perspective.

– Oui, c'est ça, répond-elle un peu sèchement.

Pythagore fouille dans son sac pour y chercher le texte en question ; il le trouve à moitié froissé, coincé entre deux livres. Il le repasse avec le plat de sa main ; puis se plonge dans sa lecture.

Quand à peine un nuage,
Flocon de laine, nage
Dans les champs du ciel bleu,
Et que la moisson mûre,
Sans vagues ni murmure
Dort sous le ciel en feu

Soudain, le fait de se trouver en cours lui semble surréaliste. Il a envie de dormir.

Il réalise qu'il n'a pratiquement pas dormi de la nuit ; il se souvient de la fatigue que Louise et Foresta ont affichée toute la semaine. Il comprend pourquoi, à présent.

Il place ses bras en oreiller sur la table, pose sa tête dessus et ferme les yeux.

Les images remontent.

Les arbres aux fruits bleus. Les passerelles, les bâtiments. Les tatouages du lieutenant Abakan. La salle du vieux bassin. Les corps. Les têtes de femmes accrochées par leurs cheveux ; les lucioles noires qui se cognent au grand miroir.

Mme Tchad arrive et le brouhaha cesse.

Pyth se redresse sur sa chaise. Laure Gantier est déjà en position de bonne élève, prête à répondre aux questions. Foresta et Nicolas bavardent. Il semble la faire rire.

∞

Foresta est restée à côté de Nicolas pour le cours d'histoire et celui d'éco. Pythagore ne la rejoint qu'à la pause du déjeuner.

– Alors ?

– C'est bon. Il va appeler. Et j'ai dit qu'on viendrait tous les deux à la fête, ce soir.

– Ah bon ? Pourquoi ?

– Parce que je veux passer l'angle mort à la maison du lac.

– … ?

– À ton avis, dimanche dernier… Tu crois que c'est par hasard si Louise et moi on s'est retrouvées dans son jardin ?

Pythagore ne répond pas. Il se souvient juste de l'étonnement qu'il a ressenti quand il a appris la chose.

– On venait de passer l'angle mort dans le vieux port et on a atterri dans une cabane, à côté du lac d'Herbauges. On est sorties et, après quelques buissons, on s'est retrouvées dans la propriété de l'oncle de Nicolas Frangin. Il y avait une petite fête. On leur a dit qu'on avait fait le tour de la réserve naturelle ; qu'on voulait voir le plancton, mais qu'on s'était perdues et qu'on avait raté le dernier bus.

Pythagore est soulagé de comprendre rétrospectivement l'enchaînement des événements.

– Si on y retourne ce soir, ça sera beaucoup plus facile pour accéder au courant. Dans le vieux port, il y a des tas de pontons qui permettent de se glisser discrètement dans l'eau.

∞

Foresta et Pythagore sont assis rue Marie-de-Craon, sur les barres métalliques qui servent à attacher les vélos.

Ils feuillettent les chapitres de *Géographe(s)* en picorant leurs dernières frites, lorsque Pyth s'arrête sur un passage concernant la bataille de l'Empoing.

Lors de la bataille de l'Empoing, deux équipes s'affrontent. Chacune doit empoigner la terre de l'autre.

Il est interdit au chef d'équipe de participer à la bataille : sont évaluées ses capacités à mener ses troupes, pas celles qu'il a à être géographe.

Le chef de l'équipe qui remporte l'Empoing devient le commandant de la Société de géographie.

L'empoing du territoire se fait par un câble réglementaire sur un bloc de bolt.

Instruments autorisés

– Le câble du géographe : filin d'asphalt – longueur réglementaire, 10 encablures.

– Manteau de bucq : les poils de bucq ont des propriétés flottantes et chauffantes qui permettent de survivre aux tempêtes d'ions et au froid du petit-gel. Les lanières à fermoir agrippant sont autorisées pour bloquer les câbles enroulés sur l'épaule.

– Bottes à crampons, etc.

Sont interdits

– Boussole jumelle
– Couteau de méthylite
– Point de Gipht
– Câble à embout divergent
– Fil d'Orion
– Mousqueton classique
– Mousqueton à aimant
– Sac à ellipse

Règle n° 1

Ne jamais lâcher son filin d'asphalt.

– Maintenant, au moins, on est sûrs que je ne participerai pas à l'Empoing, commente Foresta en jetant un œil sur le livre.

– Sauf si quelqu'un d'autre se présente contre le commandant…

Foresta relève la tête et son regard se fige sur la cabine des toilettes publiques.

La porte automatique vient de s'ouvrir. Un jeune homme en sort laborieusement : d'une main, il se débat avec la laisse de son énorme chien qui ne demande qu'à filer ; de l'autre, il tire un lourd caddie plein d'effets personnels – vêtements, couvertures, livres, denrées alimentaires. C'est le jeune au crâne à moitié rasé qui errait devant *La Closerie* le matin même.

11

La fête de la maison du lac

Foresta est livide alors qu'elle regarde le jeune homme s'éloigner dans la rue.

– Le type avec le chien…

– Quoi ?

Elle hésite à répondre.

– Ça fait plusieurs fois que je le croise, et toujours après avoir passé l'angle mort : à l'église Saint-Hilaire, à côté de l'hôpital. Je sais que chez vous, les chiens sont très courants… mais chez nous… ils sont rares. Ils sont réservés à l'ordre des Garde-Fous… aux gardiens constitutionnels. En plus, il a le crâne à moitié rasé. Les gardiens constitutionnels ont des coupes similaires…

– À moitié rasé ?

– Non. Pas toujours, ça dépend de leur brigade ; ça dépend s'ils sont infiltrés ou officiels – certains ont des figures géométriques, des ronds, des carrés, des bandes…

– Tu sais, je crois que c'est juste un habitant de Loiret-en-Retz ; je l'ai déjà vu l'autre jour, devant la Maison des Légendes, quand je suis passé avec Hossein et Nicolas ; et ce matin, il traînait devant l'hôtel.

En prononçant ces mots, Pyth prend conscience qu'ils ne sont pas de nature à rassurer Foresta.

– Devant l'hôtel ?

– Oui, sur le trottoir d'en face – il observait quelque chose sur l'immeuble, je crois…

– Tu crois ou t'es sûr ?

– Je suis… plus ou moins sûr.

– Il nous a repérés ?

Pythagore se souvient que l'homme a tourné la tête dans leur direction. Mais de là à dire qu'il les a « repérés »…

– Je ne sais pas. Il avait l'air de compter les fenêtres.

– Mais pourquoi tu ne me l'as pas dit ?

– On avait d'autres choses en tête… Pour moi, c'était juste un type… qui faisait un truc bizarre… Il doit vivre dans la rue, tu as vu qu'il transportait ses affaires dans son caddie ?

Foresta semble être frappée par quelque chose de terrible.

– Je viens de comprendre quelque chose !

– Quoi ?

Foresta ne répond pas et plonge le visage dans ses mains.

– Non… ! se dit-elle à elle-même.

– Mais qu'est-ce qu'il y a ?

Elle reste silencieuse encore quelques secondes, les traits figés.

– Depuis que je traverse l'angle mort, j'ai toujours eu peur de croiser ceux qui protègent le passage.

– Il y a des gens qui protègent le passage ? Je croyais que personne n'était au courant ?

– Très peu le sont – pas plus de douze personnes.

– Douze ?

– Douze – ou treize avec moi ; il y a douze Garde-Fous en Galécie : ce sont eux qui sont chargés de garder les secrets constitutionnels. Et d'ailleurs, les douze ne sont peut-être pas tous au courant. L'ordre des Garde-Fous est très ancien et très hiérarchisé par la culture du secret. Ils ont un vaste réseau de gardiens, de brigades, officielles ou infiltrées, qui ne connaissent pas, ou que très partiellement, les secrets qu'ils protègent.

« Le passage de l'angle mort fait partie de ces secrets. Je peux même te dire que c'est le secret constitutionnel n° 3.

– Mais comment tu es au courant, toi ? demande Pythagore.

– Le secret m'est tombé dessus quand je faisais de la musique, dans les ateliers du port. Un matin, j'y suis allée très tôt pour être tranquille. J'étais en train de régler ma machine quand le vasistas du toit s'est ouvert ; j'ai entrevu une silhouette ; et la silhouette a jeté un objet lourd qui a failli me tomber dessus.

« Ensuite, il y a eu tout un remue-ménage de bruits, de pas, de gens qui criaient « Stop, stop » ; quand j'ai entendu les aboiements de chien, j'ai compris qu'il se passait quelque chose de grave.

« De la fenêtre, j'ai vu un homme qui venait d'atterrir après avoir sauté du toit ; il s'est mis à courir à travers les quais, puis sur les ponts des bateaux. Il sautait de l'un à l'autre, en essayant de semer ses poursuivants.

« Quand il a disparu de mon champ de vision, j'ai regardé l'objet qui était tombé : c'était un livre – un gros volume, à reliure de résine – avec, écrit à la main : « Secret constitutionnel n° 3 ».

« Il est absolument interdit d'approcher les secrets constitutionnels. Personne ne sait de quel sujet ils traitent, ni combien il y en a, ni sous quelle forme ils se transmettent. Jusqu'à ce jour-là, je ne savais même pas s'ils existaient vraiment.

« J'ai voulu me rendre chez les gardiens constitutionnels pour leur rendre le livre. Et puis j'ai réfléchi : ils pourraient me considérer comme dangereuse, simplement parce que j'avais eu le livre entre les mains ; il était très probable qu'on m'accuse de l'avoir lu, de toute façon.

« On dit que certaines personnes ont déjà été enrôlées de force dans leurs services d'ombre ; et je n'avais aucune envie de passer la fin de mes jours au service des Garde-Fous. Alors j'ai pris un énorme risque : j'ai mis le livre dans un sac à ellipse que les musiciens utilisent pour ranger les câbles ; et je suis sortie.

« J'ai ouvert le livre dans ma chambre. Tout y était manuscrit, avec des écritures différentes qui remontaient à des époques différentes – des mots anciens, des langues étrangères, basstang, arélien, des langues d'Abyssie et du Gaoyan, et d'autres que je n'ai même pas reconnues. En plus, certaines écritures étaient illisibles. J'ai mis du temps à comprendre ce dont le livre parlait : l'existence d'un autre monde – que les auteurs du livre appelaient « le monde superposé » – et auquel on accédait par un couloir de reflets appelé « l'angle mort ».

– …

– C'est comme ça que j'ai passé l'angle mort pour la première fois – en suivant les indications du livre.

Foresta laisse le silence s'installer pour mieux rebondir.

– Mercredi dernier, au déjeuner, Louise et moi, on a utilisé cette cabine de toilettes pour passer l'angle mort ; on cherchait une issue vers le Haut Commandement. C'était trop dangereux pour moi d'emporter le livre de l'autre côté… alors on l'a laissé dans les toilettes. On pensait que c'était sécurisé parce que la porte était fermée de l'intérieur ; mais quand on est revenues, le livre avait disparu.

Le visage de Pythagore s'éclaire ; il se souvient de l'épisode des toilettes : ses deux amies s'y étaient enfermées, puis avaient reparu comme par enchantement au lycée.

– Moi, je pense que le type au chien travaille pour les Garde-Fous et que c'est lui qui a volé notre livre, conclut Foresta.

∞

Au même moment, Nicolas Frangin et Amel Dali les rejoignent en fumant.

– Comment vous faites pour venir ce soir ? demande Nicolas.

– En bus, répond Pyth.

– Vous voulez pas venir en voiture avec nous ? Le grand frère d'Hossein nous accompagne.

– On sera trop nombreux, commente Amel.

Pythagore a l'impression qu'elle préférerait rester seule dans la voiture avec Nicolas.

– Pourquoi on n'y va pas avec ton frère à toi ? demande Pyth à son ami.

– Parce qu'il est déjà sur place en train de tout préparer ; il doit ranger les trucs fragiles à la cave. Ça va être la guerre !

Nicolas Frangin en rajoute pour impressionner Foresta mais celle-ci n'écoute que d'une oreille ; l'œil aux aguets, elle sonde la rue.

– Il va tout recouvrir de draps, les canapés, les banquettes. Mon oncle veut même qu'on vire les lits des chambres. Il a peur que les amis de mon frère y fassent des cochonneries…

Amel frappe Nicolas du revers de la main et en profite pour prolonger le contact.

– N'importe quoi…

– Je te jure. Du coup, Erwan a installé un lit de camp dans la cabane du lac. Pour ses potes, au cas où…

Il éclate de rire.

– Je sens qu'elle va se monnayer cher, cette cabane, ce soir.

Foresta tique parce que c'est précisément par là qu'ils doivent passer l'angle mort. Nicolas se méprend sur son expression.

– Ils sont complètement obsédés en fac de médecine, mais t'inquiète pas, nous, on sera là pour vous protéger.

∞

Foresta et Pythagore rejoignent le groupe en début de soirée, rue des Archives, pour monter dans la voiture d'Arian, le frère d'Hossein.

Il déboule, musique à fond, le coude calé dans l'ouverture de la fenêtre. Quand il voit la petite troupe, son sourire retombe tout net.

– Vous êtes cinq ? On avait dit deux ! Impossible de vous prendre tous, j'ai promis à un pote de l'accompagner au lac. Il m'a rendu un service, je peux pas le laisser tomber…

Mais lorsque son regard effleure Foresta, Arian semble se raviser.

– Bon… Sauf si vous êtes ok pour vous serrer à l'arrière ?

– Oui, oui, pas de souci, dit Hossein.

– Mais, si on croise des flics, vous planquez vos têtes.

– Oui, oui.

– Comment tu t'appelles ? demande-t-il à Foresta.

– Foresta.

– Bon, tu es la plus légère. T'as qu'à monter à l'avant avec moi et, quand mon pote sera là – comme il est très grand – tu te mettras à l'arrière, sur les autres. Ça vous va, comme ça ?

Tous acquiescent et s'exécutent.

Amel, Hossein, Nicolas et Pyth montent à l'arrière. Foresta s'installe à l'avant, à côté d'Arian.

Les baffles vibrent. Foresta met sa main dessus et ferme les yeux.

Nicolas donne un coup de coude à Pythagore et, d'un signe du menton, lui désigne Foresta. Il ouvre grands les yeux, l'air de dire : « Tu vois, je te l'avais dit ! »

Pyth se rend compte qu'il meurt d'envie de faire exactement la même chose. Il n'a pas écouté de musique depuis qu'il a passé l'angle mort et il se rend compte qu'il est infiniment plus sensible à ses vibrations. Ce n'est pas qu'il l'écoute simplement ; il la sent physiquement présente autour de lui, comme une étoffe.

Arian s'arrête devant la bibliothèque municipale.

Quelle n'est pas la surprise de Pythagore et de Foresta – et dans une moindre mesure de Nicolas et d'Hossein – quand ils s'aperçoivent que le « très bon pote » d'Arian n'est autre que le jeune homme au crâne à moitié rasé de la Maison des Légendes.

∞

– Salut, vieux ! Ça va ?

Ils s'étreignent comme des amis de longue date.

Blême, Foresta s'extrait de la voiture en regardant Pythagore à travers la vitre. Coincé entre Amel et Nicolas, il hésite à sortir. Finalement, Foresta ouvre la portière arrière et s'installe en rampant sur les genoux de ses camarades.

Ils sont archi-serrés.

Le jeune ouvre la portière avant mais, au lieu de s'installer, il dévisage longuement les passagers.

Puis, d'une voix douce et extrêmement policée, il se désiste :

– J'irai une prochaine fois, Arian. Les jeunes filles sont trop serrées à l'arrière.

– Mais non, répond Arian.

Il lance :

– Ça va, non ? Vous êtes pas trop serrés ?

Personne ne répond, sauf Amel qui veut rester polie.

– Ça va…

– Bon, alors, je vous présente « Double T », on était ensemble au lycée.

Le grand corps de Double T est disproportionné par rapport au petit espace de son siège. Il parvient néanmoins à s'y loger. Arian ajoute :

– Il m'a aidé à foutre une rouste à trois mecs qui voulaient me piquer mon scoot'. Double T, il faut pas l'emmerder !

Tout le monde sourit, un peu gêné, tandis que Double T met sa ceinture de sécurité. La référence au lycée et aux classes partagées rassure Pythagore.

Alors que la voiture redémarre, Double T se tourne vers Foresta et lui demande de but en blanc :

– Vous vous intéressez aux barbes bleues ?

Foresta se fige ; Pyth aussi.

– Quoi ? éclate de rire Amel.

Double T reprend d'une voix douce :

– Ce n'est pas la première fois que je vous croise sur leurs traces. Ce matin, vous étiez à *La Closerie*.

– …

– Dans la chambre où le baron de Retz et ses compagnons ont semé la terreur avec leurs cheveux teints en bleu.

Amel pouffe, mais Double T n'y fait pas attention. Nicolas regarde Pythagore de travers :

– Tu étais à *La Closerie* avec Foresta, ce matin ?

– Non, pas vraiment, chuchote Pythagore.

– À l'époque, il s'agissait d'un genre de maison close, reprend Double T. C'est la première fois que le baron de Retz a été signalé portant la barbe bleue. Je prépare un mémoire pour devenir le conservateur de la Maison des Légendes.

– Ah bon… ? s'étonne Amel.

Celui-ci sourit pour la première fois, d'un sourire très doux.

– Oui… Comme je n'ai pas les moyens d'habiter la maison de mes ancêtres, j'ai décidé d'en devenir le conservateur. C'est déjà pas mal.

– Tes ancêtres… ? questionne Amel.

– Je suis Thibault-Tanneguy de Montmonrency-Laval, seigneur de Retz, maison Sauvage, dit le jeune homme. Le dernier descendant de la famille de Retz.

∞

Thibault-Tanneguy explique l'objet de ses recherches : comprendre comment son aïeul, Gilles de Retz – qui a commencé sa vie en brillant héros de guerre et compagnon de Jeanne d'Arc –, a pu devenir le terrifiant et sanguinaire « Barbe Bleue nantais ».

– J'ai aussi cherché pourquoi tout le monde l'appelait « Barbe Bleue ». Ce n'est pas à cause du conte régional : les deux histoires n'ont rien de similaire. S'il a été surnommé « Barbe Bleue », c'est tout simplement parce qu'il est apparu, en plusieurs points de la ville, avec la barbe et les cheveux de couleur bleue !

Pour Pythagore et Foresta, cette information résonne doublement. Thibault-Tanneguy énumère tous les endroits où la barbe bleue du baron a été aperçue – l'église Saint-Hilaire, *Eggies,* le bâtiment de l'ancienne bibliothèque, *La Closerie*, les abords du lac – à chaque fois s'y trouve un point de passage où Foresta l'a déjà croisé.

– Je cherche à quoi correspond cette teinture… J'ai pensé à un signe de reconnaissance ; un signe d'appartenance à un groupe d'alchimistes occulte – mon aïeul était friand d'alchimie –, mais je n'ai rien trouvé.

∞

– Tu es sûr que tu ne veux pas venir boire un verre, d'abord ? demande encore Arian à Double T, qui descend de la voiture.

Ils sont à un ou deux kilomètres de la maison du lac, près d'une petite crique où le plancton est bien visible.

– Non. J'ai besoin d'avoir les idées claires pour mes recherches.

Foresta en profite pour sortir du véhicule, s'étirer et reprendre sa place à l'avant.

– Qu'est-ce que tu vas faire comme recherches ? demande Pythagore sous les yeux effarés de Nicolas et Amel, qui ne comprennent pas l'intérêt que suscitent ces histoires du passé.

– Je suis en train de lire les carnets intimes d'un hobereau de Retz-Malabris. Il raconte que le baron venait régulièrement au lac pour s'y baigner la nuit.

– Bon, on y va ? bougonne Nicolas.

Arian prend Double T dans ses bras ; lui tape l'épaule, fraternellement.

– En tout cas, tu sais où on est, mec. Si tu en as marre d'observer, passe boire un coup avec nous ; Erwan sera content de te voir.

∞

La maison crache de la musique par toutes ses ouvertures. Les danseurs ont déjà pris d'assaut la terrasse ; ils sautent d'ailleurs plus qu'ils ne dansent. Foresta et Pythagore entrent par les baies du salon et restent un peu à l'écart, pour faire le point.

– Ce type ne travaille pas pour les Garde-Fous ; il est de chez nous ; c'est juste un passionné d'histoire, un peu bizarre, commence Pythagore. On n'a rien à craindre.

Erwan et ses amis ont installé un bar géant où l'on se presse. Deux garçons s'arrêtent pour saluer Foresta.

– Hey ! Cool que tu sois là…

– Salut.

– Alors, vous avez retrouvé votre chemin depuis l'autre soir.

– Oui, oui.

– Un petit shot de vodka ?

Foresta semble hésiter ; elle regarde le verre, puis le garçon, puis le verre à nouveau ; elle prend finalement le shot et le boit cul sec.

Au même moment, Nicolas les attrape, chacun par un bras.

– Qu'est-ce que tu bois, mec ? demande-t-il à Pyth.

– Rien…

– Tu te fous de ma gueule ?! Il se fout de ma gueule ! répète-t-il en lui levant le bras, comme pour un champion qui vient de gagner une médaille. Pyth a dit qu'il ne voulait rien boire !

L'assistance se met à crier « Houuu ». Des shots circulent et arrivent jusqu'à eux, comme par magie. Nicolas en tend un à son ami et prend l'autre.

– Cul sec !

Pythagore essaie de se convaincre qu'un seul shot ne mettra pas en péril son passage de l'angle mort et il l'avale d'un trait. Mais, quand il constate que Foresta est en train de boire un deuxième verre avec Erwan, il éprouve des sentiments mitigés et va lui glisser à l'oreille :

– Je croyais qu'il ne fallait pas boire, que c'était plus compliqué pour passer l'angle mort ?

Elle le regarde d'un air inquiet.

– C'est vrai…

– On y va ?

Foresta fait oui de la tête mais elle ne bouge pas.

Son sourire s'étire, ses yeux s'allument, comme si on avait allumé un néon à l'intérieur ; derrière la barrière de son front affleure un paysage, fait de musique et de fêtes.

Un groupe de trois garçons passe à côté d'eux ; l'un d'entre eux s'arrête.

– Hey ! Bonjour, la fille aux cheveux rouges… Tu es revenue !

Foresta sourit au type.

Il est blond, d'une maigreur élégante, artistement voûté. Il porte des vêtements de rappeur.

Ils se regardent comme s'ils avaient partagé des choses.

– Tu m'as promis un truc, l'autre soir.

Foresta se met à rire.

– Quoi ? demande Pythagore, sans que personne ne lui réponde.

Le garçon attrape Foresta par le bras et l'entraîne vers la grande table du salon.

– Bras de fer ! se met-il à hurler.

– Bras de fer ! reprennent en chœur tous les autres.

Foresta s'installe pour la partie. Un petit groupe se forme autour d'eux, auquel se mêlent Nicolas et Erwan. L'adversaire profite de sa position ; réajuste bien sa main dans celle de Foresta, plonge son regard dans le sien, lui sourit, la charme.

– Dimanche dernier, je me suis fait rétamer… mais aujourd'hui je prends ma revanche.

Puis il ajoute, en approchant tout près son visage :

– Celui qui gagne embrasse l'autre pour le consoler…

Pythagore voudrait récupérer Foresta, mais quelqu'un le prend par la main et l'entraîne vers la cuisine. C'est Jordanie Serra, qui n'en est pas à son premier verre, visiblement.

– Maxence va arriver bientôt.

– Ok…

– Mais avant… je voulais qu'on mette les choses au clair.

– Quelles choses ?

Jordanie baisse les yeux, attrape une bouteille sur le plan de travail, se sert un verre.

Au loin, il entend dcs cris qui indiquent que la partie de bras de fer est serrée.

« Allez, allez… Ouais… Allez ! »

– Je crois qu'on ne pourra jamais… sortir ensemble.

– …

– Toi et moi… On est trop pareils…

– … ?

« Oh là là… Merde ! Allez, allez… »

Pythagore tourne la tête vers le salon, mais Jordanie poursuit.

– Je voulais te parler pour te dire que… je garderai toujours un bon souvenir de toi.

– Ok… Merci…

Elle attend visiblement le même compliment en retour :

– Moi aussi… tu sais.

Pyth se demande au bout de combien de temps il peut décemment décrocher sans la vexer. Finalement, Jordanie lui prend le menton et l'embrasse sur le front.

– Sans rancune ?

– Sans rancune.

Au même moment, un immense cri éclate dans la pièce voisine.

« Waouh ! Elle est trop forte ! »

∞

Foresta bat deux autres garçons dans les mêmes conditions avant de se lever pour prendre un verre au bar. Elle est très entourée. Les filles en font leur héroïne, les garçons, leur cible de séduction.

Pyth pense à la façon dont elle a enroulé le câble de cuivre sur son épaule en se tenant d'une seule main ; il sait désormais pourquoi elle est capable de battre des garçons aux muscles atrophiés par leurs études de médecine.

Il la voit monter à l'étage ; lorsqu'elle redescend, quelques minutes plus tard, elle est accompagnée par un nouveau garçon qui lui montre quelque chose sur son bras en répétant :

– Je te jure que c'est vrai ! Je te jure !

Pythagore ne la lâche pas des yeux, espérant qu'à force de la fixer elle revienne à lui.

Enfin, leurs pupilles s'accrochent ; se reconnaissent.

Elle achève de descendre l'escalier et rejoint Pythagore.

Elle s'adosse au mur. Son sourire est brûlant, comme semblent l'être son front, ses joues, son cou, la couleur de ses cheveux, la texture de ses pensées.

Pyth meurt d'envie de passer son bras autour de ses épaules pour signifier à tous « elle est avec moi » – mais il n'ose pas.

– Foresta, je ne comprends pas ce que tu fais… On est censés y aller, non ?

Elle continue de sourire, mais Pythagore se rend compte qu'elle lutte : c'est un sourire de façade ; elle est au bord des larmes.

– Pythagore, dit-elle dans un souffle. J'ai peur…

– …

– J'ai peur d'y retourner.

– …

– Le commandant Baar… Il va nous traquer…

– …

– Personne ne peut l'arrêter tant qu'il est commandant de la Société. Personne ne peut le toucher… même pas les Garde-Fous.

Deux larmes perlent du coin de ses yeux. Pythagore est troublé par cette fragilité qu'elle laisse soudain transparaître sans détour. Il n'est pas sûr de savoir comment réagir.

– Foresta… ne t'inquiète pas. On va se débrouiller.

Elle ne répond pas.

– D'abord… je vais plonger dans le courant. Je vais retrouver Louise. Toi, tu resteras cachée. Et ensuite, on cherchera une solution – tous les trois.

– Mais tu n'en sais rien ! Tu ne sais pas comment ce sera, en bas ! S'il t'arrive la même chose qu'à Louise ? Si tu ne remontes jamais ? Si le commandant Baar te découvre ? Si tu te perds, si tu deviens fou, si tu te fais tuer ?

À ce moment, un garçon passe avec un plateau de shots rose fuchsia à bout de bras et hurle :

– Vodka-pastèque ! Que du bio ! Que du naturel !

Foresta en récupère trois et les boit coup sur coup. Pythagore lui attrape la main pour l'empêcher d'enchaîner.

– Foresta ! On va y aller. Tout va bien se passer.

Elle acquiesce, tremblante, puis se laisse guider par Pythagore à travers la foule. Au moment où un groupe s'agite et les pousse, Pyth resserre la pression de sa main. La paume de Foresta est douce et chaude. Il peut sentir son pouls battre avec la musique.

Derrière la maison, l'ambiance est plus tranquille ; de petits groupes en profitent pour discuter ; quelques couples s'embrassent. Pythagore et Foresta slaloment entre les uns et les autres, toujours main dans la main.

∞

La porte de la cabane est fermée à clé. À l'intérieur s'élèvent des voix rigolardes.

Pyth frappe à la porte.

Une fille répond avec désinvolture :

– Deux minutes, c'est occupé !

Pendant qu'ils patientent, Pythagore regarde Foresta dans les yeux.

– Tu as quel âge, en fait ?

Un sourire minuscule se dessine au coin de ses lèvres.

– L'âge naturel.

– Ça veut dire quoi, l'âge naturel ?
– Tu verras.
– Je verrai quand ?
– Quand je passerai à l'âge de raison. Je te le ferai savoir.
Elle sourit, baisse la tête, laisse apercevoir un peu de sa nuque. Au même moment la porte s'ouvre violemment et un élastique, qui servait à sécuriser le vieux crochet, cède et claque sur le cou de Foresta.
– Aïe !
Une fille sort de la cabane, les cheveux en pagaille, la démarche vive, le sourire aux lèvres. Avant de se fondre dans la nuit, elle lance :
– Désolée ! Mais j'ai plus que trente-sept secondes.
À l'intérieur, un garçon se relève de la caisse en bois sur laquelle il était assis ; sa chemise est ouverte. C'est Arian, le frère d'Hossein. Il a l'air un peu dépité, comme s'il ne savait pas s'il devait être content ou fâché.
– Oh… la salope…
– Quoi ? demande Pythagore.
– Elle m'a pris en photo pour un « action ou vérité »…
– … ?
– Je me sens… utilisé…
Il fait quelques pas entre les objets de jardinage et de baignade. Il cherche son reflet dans le miroir en pied fixé sur l'armoire ; se plaît ; se sourit ; puis ajoute, satisfait de lui-même :
– Ouais… Elle m'a utilisé. Les filles, elles veulent toutes utiliser mon corps, c'est comme ça, bébé.
Il sort de la cabane sans reboutonner sa chemise.

∞

Pythagore coince la porte avec une chaise et Foresta dégage l'accès au miroir.

– Il nous en faut un deuxième, remarque Pythagore.

– Je sais.

Elle sort de sous sa chemise un de ces miroirs plats et rectangulaires qu'on achète en pharmacie.

– Je l'ai volé là-haut, dans la salle de bain.

Elle prend les deux fioles de concentré qu'elle avait cachées dans sa poche.

– Ce sont mes deux dernières.

La fraîcheur de l'orange bleue envahit Pythagore d'un coup. Son esprit s'élève ; il perçoit les vibrations de l'air.

Ils se placent dos au grand miroir.

Foresta tend celui qu'elle a emprunté dans la salle de bain et cherche l'angle mort. Ses cheveux incandescents attirent la lumière, même dans l'obscurité.

Pythagore repère une égratignure sur le cou de la jeune fille – sans doute à cause de l'élastique de la porte ; il remarque les fines perles bleues qui s'en échappent.

Elle sent le poids de son regard ; tourne la tête.

– Quoi ?

– Tu saignes. Montre…

Elle place tous ses cheveux d'un même côté.

– C'est rien.

Les « boum… boum… boum… » lointains de la musique ponctuent le silence.

Il prend ses cheveux à pleines mains, en fait une torsade, pour mieux les empoigner. Elle ne bouge pas.

Il a l'impression de défaillir rien qu'à sentir la masse de sa chevelure rassemblée dans sa main.

Il tire dessus tout doucement pour attirer Foresta à lui parce qu'il a décidé de l'embrasser ; il l'a décidé, et plus rien ne pourra l'en empêcher.

Mais c’est précisément à cet instant… qu’il sent un appel. L’angle mort.

Non ! pense Pythagore. *Pas maintenant !*

Il voudrait poursuivre son mouvement vers le cou de Foresta ; s’agripper à la seconde présente ; mais il sait que c’est déjà trop tard. Il ne peut plus à bouger : ils sont happés par le courant d’air.

12

Sublittoral

Ils ont atterri violemment et Pythagore s'est pris un coup sur le plexus solaire.

Il s'allonge sur le dos, le souffle coupé. La hauteur sous plafond est impressionnante : ils sont dans un vaste hangar aux immenses fenêtres.

L'odeur de la mer flotte dans l'atmosphère.

Autour d'eux se trouvent dispersés des caisses et de grands objets, recouverts par des draps blancs.

– Ça va ? demande-t-il à Foresta.

– Oui… Ça va, répond-elle lentement.

Elle tente de se redresser sur ses avant-bras… interrompt son mouvement.

– Ouh là… Je ne sais pas si…

Pythagore l'aide à se relever.

Elle tangue, puis le repousse brutalement pour aller vomir derrière une caisse de bois.

Entre deux salves, elle essaie de parler :

– Je suis désolée, Pythagore. Je sais pas pourquoi j'ai bu tout cet alcool…

Il attrape l'un des draps blancs, puis le lui tend pour qu'elle puisse se nettoyer.

Foresta le remercie d'un regard pudique.

Elle recompose son visage, sourit faiblement ; puis s'approche de l'objet que Pythagore a mis à nu.

Il s'agit d'une machine, ou plutôt d'un instrument avec des agencements métalliques rutilants – embouts, tuyaux, cymbales, cordes, tubes.

– C'est ici que devrait se trouver ma basse à niveau. Attends… j'ai envie de voir s'ils l'ont prise, finalement.

Elle slalome entre les formes drapées ; plisse les yeux pour préciser sa vision.

– Je crois qu'elle est… dans cette rangée.

Elle s'arrête devant une forme pyramidale et tire sur le drap.

– Voilà…

La machine qu'elle découvre est faite de métal argenté ; elle ressemble à une harpe très haute et peu large, encastrée au milieu d'éléments de batterie.

– C'est ta machine ?

– Oui. C'est moi qui l'ai construite. Enfin, pas toute seule. Avec Aurelian et les autres membres du groupe.

Elle s'installe sur le tabouret, au milieu des caisses de résonance ; passe son doigt sur les cordes qui – un, deux, trois, quatre, cinq, six, sept – laissent échapper sept sons un peu serrés ; puis elle ramasse une chaînette d'où pend une tige ciselée, qu'elle insère dans un sillon prévu à cet effet.

Pythagore entend le « clac » d'une clé qui assure sa prise ; aussitôt les disques se mettent à tourner. À l'aide d'une paire de baguettes posée sur le tableau de bord, Foresta s'amuse à taper sur un disque ; puis sur un autre.

Elle écoute l'écho du son.

– Je meurs d'envie de la câbler… mais j'ai peur qu'on se fasse repérer.

Sur le côté de la machine est enroulé un câble argenté beaucoup moins gros que les filins d'asphalt.

– De toute façon, on n'a pas le temps.

Elle soupire.

Avant de remettre le drap, elle récupère la clé et la laisse tomber dans la poche de son pantalon.

– Voilà…, dit-elle en souriant. Ils peuvent toujours essayer d'en jouer à ma place, maintenant… il leur faudra au moins une semaine pour refondre la clé.

∞

Foresta entrouvre une des portes du hangar ; glisse la tête par l'entrebâillement. Pythagore l'imite.

– Tu vois les barrages sur les quais principaux, là-bas ?

Pyth acquiesce : sur chacun des quais d'accès, des groupes de deux ou trois personnes font les cent pas.

– On va sortir par la porte de derrière.

Le quai arrière est encombré de gros sacs de toile. Ils s'avancent jusqu'à un ponton en contrebas qui rase le niveau de l'eau.

Pythagore est stupéfait par la beauté de ce qu'il voit. Tranchant sur la tranquille eau noire du port, le courant phosphorescent se prélasse en illuminant la mer.

Autour d'eux, amarrés à d'autres pontons, des bateaux de toutes sortes semblent dormir au milieu des cordages.

– Je vais t'attendre ici.

La pointe du courant affleure juste devant leurs pieds. De près, on peut voir que ce n'est pas de l'eau ; on dirait un fluide gélifié et lumineux. Son dessin s'élargit à l'horizontale mais aussi en profondeur. L'odeur qui s'en échappe est légèrement sucrée… Peut-être de la vanille ?

Foresta dépose ses bottes et son manteau à côté d'une bitte d'amarrage. Elle retrousse son pantalon et s'assoit sur le ponton pour plonger ses jambes dans l'eau. À l'instant où son corps entre en contact avec le bleu phosphorescent, ses cheveux frissonnent. Puis, sans un bruit, d'une simple poussée sur les mains, elle saute tout habillée dans le courant. L'eau n'est pas profonde, elle monte jusqu'aux épaules de Foresta. Celle-ci avance de quelques pas, puis se tourne vers Pythagore et lui sourit.

La vue de Foresta au milieu de la coulée de lumière le laisse sans voix. Il aimerait n'avoir rien d'autre à faire que de la regarder se baigner ; la rejoindre et profiter de la nuit.

À son tour, il enlève ses chaussures, sa chemise, hésite à garder son pantalon – puis finalement le garde.

Par réflexe, il fouille ses poches pour les vider et tombe sur son téléphone.

Objet mille fois incongru au milieu de ce paysage.

Il regarde le signal qui indique « recherche réseau » quand, soudain, lui vient l'idée de vérifier si l'appareil photo peut capturer ce moment de grâce.

Foresta s'est allongée sur le dos ; elle fait la planche et ses cheveux rouges s'éparpillent autour d'elle, en contre-jour de la lumière bleue.

Il la cadre, la cherche dans l'écran qui reste sombre et n'affiche pas du tout ce que voit Pythagore.

Il prend le cliché, à tout hasard ; cela ne donne rien : de l'obscurité parsemée de petits points bleus.

Il pose son téléphone avec ses affaires ; s'assoit sur le ponton à son tour et trempe ses pieds dans la lumière. Le courant recouvre sa peau d'une matière à la fois dense et légère : de l'air liquide, tiède et frais.

Il s'enfonce davantage – les genoux, les jambes – puis se laisse tomber intégralement dans l'eau.

Ses poumons s'ouvrent comme les voiles d'un bateau. Les terminaisons nerveuses autour de ses vertèbres se détendent à mesure que le fluide le recouvre.

Sa respiration s'élève ; sa vision s'élargit – comme avec l'orange bleue, mais en mille fois plus fort. Il s'allonge sur le dos, ferme les yeux et inspire à nouveau cette odeur de vanille.

Son corps tout entier respire, sa peau respire, ses idées respirent ; elles grandissent dans sa tête comme des plantes qui poussent, comme des arbres qui croissent, comme une forêt tout entière avide de lumière et d'oxygène ; ses yeux respirent, ses cheveux aussi. Il a même l'impression que le fluide du courant respire avec lui.

Il rouvre les yeux et regarde le ciel, les étoiles, le soleil de nuit. Tout a un sens qu'il ne saurait nommer mais qui semble évident.

Il plonge le visage dans l'eau. Le silence sous-marin lui paraît habité.

Pyth entend son cœur battre.

Il ouvre les yeux dans l'eau, comme il a l'habitude de le faire à la piscine. Au lieu d'être agressées par le chlore, ses pupilles sont caressées par l'aurore boréale de la mer. Tout est bleu et lumineux. Il perçoit des ondulations, la couleur du fluide qui s'irise.

Il ne voit pas de fond ; il sent le sable sous la plante de ses pieds, mais il ne le voit pas.

Au moment où il va commencer à manquer d'air, l'idée lui vient que, justement, il n'en manque pas. Il ne respire ni par les poumons, ni par le nez, ni par la bouche ; pourtant il respire. Les milliers de pores de sa peau s'ouvrent pour prendre de l'oxygène au contact du fluide. Son esprit se nourrit de cet oxygène d'un autre genre. Le courant exerce une attraction fabuleuse ; Pyth comprend pourquoi Louise a plongé : il a l'intuition que la vraie vie est au fond.

On le tire par le bras. Il émerge de l'eau comme d'un bain de vie et de désirs mêlés.

– Pyth ?

Les gouttes ruissellent de ses cheveux à son visage, telles des caresses.

– Oui…

– Il faut y aller. Essaie de revenir avant que le courant ne se retire. Sinon, tu devras attendre demain soir pour le traverser dans l'autre sens.

– D'accord.

La chemise de Foresta est collée à sa peau et ses cheveux sont mouillés, mais elle ne semble pas avoir froid.

– Si j'entends du bruit, je me cacherai dans le hangar, mais je ne bougerai pas d'ici avant que tu reviennes.

– Ok.

Pythagore lui sourit. Le sang bat dans ses tempes, son cou, son ventre. La vie est à la fois très longue et trop courte ; il n'a rien à perdre.

Elle le regarde comme si elle avait compris ce qu'il s'apprête à faire. Elle ne bouge pas.

Il attrape son visage à deux mains ; l'attire doucement à lui et l'embrasse, enfin.

Les lèvres de Foresta s'impriment sur les siennes sans s'abandonner complètement ; son cou, à la fois fort et fragile, s'incline mais ne capitule pas. Même ses cheveux qu'il agrippe semblent connaître des moyens bien à eux pour lui filer entre les doigts.

Elle se dégage la première.

Les yeux de Foresta sont fixes et ardents.

Elle s'apprête à lui dire quelque chose mais il a peur de l'entendre. D'un geste, il l'arrête, lui sourit ; il plonge dans l'eau claire et disparaît aussitôt.

∞

Pythagore sent le mouvement du courant qui le guide.

Il vient d'embrasser Foresta Erivan.

Il s'enfonce dans la profondeur du fluide.

Il vient d'embrasser Foresta Erivan.

Il garde les yeux ouverts sur la lumière qui fluctue.

Il vient d'embrasser Foresta Erivan.

Son cœur bat fort. C'est le seul son qu'il perçoit.

Boum boum... Boum boum... Boum boum...

Soudain, le haut et le bas s'inversent.

Son centre de gravité bascule.

Son estomac tombe dans ses talons, comme dans le simulateur de voltige de la Foire Saint-Merri.

Nord-sud/Sud-nord/Nord-sud/Sud-nord.

Telle une boussole à qui on aurait échangé les pôles, son aiguille intérieure tourne plusieurs fois sur elle-même ; puis elle choisit son camp et oscille – droite, gauche, droite, gauche, droite, gauche – jusqu'à se stabiliser complètement.

Le seul repère qui demeure fiable à l'intérieur de lui se résume à une phrase : il vient d'embrasser Foresta Erivan.

∞

Lentement, Pythagore sort la tête de l'eau. Il inspire de l'air par les poumons ; puis ouvre les yeux.

C'est le jour, mais toutes les couleurs ont foncé.

Le soleil brille mais il est lourd. Il semble brûler le ciel, brûler la rétine.

Le courant affleure au milieu d'un lac immobile. L'eau paraît lourde aussi.

Pythagore nage pour rejoindre la rive.

Il repense aux mots de Foresta : « forte densité, Territoires Denses, fréquences basses ».

Les battements de son cœur résonnent dans la nature ; ils recouvrent et emplissent le silence.

Boum boum... Boum boum... Boum boum...

Sur la rive s'élèvent des arbres au feuillage fourni, gras, presque luisant. Les rayons du soleil les traversent en dessinant des paillettes sur le sol.

Boum boum... Boum boum... Boum boum...

Il sort du courant ; essore son pantalon sur la plage de galets ; puis avance à travers la verdure.

Boum boum... Boum boum... Boum boum...

L'air est empreint de l'odeur des rochers.

Il n'y a pas de lucioles.

Où chercher Louise ?

Soudain, il sent une présence dans son dos ; l'ombre d'une silhouette se dessine à son côté.

Il découvre une jeune femme – une jeune fille.

Nue.

Elle respire paisiblement, lui sourit. Sa peau est neuve. Elle ne se cache pas ; ne semble pas gênée ; ni étonnée de tomber sur lui.

Pythagore lui sourit, la salue.

Elle se met à rire mais le son de sa voix est étouffé, comme s'il venait de loin.

Elle penche la tête de côté, puis la redresse. Pythagore se rend compte qu'elle ne le regarde pas vraiment. Il a même l'impression qu'elle ne le voit pas et qu'elle adresse ses sourires à des images intérieures.

Elle se met à parler avec beaucoup d'enthousiasme mais Pythagore ne comprend rien. Les sons qu'elle émet ressemblent à des glougloutements, comme si elle parlait dans l'eau.

– Quoi ? lui demande-t-il, même s'il sait qu'elle ne peut pas l'entendre.

La fille gargouille des bulles de mots. Elle fait de grands gestes comme si elle expliquait quelque chose à une personne imaginaire ; elle pointe l'index vers le ciel, puis vers la terre. Ses mouvements sont ralentis par la texture de l'air. Elle fait quelques pas, danse, virevolte sur elle-même ; chacun de ses mouvements produit de petites vibrations transparentes dans l'atmosphère, comme de l'écume d'oxygène.

Il la regarde s'éloigner ; parler toute seule ; s'exalter avec un arbre ; éclater de rire, comme une enfant.

Il décide de la suivre.

À mesure qu'il avance sur le continent sublittoral, Pythagore sent que son corps s'adapte : sa peau lui semble plus nourrie, ses cheveux, plus épais ; ses poils prennent vie et s'agitent partout sur son corps. L'oxygène fait du bruit en traversant ses poumons. Il se sent animal.

Soudain, ses yeux tombent sur un câble de cuivre planté dans la terre, qui s'enfonce dans la forêt. Pyth suit le chemin qu'il propose.

À l'orée d'une clairière, il entend battre un autre cœur – un son aussi brut et puissant que le sien.

Boum boum... Boum boum... Boum boum...

Il se raidit.

Boum boum... Boum boum... Boum boum...

Personne.

Sans savoir précisément pourquoi, il ressent le besoin de se cacher. Il se fond dans les arbres ; la jeune fille nue progresse dans la clairière.

Trois autres jeunes personnes – nues aussi – s'y ébattent de manière insouciante. Une fille blonde est allongée dans l'herbe, elle balbutie une chanson de gargouillis en enroulant ses cheveux autour de ses doigts.

Un adolescent court d'un bout à l'autre de la prairie. Un tout petit garçon reste debout, à regarder le ciel.

Pyth a la certitude que les battements de cœur n'appartiennent à aucune de ces trois personnes.

Soudain, la surprise l'immobilise ; à l'autre extrémité de la prairie, vient d'apparaître un scaphandrier en cuir noir et luisant.

∞

Le scaphandrier progresse lentement, comme s'il marchait sur la Lune, et tire un diable sur lequel sont fixés une caisse de métal et un récipient de verre.

Le décalage entre la nudité des jeunes personnes et le lourd harnachement du scaphandrier est saisissant.

Pythagore se demande si ce dernier peut entendre battre son cœur, comme lui peut entendre le sien ; mais l'homme ne semble pas s'être aperçu de sa présence.

Il s'approche de la jeune femme ; la prend par la main tandis qu'elle papillonne ; puis l'attrape par les cheveux.

Elle se laisse faire.

Il tire quelque chose de sa ceinture.

C'est un couteau !

Pythagore est tétanisé. Il n'arrive plus à respirer ; il voudrait bouger, mais la matière de l'air, molle et dense, l'englue dans l'inaction.

La jeune fille sourit ; inconsciente du danger, elle regarde le ciel.

Pythagore voudrait dire « stop » mais le mot lui reste au fond de la gorge. Il ne bouge pas. Il ne comprend pas pourquoi il ne bouge pas.

Le scaphandrier n'a aucun mal à passer le fil de son couteau sur le cou de la jeune fille. Celle-ci ne comprend rien : elle ouvre de grands yeux ; froisse son regard. Sa tête part en arrière, mollement, tandis que le couteau pénètre sa chair aussi facilement que dans du beurre.

Une coulée de sang d'un bleu profond, dense – presque bleu marine – se répand sur son corps jusqu'au sol. La jeune fille porte les mains à son cou, mais c'est trop tard. Elle n'a même pas crié.

Pyth a le cœur écrasé : il n'a rien fait ; il n'a rien fait et, maintenant, il n'y a plus rien à faire.

Le scaphandrier s'affaire tranquillement. Il incline le corps au-dessus du récipient de verre de manière que le sang s'écoule à l'intérieur. Le corps de la jeune fille se vide de sa vie comme celui d'un agneau sacrifié.

L'adolescent et le petit garçon ne s'aperçoivent de rien ; chacun continue à vivre sa vie de manière indépendante, telle une planète qui suit son orbite.

Lorsque le scaphandrier a achevé son travail, il referme le récipient comme on referme un bocal de confiture.

D'un coup sec, il achève de séparer la tête du reste du corps.

Boum boum... Boum boum... Boum boum...

Le rythme de son cœur n'a pas varié.

Pythagore voudrait ne plus l'entendre ; ces battements sont comme une intrusion ennemie, d'autant que son propre cœur se débat, dévasté par le rythme affolé de ses pulsations.

Boum boum boum boum boum boum boum...

∞

Pythagore s'efforce de se ressaisir.

Ses impératifs reprennent le dessus : comprendre ; retrouver Louise ; la protéger.

Il traverse la prairie dans la direction empruntée par le scaphandrier.

Alors qu'il est à quelques mètres du lieu du massacre, il est attiré par une odeur.

Une odeur irrésistible.

Il se tourne : la vue du sang répandu par terre est insupportable et pourtant, rien ne l'a jamais autant enivré.

Le corps saigne encore un peu ; le goutte-à-goutte du bleu scintillant sur l'herbe hypnotise Pythagore. Il a envie de ramper par terre pour lécher le sang – peut-être, même, de lécher la plaie ?

Il en brûle d'envie.

Ce n'est pas une métaphore : il brûle ; son sang brûle : il le sent parcourir ses veines en chauffant, à tel point que le dessin de son cheminement rougit sa peau de l'intérieur.

Cette envie le révulse autant qu'elle le prend aux tripes – quelque chose de profond, d'ancestral, contre lequel il ne peut pas lutter ; quelque chose qui semble prendre son origine dans la nature des rêves.

Au même moment, une autre jeune fille nue surgit. Elle ne se soucie pas du corps et ramasse un objet qui luit dans l'herbe.

C'est un petit couteau, sans doute tombé de l'attirail du scaphandricr. Ellc jouc avec, sourit en babillant, puis se blesse la main. Elle sursaute, lâche le couteau et regarde son sang qui s'écoule.

À la vue du liquide bleu marine qui jaillit tout frais de la plaie, la tête de Pythagore se met à vrombir. À la place de son cerveau s'agite une radio folle qui cherche sa fréquence. Il ferme les yeux, mais il entend le sang qui s'écoule, il perçoit son flot et ses à-coups.

C'est un autre Pythagore qui prend la main de la jeune fille ; c'est un autre Pythagore qui pose ses lèvres sur la plaie à vif ; un autre Pythagore qui ferme les yeux, pour mieux se délecter du sang au bleu dense.

Ce Pythagore voit ses scrupules s'envoler à mesure qu'il s'abreuve.

Ce Pythagore ne se reconnaît pas et aime ne pas se reconnaître.

Dans sa tête, les paroles du commandant Baar s'agitent comme des oiseaux qui veulent s'échapper de leur cage : « La liberté… Avoir l'esprit libéré du bien et du mal… L'intelligence qui fonctionne sans entraves… »

Et c'est vrai que Pythagore sent son cerveau rugir comme un fauve. Il se sent investi d'une clairvoyance profonde qui lui donne la compréhension intuitive de la vie, de la mort, des temps reculés où s'enracine notre race ; de la petitesse de la vie humaine en regard du parcours des étoiles ; de la grandeur des particules qui s'assemblent pour faire des atomes – et, avec ces atomes, des corps vivants et des corps célestes ; de la mécanique universelle qui fait que le mouvement des cellules de son corps répond à celui des étoiles dans l'univers.

Il comprend la nature.

Il comprend les désirs et les pulsions souveraines.

Il comprend les impératifs de toutes les survies.

Il comprend les instincts de chacun et les instincts contraires.

Il comprend que la jeune fille va mourir.

Il se souvient que son sang s'évapore et qu'elle était condamnée dès l'instant où elle s'est blessée – il n'en est pas désolé.

Il l'abandonne dans l'herbe et poursuit son chemin.

Jamais il ne s'est senti aussi bien.

∞

Louise.

Il pourrait tuer pour Louise.

Il reprend sa marche et traque les pulsations de l'autre cœur – son rythme tranquille et mesuré.

La végétation se clairsème à nouveau et ouvre une perspective sur un petit lac lumineux. Le courant y affleure paisiblement.

Sur la rive, le scaphandrier a installé un campement de géographe – rouleaux de câbles, instruments de mesure, boîtiers de branchements.

Une longue table à tréteaux a été montée au milieu de l'ensemble et c'est ici que, attachée par les mains, les jambes et les pieds, enveloppée d'un manteau de bucq trop grand pour elle, la tête reposant sur un oreiller de fortune, se trouve Louise, pâle mais vivante, qui se débat contre ses attaches pour regarder ce qui se passe autour d'elle.

Abreuvé de sang sublittoral, Pythagore n'éprouve aucune peur. Il sait qu'il va sauver son amie.

Le scaphandrier enfonce une aiguille dans le bras de Louise et lui prélève du sang.

Louise lutte, essaie de parler ; ses mots émergent en langue gargouillis, comme ceux de la jeune fille, un peu plus tôt.

Le scaphandrier remplit plusieurs tubes ; puis mêle l'un d'entre eux au sang de la femme qu'il vient d'assassiner.

Aussitôt, le bleu marine change de couleur : il s'éclaircit et vire au mauve, mauve clair, violet-blanc, violet lumineux, violet incandescent.

Le violet même obtenu par le professeur Deanjii lors de son expérience dans la salle d'anatomie.

Pythagore ne voit rien des émotions du scaphandrier à cause de son casque, mais il entend son cœur qui exulte.

Le sang de Louise – rouge.

Le sang sublittoral – bleu marine.

Le mélange des deux produits quelque chose de supérieur – ultraviolet.

Le scaphandrier sécurise son matériel ; il range avec beaucoup de précaution les précieux tubes de sang rouge qui lui restent, puis plonge dans le courant du lac.

∞

À son tour, Pythagore s'approche.

Louise a les yeux mi-clos. Il essaie de lui tenir les paupières ouvertes ; elles retombent.

Il lui prend la main ; sa peau est froide.

Il soulève la compresse, appliquée à l'endroit de la prise de sang : le sang coagule normalement.

Louise est attachée par un système de lanières et de crans. Investi d'une force qui le transcende, Pyth arrache d'une main les boucles crantées, puis redresse Louise et la fait asseoir. Elle a du mal à se tenir par elle-même.

Elle s'exprime en gargouillis.

Il la charge sur son dos, comme un paquet. La porter ne lui demande aucun effort. Il pourrait porter une dizaine de Louise.

Il inspecte les berges : la terre y est déchirée, entaillée, comme retournée par un tremblement de terre. Plusieurs arbres reposent à l'horizontale, leurs racines offertes à l'air libre.

Pyth découvre une plateforme métallique, les pieds dans l'eau ; elle est pourvue d'appareillages cuivrés

– tiges, prises, embouts, raccordements – avec de nombreux câbles qui plongent dans l'étang.

Un cadran a été encastré sur la plateforme.

Pythagore reconnaît la boussole jumelle, semblable à celle de la salle du vieux bassin ; il se souvient des explications de Foresta. Les boussoles servent à « baliser » des territoires avant de « câbler un pont géographique entre deux zones ». Il se souvient aussi des gros câbles de cuivre qui s'enfonçaient dans l'eau sombre ; des fissures dans la pierre.

Sur le cadran, Pythagore peut observer ce que perçoit le miroir de l'autre boussole, dans la salle du bassin : Baar passe la main dans ses cheveux et tire sur ses racines qui commencent à bleuir.

À la vue du commandant, Louise s'anime ; elle le désigne avec fureur ; elle pleure et crie – toujours en langue gargouillis.

Pyth essaie de la calmer, en vain.

– *Brouisri vri vrillibri srirbi lrouseie !*

Ses mots à lui aussi sont déformés par l'atmosphère sublittorale.

Louise se débat ; fait de grands gestes en direction du courant, comme pour inviter Pyth à y plonger.

Le Pythagore habituel – celui qui n'aurait pas bu le sang – aurait forcé Louise à rebrousser chemin. Il aurait pensé à Foresta qui l'attend. Il aurait pensé à la sécurité de Louise ; à la sienne.

Mais ce n'est pas lui qui commande.

Le niveau de pensée du nouveau Pythagore se situe dans les infimes replis de ses boyaux, au cœur des organes qui palpitent.

Il sait qu'en suivant le cheminement des câbles dans le courant, ils vont émerger dans le bassin – là où se trouvent Baar et, vraisemblablement, le professeur

Deanjii ; mais il n'appréhende pas ce face-à-face, au contraire.

Il rajuste la position de Louise sur son dos et plonge avec elle dans le courant.

Le haut et le bas s'inversent, comme précédemment.

Nord-sud/Sud-nord.

13

Basstang

Louise et Pythagore émergent dans l'eau du bassin. Elle n'est pas profonde : ils ont pied. L'air est chaud et humide. Dans la salle flotte toujours la même odeur de terre et de plantes grasses.

Louise, encore bouleversée, s'approche du rebord et s'agrippe à la pierre. Elle tremble, regarde Pythagore et chuchote d'une voix éteinte :

– Pyth… Tu me comprends maintenant ?

Pythagore acquiesce.

– Dis quelque chose… Tu me comprends bien ?

– Oui.

Leur élocution est redevenue normale.

Louise observe le courant qui affleure dans le bassin ; elle ajoute d'une voix basse et tremblante :

– Le commandant a fait arriver le courant jusqu'ici… Il a réussi à câbler les deux territoires ensemble !

À la lumière des lucioles qui volettent, Pythagore distingue les tables de travail et, plus loin, les arcades. Sur la paroi du bassin, à côté des fissures, se trouvent la boussole jumelle et l'embranchement de câbles que Foresta avait déjà remarqués.

Les paroles fébriles du professeur Deanjii traversent l'espace.

– Il ne s'èvapore plus ! Peut-ètre il faut rajoutè du rouge pour le voyage jusqu'au Gaoyan…

Pyth se hisse sur la pointe des pieds pour mieux voir. Le bocal de sang ultra-violet illumine la profondeur de la pièce. Le professeur remplit des éprouvettes. Le commandant Baar brandit son dernier butin – une tête de femme qu'il hume au niveau de la tempe comme on sent la tête des bébés, puis qu'il repose dans une boîte.

Soudain, l'eau bruisse autour d'eux ; le courant scintille, frémit, bouillonne.

– Le courant va se retirer, chuchote Louise. Il faut se dépêcher… débrancher les câbles… et récupérer le scaphandre.

Elle s'approche des cuivres et se met à tirer désespérément sur les câbles, en vain ; elle est trop faible. Pythagore essaie à son tour. La puissance des cuivres est cent fois supérieure à celle du filin que Foresta et lui ont utilisé pour escalader le mur du Haut Commandement ; pourtant Pyth parvient à s'acquitter tranquillement de sa tâche. Il tire un premier câble, puis un deuxième. À chaque décroché, la terre tremble, les pierres convulsent.

– Pythagore, chuchote Louise, je vais chercher le scaphandre…

Elle se hisse hors du bassin et rampe sur le sol tandis que Pyth s'attaque à un groupe de câbles conséquents imbriqués ensemble par une sorte de prise. Il doit fournir un effort intense et ne voit pas que le commandant, alerté par les tremblements, est en train de traverser la salle. À mesure que Pyth décroche les câbles, la déperdition d'énergie le secoue de vibrations intenses. Il lui reste un dernier câble à détacher lorsqu'il entend la voix de Louise qui hurle à s'arracher les poumons :

– Pythagore !

Pyth relève la tête et repère aussitôt le commandant qui maintient son amie plaquée au sol, à côté du scaphandre.

Elle se débat, crie, hurle, griffe comme un chat enragé, mais Baar l'assomme d'un seul coup de poing.

Pyth bondit hors du bassin.

Sans réfléchir, comme s'il avait fait ça toute sa vie, il attrape par le goulot une bouteille qui traîne ; la casse sur le rebord d'une table de travail ; puis il prend son élan ; saute ; et rabat avec force les pointes de verre de son arme improvisée sur le cou du commandant Baar.

Ce dernier le repousse violemment, mais Pyth ne sent pas la douleur. Au contraire, il revient à la charge ; agrippe les cheveux bleus du commandant, hurle comme s'il émergeait de lui-même et abat de nouveau la bouteille ; sa force est décuplée. Lorsqu'il plante une troisième fois le verre dans les chairs du commandant, celui-ci le lâche enfin.

Louise crie d'une voix faible :

– Pyth ! Le courant ! Il va partir…

Pythagore attrape le scaphandre et le jette à l'eau. Il charge Louise sur son dos ; plonge dans le bassin ; s'attaque au dernier câble encore branché au-dessus du niveau de l'eau. Toute l'énergie du pont géographique s'est concentrée dans ce dernier filin de cuivre. Pyth pousse avec ses pieds contrc lc murct du bassin pour faire appui ; il hurle encore. Un bruit de tonnerre éclate sous les voûtes – la terre tremble, l'eau gargouille : il vient de décrocher le câble.

Le pont est rompu.

Le commandant rampe vers eux, la moitié du visage ensanglantée, les bras tendus vers le scaphandre auquel Louise s'agrippe fermement, mais déjà le courant se retire. Pyth attrape la main de Louise et ils s'enfoncent tous les deux dans la lumière phosphorescente.

∞

Le courant les enveloppe. La nervosité de l'eau leur fait perdre leurs repères.

Le courant ne les entraîne pas vers le fond, comme les deux premières fois. Au contraire, ils sont pris par un mouvement horizontal, pareil à celui des baïnes.

∞

Quand ils émergent de nouveau, Pyth découvre le soleil de nuit – rouge, paisible et majestueux ; puis les constellations du ciel, grosses comme des grappes de raisin.

Il comprend que le courant les a attirés quelque part au beau milieu de la mer d'Éole.

Louise est faible dans ses bras ; elle respire fort, mais garde les yeux fermés et chuchote des propos incohérents.

« J'étais là… c'est pour ça… que… et… il est parti… mais pourquoi… j'ai peur de l'eau… »

Au lieu de l'alourdir, son gros gilet de géographe l'aide à flotter, comme s'il était imperméable. La fourrure en est luisante.

Le scaphandre flotte, lui aussi, à côté d'eux. Est-ce que c'est normal ? Ne devrait-il pas couler, au contraire ?

Pythagore allonge Louise sur le dos et place le scaphandre sous ses pieds pour l'équilibrer. Il est étonné qu'elle garde son calme malgré toute l'eau environnante.

– Louise ?

– … et aussi… c'était long… mais… moi je savais pas… et revenais à chaque fois… et à faire…

– Louise ? Ça va si je t'allonge comme ça ?

Elle ne répond rien et garde les yeux mi-clos.

Il reprend contact avec lui-même.

L'effet du sang sublittoral semble s'être dissipé avec ses derniers efforts.

Il inspire profondément ; puis expire.

Il a réussi le plus important : il a retrouvé Louise.

« À quel prix ? » se retient-il d'ajouter : il a le souvenir d'avoir été une autre personne. Une tout autre personne au fond de lui-même. Il est effaré par le souvenir de la force prodigieuse qu'il a senti vibrer en lui.

À présent, il réfléchit à leurs options. Elles ne sont pas nombreuses : nager ou attendre.

La mer est plate, heureusement, mais il ne sait pas de quel côté nager. Inutile de se fatiguer ; mieux vaut économiser leurs forces jusqu'à… ?

Jusqu'à ce qu'il trouve une solution. Jusqu'à ce que quelqu'un leur vienne en aide.

Est-il fréquent de croiser des bateaux dans la mer d'Éole ?

Il repense à la première carte géographique qu'il avait vue dans la chambre de Foresta. La mer était omniprésente. La mer, traversée par les cinq courants.

Il s'imagine comme un point minuscule, perdu au milieu de la carte.

Il renoue avec la peur.

Peut-être auraient-ils intérêt à replonger dans le continent sublittoral ?

Mais faire la planche dans l'eau pendant plus de vingt heures en attendant que le courant revienne, est-ce que c'est possible ?

Pyth ferme les yeux ; il repense au sang bleu marine qu'il a bu à même la blessure de la jeune femme.

Il se souvient de sa lucidité extrême.

Il est persuadé que s'il en buvait encore, il saurait trouver une solution.

À présent, il a froid ; il est fatigué et il claque des dents.

∞

Une sorte de bruit mécanique résonne au loin.

Pyth aperçoit un bateau !

C'est inespéré, il a peur de rêver.

Il cale Louise contre son torse et nage comme on le lui a appris en cours de secourisme.

Il accélère la cadence, agite les bras pour faire de l'écume ; hurle « Ho ! Hé ho ! », une fois, deux fois, dix fois. Il recommence à nager, essaie de hurler en même temps ; fait de grands gestes ; rattrape Louise, qu'il a peur de lâcher ; nage encore ; s'épuise.

Très vite, il manque de forces. Ses muscles s'engourdissent.

Il regarde le bateau qui continue son chemin… puis qui vire de bord et fait demi-tour.

Pythagore a été vu.

Toute sa tension se relâche d'un coup.

∞

Il sent des bras qui passent sous ses aisselles ; on le hisse, on le pose ; on le soulève à nouveau ; on le ballotte.

Sa tête heurte quelque chose ; puis ses pieds, plusieurs fois.

On l'allonge sur une couche moelleuse. On lui tape sur la joue.

– *Hey guy ! Wake up ! Are you crazy or what ?*

Pyth a-t-il rêvé ou vient-il réellement d'entendre parler anglais ? – de l'anglais avec un fort accent, comme celui du nouveau joueur de l'équipe de Nantes.

– *What is that ? Blue hair ? Where do they come from ?*

– *HEY ! Where do you come from ?*

Pythagore sourit. Il n'a plus aucune force. Il se sent ivre.

– *Do you think they are with the gangs ? They have all sorts of coloured hair over there.*

– *No you moron ! Look ! It's a geographe's coat !*

– *It's not hers... Twice too big...*

Grâce à ses notions d'anglais, Pyth réussit vaguement à suivre la conversation. Leurs sauveteurs sont en train de s'interroger sur leur identité ; ils se demandent pourquoi Louise porte un manteau de géographe trop grand pour elle.

– *Woooaooow ! Look !* ajoute l'un des sauveteurs. *How is that possible ?*

Pyth entrouvre un œil… L'homme est en train de regarder quelque chose dans l'encolure de Louise. Son acolyte se penche à son tour et réagit de la même façon :

– *Woooaooow ! We have to think about that !*

Le silence se fait.

On le recouvre d'un duvet. La chaleur l'envahit. Il voudrait dire merci mais n'en a pas la force.

Il plonge dans le sommeil.

∞

C'est la soif qui le réveille. Sa gorge est si sèche qu'il a du mal à respirer. Il ouvre les yeux et sursaute aussitôt : un visage posté à vingt centimètres du sien le regarde avidement.

– *Are you thieves ? Are you gang members ?*

– …

Donc Pyth n'a pas rêvé, c'était bien de l'anglais qu'il a entendu.

– *Do you speak basstang ?* Vous tu parlé basstang ?

Le garçon parle français avec un accent anglais ; ou plutôt galécien, pense Pythagore – galécien avec un accent anglais. Tandis que Pyth détaille ses traits grossiers et rougis par le soleil, le garçon s'essaie à une langue qui ressemble à celle du professeur Deanjii :

– *Avancan kè parvim kay basstang ?*

Il tente encore sa chance avec une autre langue aux « r » très prononcés – « *Roumir saan rum sratr bross basstang ?* » – avant de reprendre en anglais :

– *You stole that coat*, dit-il en désignant le manteau dc Louise. *We are bringing you to him.*

Des voix se font entendre de l'autre côté de la porte. On toque :

– *Damian, come on, you piece of dog, help us carry out the bags. Docks are on sight.*

Une joie fébrile se lit sur le visage du dénommé Damian. Il reprend avec un plaisir certain :

– *I am about to become a hero !*

Pythagore hésite à utiliser ses quelques connaissances d'anglais pour lui répondre. Mais la voix derrière la porte se fait impérieuse :

– *Damian, come on !*

Et le garçon quitte la cabine.

∞

Pythagore se redresse et regarde par le hublot ; le jour commence à poindre sur les contours d'un port.

Est-ce le même que celui où l'attend Foresta ?

Il tente de faire la synthèse de ce qu'il vient d'entendre ; mais il n'a pas tout compris.

Le garçon l'a traité de voleur ?

À côté de lui, Louise dort en respirant profondément, le visage abandonné. Il n'ose pas la réveiller. Il se penche tout doucement pour regarder dans son encolure – comme l'ont fait les hommes précédemment. Dans le cuir intérieur du manteau se trouve gravé un nom :

« C O M M A N D A N T B A R A N O V B A A R »

Le garçon l'a traité de voleur en ajoutant : « *We are bringing you to him.* »

Nous te ramenons à lui – LUI !

– Merde ! Merde… Louise, réveille-toi. Il faut qu'on parte d'ici… Louise !

Il la secoue vraiment. Elle se réveille en sursaut ; le regarde, interdite ; puis rassemble ses maigres forces pour lui envoyer une gifle à la figure.

– … ?

– Tu as les cheveux bleus ! Tu as bu le sang des femmes !

Pythagore se fige ; il comprend pourquoi l'homme sur le pont a parlé de « *blue hair* ».

Au même moment, la paroi du bateau heurte un quai. Des pas résonnent sur le pont et Pythagore colle son nez au hublot entrouvert. Plusieurs personnes s'activent en se lançant des invectives.

Il scrute les alentours. Derrière le quai, il aperçoit d'autres bateaux et, un peu plus loin, des entrepôts, des cargaisons en train d'être réceptionnées malgré l'heure matinale. Un mécanisme métallique se dresse dans le ciel encore sombre et transporte une caisse sous les yeux attentifs d'une petite troupe.

En face, il y a un bateau plat qui ressemble à une péniche et d'où s'échappe une odeur de pain, de fromage et d'herbes. Quelqu'un est en train de préparer un petit déjeuner sur le pont.

Pythagore revient vers Louise.

– Oui, Louise, j'ai bu le sang… On en parlera plus tard. Pour l'instant, il faut partir d'ici. Ils ont vu que tu portais le manteau du commandant Baar.

Il lui enlève le manteau et lui montre les lettres.

– Qui « ils » ?

– Ceux du bateau ; ceux qui nous ont récupérés. Ils croient qu'on a volé le manteau et ils veulent nous ramener à lui.

Louise rugit comme un animal et balance la fourrure dans un coin. Puis elle se jette sur la porte de la cabine, mais celle-ci est fermée de l'extérieur.

La seule solution est de repasser l'angle mort.

Maintenant.

Pyth regarde autour de lui ; la cabine est remplie de sacs de toile arborant la mention « *Travel Powder* ». Il essaie d'en ouvrir un, en vain ; celui-ci est solidement cousu. Pyth le palpe pour évaluer l'intérêt de sa marchandise ; il sent quelque chose comme du sable ou du sel – ou de la farine ?

Louise tâte les sacs, elle aussi, et entreprend de cisailler la ficelle avec ses dents.

Dans le fond de la cabine, Pyth découvre une tablette à rabat sous laquelle se trouvent des papiers, un nécessaire de toilette, une bouteille, un peigne et… un miroir !

Il s'empare du miroir et ouvre la bouteille, en espérant qu'elle contienne du concentré.

Elle est vide.

Au même moment, des cris de joie s'élèvent du ponton et recouvrent la petite activité du port.

Pythagore retourne au hublot : des jambes entrent dans son champ de vision – des pantalons de cuir, des pantalons de toile, des bottes, des sandales. Ils sont une quinzaine à investir la péniche d'en face. Les garçons sont torse nu, les filles sont décoiffées ; chacun porte ses affaires à la main – veste, chemise, sac. Certains ont enlevé leurs chaussures.

Ils parlent galécien ; l'écho de leur conversation parvient jusqu'à Pythagore :

– On ne va pas se coucher !

– On va faire honneur à la victoire !

– On mange ? J'ai faim…

– Moi aussi j'ai faim !

Ils tapent aux carreaux.

– Oh, qui fait quoi, là-dedans ? C'est pas le moment de dormir, on a gagné ! entend-il hurler.

Pythagore ajuste son regard car il croit avoir reconnu la voix de son rival – Aurelian.

Il ne s'est pas trompé…

Tout le groupe reprend en chœur :

– On a gagné !

Pyth comprend que c'est le groupe d'Aurelian qui a remporté les essais et qui jouera le soir de l'Empoing.

– Je vais à la *Conserverie*, ajoute le garçon. Qui veut quoi ?

Ses camarades lui passent commande, puis Aurelian gagne le ponton et se rapproche du bateau dans lequel se trouve Pythagore.

Pyth a le cœur qui bat. Il ne connaît pas Aurelian, mais il se souvient qu'il avait critiqué le commandant Baar ; qu'il l'avait traité de « fou dangereux ». Peut-être y a-t-il quelque chose à tenter ?

L'interpeller, lui dire ce qu'il a vu ?

Lui dire d'alerter Foresta ?

Lui demander de l'orange bleue ?

Il attend que les jambes du garçon soient tout près du hublot pour l'appeler :

– Aurelian ?

L'autre n'entend pas.

– Aurelian ! lance Pythagore plus fort.

Le garçon s'immobilise, se tourne vers la péniche ; il ne voit pas d'où vient l'appel car Pyth est trop bas par rapport à son champ de vision.

Quelqu'un sur le pont du bateau n'apprécie pas qu'Aurelian les regarde :

– *Mind your business, will you, boy !*

Aurelian lève les mains, l'air de dire : « Je n'y suis pour rien », puis s'éloigne avant que Pythagore ait pu lui transmettre un message.

∞

Au même moment, Pythagore entend des pas massifs au-dessus de sa tête.

Il se tourne vers Louise, qui mordille toujours le sac.

– Qu'est-ce que tu fais ?

– C'est de la poudre de voyage.

– Quoi ?

– De la poudre de protection… pour les voyages.

Louise rompt enfin le gros fil et déchire l'ouverture du sac en tirant sauvagement sur les bords. Un nuage blanc et volatile semblable à de la farine se répand partout dans la pièce.

Elle tousse, le visage couvert de particules, puis plonge la main dans le sac et regarde Pyth avec un air de victoire.

– Ah… J'en étais sûre ! La poudre de voyage sert à protéger les fioles !

Sa main blanchie enserre vaillamment quatre fioles de concentré d'orange bleue.

– C'est dans le livre du géographe. La poudre préserve les propriétés des peptines pendant plusieurs mois ; ils s'en servent pour les missions en mer.

Pythagore contemple Louise et son regard s'allume de bonheur : il a retrouvé sa sœur, son frère, son génie. Louise, le meilleur compagnon que la terre ait porté.

Elle lui sourit en retour.

Ils boivent aussitôt une fiole de concentré : une montgol-fière d'oxygène aère leurs pensées. Louise remplit ses poches de fioles ; ramasse le miroir que Pythagore a déniché ; puis, tous deux viennent s'adosser au hublot pour profiter de son reflet. Louise tend le miroir face à eux et cherche l'angle mort.

Ce n'est pas si facile, le hublot est trouble. Le bateau bouge.

Dans le reflet, Pythagore aperçoit la péniche et les noceurs insouciants ; on dirait les personnages tranquilles d'un vieux film de la cinémathèque. Pythagore et eux ne sont séparés que de quelques mètres, et pourtant c'est comme s'ils n'appartenaient pas au même espace-temps.

Soudain, Foresta apparaît sur la péniche ! Elle discute ; prend une des filles dans ses bras pour la féliciter, puis un garçon ; elle pose ses mains sur ses hanches ; se protège du soleil.

Pyth a envie de l'appeler, mais sa voix se coince dans sa gorge, comme dans les rêves.

– Foresta est là-bas…

– Quoi ?

Il tire Louise par le bras et répète en pointant son doigt :

– Foresta. Regarde… Elle est là. C'est son ancien groupe.

Des pas lourds les font sursauter ; cette fois quelqu'un s'approche vraiment de la porte. Aussitôt, Pythagore et Louise se remettent en place, dos au hublot, face au miroir.

Leurs cœurs battent très fort – très fort, mais ensemble.

Un brusque mouvement d'eau déséquilibre le bateau et fait bouger le miroir d'une manière inattendue.

Au même moment, ils sentent l'air et des vibrations leur fouetter le visage.

Lorsque Pyth regarde à nouveau dans le reflet, il y découvre leurs deux petites silhouettes qui marchent en diagonale.

14

Ces choses qu'on trouve sur Internet

Pythagore et Louise atterrissent à la surface d'une eau dure. Un fracas de verre brisé retentit au moment de leur chute ; ils se prennent une claque.

Une claque de verre ? Une claque d'eau ?

Sont-ils à la fois dans l'eau et hors de l'eau ?

Pyth fait glisser son visage contre une paroi transparente. Il voit des poissons, du sable, des algues.

…?

Il se redresse… et reconnaît le bateau à fond de verre du lac d'Herbauges : ils ont quitté un bateau pour atterrir dans un autre.

À côté de lui, Louise prend appui sur les mains pour se relever ; elle lâche un petit cri.

– Aïe.

– Quoi ?

– Oh nooon !!

– Quoi ! répète Pythagore.

Elle balaie le sol vitré de sa paume et son geste produit un crissement.

– Non ! dit-elle encore. Toutes mes fioles se sont cassées. J'aurais dû garder ce foutu manteau, ça les aurait protégées.

Un homme en marcel, une chaise de camping repliée sous le bras, fait irruption dans la cabine. Il les regarde de travers en découvrant leur dégaine.

– Hé ! Qu'est-ce que vous faites là, les jeunes, c'est pas l'heure de la visite encore…

– Oui, oui, on s'en va, grommelle Pythagore.

Tous les deux ont le vertige ; l'homme les regarde comme s'ils avaient trop bu et qu'ils cuvaient leur vin.

– Oh ! Dis-moi, tu serais pas la petite Markarian, par hasard ?

Louise plante un regard fiévreux dans le sien.

– Si.

– C'est du propre de se promener dans cette tenue, à cette heure-ci !

– Pourquoi ? Il y a une heure pour se promener dans cette tenue ?

Le gardien ne répond rien, décontenancé par l'aplomb de Louise. Ils en profitent pour déguerpir.

∞

Ils marchent pieds nus sur les cailloux pour rejoindre la route où se trouve l'arrêt de bus. Louise s'appuie sur Pythagore, en silence.

Chacun attend que le brouillard de la translation se dissipe.

Il n'y a qu'un seul bus qui fasse le trajet jusqu'à la réserve du lac, le bus régional n° 7. Le panneau électronique indique qu'il est 11 h 15 et que le prochain bus passera vingt-deux minutes plus tard.

Louise et Pythagore s'installent sur le banc.

Le treillis à huit poches de Louise est déchiré en de multiples endroits, son tee-shirt est sale ; Pyth est torse nu, couvert d'ecchymoses.

– On ne peut pas aller au lycée dans cet état, commente Pythagore. On va faire un crochet par chez moi.

Pyth regarde les stations sur le plan de la ligne ; il leur faudra marcher un peu, mais c'est mieux que de revenir dans le centre.

Il se tourne vers Louise et, cette fois, prend le temps de la regarder vraiment : ses joues sont creusées, son visage semble ravagé par la fatigue ou la faim.

Depuis combien de temps n'a-t-elle pas mangé ?

– Comment ça va ?

– Ça va…

Elle sourit ; puis éclate en sanglot.

Elle continue de sourire en pleurant, les cheveux dans la figure. Ses épaules tressautent sous les hoquets.

Pythagore est désemparé. Il n'a jamais vu Louise pleurer.

Il entoure ses épaules de son bras, mais il n'a pas l'impression que ça aide beaucoup son amie. Elle tremble et chuchote, comme si elle n'arrivait pas à dire les mots tout haut :

– Il a goûté mon sang…

– …

– Tu sais ce que le commandant fait aux femmes sublittorales ?

Pythagore acquiesce mais Louise poursuit quand même :

– Il leur tranche la gorge et… il boit leur sang… parfois… il met leur sang dans des bouteilles…

– …

– J'ai cru que j'allais mourir…

Elle ferme les yeux.

– J'ai pensé à mon père…

– …

– Il est tout seul dans la vie…

Sa voix monte dans les aigus. Elle a du mal à enchaîner.

– Je l'ai imaginé… se lever le matin, tout seul… fumer sa cigarette, tout seul…

Pythagore la laisse pleurer tout son saoul, sans rien dire. Puis la respiration de son amie se calme.

Elle prend une longue pause avant d'ajouter :

– Je suis désolée.

– De quoi ?

– De ne rien t'avoir raconté.

– C'est pas grave… J'aurais sûrement fait pareil.

– Non… Je sais que tu n'aurais pas fait pareil.

∞

Maintenant qu'ils ont commencé à parler, Louise et Pythagore se racontent tout – le choc de la découverte de l'autre Terre, des lucioles, du galécien, du sang bleu, des étoiles, du soleil de nuit…

Louise raconte sa plongée dans le courant ; sa découverte du continent sublittoral ; sa rencontre avec le scaphandrier – le commandant avait enlevé son casque et entendu son cœur battre. Il l'avait traquée comme du gibier, frappée à la tête. Quand Louise s'était réveillée, elle était attachée à un arbre ; le commandant lui posait des questions qu'elle ne pouvait pas comprendre puisque chacun parlait en gargouillis pour l'autre.

À son tour, Pythagore raconte son périple – depuis sa rencontre avec le lieutenant Abakan jusqu'à son intrusion dans le cabinet de Baar où les têtes étaient suspendues par les cheveux.

Louise est presque admirative de l'audace du plan du commandant.

– Il a réussi à faire affleurer le courant dans le bassin… Il pouvait y plonger, rejoindre le continent sublittoral sans que personne ne le voie… et récolter du sang tranquillement. Foresta dit que c'est le meilleur géographe de sa génération ; elle a raison…

Ils se taisent un instant. Le bus régional qui se dessine au loin n'est pas plus gros qu'un pin's.

– Foresta va croire que tu as eu un problème. Il faut qu'on retourne là-bas tout de suite.

Aussitôt, le ventre de Pythagore se contracte au souvenir du baiser qu'il lui a volé – il revoit les reflets bleus de la lumière sur ses pommettes, ses cheveux rouges, son regard droit et sans affectation.

Le bus freine à grand bruit et s'arrête à leur hauteur.

Le chauffeur, qui est très jeune, éclate de rire en les voyant monter :

– Hey ! Sympa le look !

∞

Tous les voyageurs les dévisagent.

Entre leurs pieds nus, leurs vêtements déchirés et les cheveux bleus de Pythagore, leur allure générale n'a rien pour inspirer la confiance. Ils s'installent tout au fond et se tassent pour se faire oublier.

La vie des gens tranquilles reprend ses droits. Une mère conseille à sa fillette de regarder le paysage ; un ado avec un gros sac à dos et un casque sur les oreilles agite la tête pour battre le rythme de la musique ; un homme lit son magazine sportif en se curant le nez.

Pyth n'est plus sûr d'appartenir à leur monde.

Il se sent dépassé – dépassé par le fait que toutes ces choses se soient vraiment produites et qu'il puisse en discuter avec Louise dans le bus régional n° 7.

Au même moment, une voix mécanique et suave emplit l'espace pour annoncer la station :

« Le Calvec-Malmaison. »

∞

Quelques personnes montent par l'arrière.

Deux dames d'un certain âge, dans le genre Vieux-Loiret, avec serre-tête et boucles d'oreille rondes, empruntent l'allée jusqu'à eux. Elles les découvrent, tressaillent devant leur dégaine, étouffent une interjection ; puis rebroussent chemin et choisissent des places à proximité du conducteur.

Le bus repart.

« Saint-Gervais-en-Retz. »

Pyth observe dans la vitre son reflet qui se superpose au paysage qui défile.

– Tu crois qu'on peut traverser l'angle mort dans un véhicule en mouvement ?

Louise regarde à son tour son reflet.

– Je ne sais pas.

– Peut-être qu'on atterrirait dans un autre véhicule en mouvement ?

– Peut-être…

« Retz-Malabris. »

∞

Ils descendent enfin du bus, sous les yeux ahuris des passants, puis marchent, pieds nus, jusqu'à l'appartement de Pythagore, rue de l'Ouest.

Pyth n'a pas ses clés ; elles sont restées avec ses affaires sur le petit ponton.

La voisine du rez-de-chaussée, Mme Depont, en garde un double en cas d'urgence.

Il marque un arrêt devant chez elle ; sonne.

Quand la voisine ouvre la porte, un bruit de jeu télévisé envahit la cage d'escalier, en même temps que l'odeur du riz qui cuit dans la cuisine.

En voyant Pythagore torse nu, les cheveux bleus, elle sursaute.

– Excusez-moi, je me suis enfermé à l'extérieur…, explique-t-il.

Mme Depont lui tend sa clé avec méfiance – comme s'il était le sosie malveillant du fils de Mme Luchon ; finalement, elle ajoute :

– Dis donc, tu pourras dire à ta mère que je voudrais changer l'horaire de mercredi prochain. Vas-y voir si elle peut pas venir l'après-midi, plutôt vers 15 heures.

Pythagore est trop pressé pour lui demander de quoi il s'agit, mais les paroles de sa voisine lui restent dans la tête.

∞

Ils entrent dans l'appartement, pareils à des voyageurs dans le temps revenus d'un long périple. Leurs tenues sales et fatiguées tranchent sur la propreté du parquet et le bon ordre des pièces.

Sa mère n'est pas là ; elle doit être à l'hôpital, comme tous les samedis midi.

Dans sa chambre, les volets sont fermés mais la fenêtre est restée ouverte ; la semi-pénombre confère à la pièce des airs de retraite.

Rien n'a bougé depuis la veille : papiers, crayons éparpillés. L'ordinateur portable, à demi ouvert, traîne sur le lit.

– Prem's pour la douche, dit Louise, qui commence à enlever ses vêtements.

– Ok.

Pythagore lui prépare une tenue de rechange, avant d'aller ouvrir le frigo, dans la cuisine. Il se surprend à rêver d'un chausson au linge de la *Conserverie* mais se rabat sur un énorme bout de fromage. Il attrape du pain sur l'étagère, dévore son sandwich de fortune, puis prépare la même collation à l'intention de Louise avant de s'affaler sur son lit. Il s'endort aussitôt.

Dans un demi-sommeil, il entend que Louise vient s'allonger à son côté.

– On se repose juste deux minutes, dit-elle d'une voix déjà molle.

– Mmm… deux minutes…

∞

Le bruit de la clé dans la serrure réveille Pythagore en sursaut. Le jour a baissé, ils ont dormi toute l'après-midi.

Sa mère referme la porte, puis pénètre dans la cuisine avec un bruit de sacs de courses.

Pyth file dans la salle de bain ; il ne veut pas que sa mère le voie avec ses cheveux bleus. Il colle son oreille à la porte.

– Bonjour Louise, tu dors ? Tu vas bien ?

– Bonjour madame, oui, oui, je vais bien.

– Et ton père, ça va ?

– Oui, mon père va bien.

Pyth s'écarte de la porte et se tourne vers le miroir au-dessus de l'étagère du lavabo. Il est ahuri de constater que tout est toujours à sa place – sa brosse à dents, son gel antibactérien, la bouteille de bain de bouche Botot de sa mère.

Il regarde ses cheveux de plus près.

Ils sont d'un bleu profond, presque violet.

Ses sourcils ont viré légèrement, aussi. Il fixe ses yeux proéminents, les pores de sa peau. Il se sent à la fois lui-même et étranger à lui-même.

Il s'arrache un cheveu et ne peut s'empêcher de…

– Aïe!!!

… pousser un hurlement.

Jamais il n'aurait pu imaginer que cela fasse aussi mal. La conversation cesse de l'autre côté. On toque à la porte.

– Pythagore ? Tout va bien, mon grand ?

– Oui, oui…

– Tu prends une douche ?

– Oui…

– Bravo, c'est très bien.

Pythagore s'abstient de répliquer qu'il a quinze ans passés et plus vraiment l'âge qu'on le félicite parce qu'il se lave. Il fait coulisser la porte de la cabine de douche, tourne le robinet pour que résonne le bruit de l'eau, puis reprend l'examen de ses cheveux.

Il ressent une douleur vive et piquante à l'endroit où il a voulu arracher le cheveu, comme si le cheveu lui-même marquait son mécontentement. À partir de ce minuscule épicentre, sa tête bourdonne et lui donne le vertige.

Son regard tombe sur un peigne.

Il a soudain une furieuse envie de s'en servir ! De sentir les dents du peigne caresser ses idées.

C'est infiniment agréable. Il prolonge l'opération.

Puis il enlève tous ses vêtements, vérifie la couleur de ses poils – bleus ! – et va sous la douche.

Il accueille avec bonheur l'eau sur sa peau mais ne la juge pas assez fraîche. Il tourne le mitigeur à fond jusqu'à ce que l'eau soit glacée.

Se refroidir.

Refroidir son sang.

Il sort de la douche, cherche le shampooing colorant que sa mère utilise pour cacher ses cheveux gris. Les instructions sur la boîte sont nombreuses et compliquées.

Il soupire d'avance.

Doit-il se teindre les cheveux ?

Un cache-misère – une couleur qui cherche à faire naturel – risque de se voir quand même et d'être plus ridicule encore que le bleu. Si Pyth garde sa couleur électrique, il pourra toujours dire qu'il a perdu un pari.

Il repose le produit.

Au même moment, la porte s'ouvre.

Son cœur se décroche ; il pensait avoir fermé à clé ; il est nu. Louise apparaît dans l'entrebâillement, un tournevis dans unc main, l'ordinateur de Pyth dans l'autre.

– Ça va pas, non ? lui dit-il en s'enveloppant dans une serviette. Je suis à poil.

– J'ai toqué, mais tu n'ouvrais pas.

– Ben… je suis en train de prendre une douche !

– Ça va, je t'ai déjà vu tout nu…

– Mais non !

– Pyth, on s'en fout… J'ai découvert quelque chose.

Au même moment, la porte s'ouvre à nouveau. Cette fois-ci, c'est la mère de Pythagore.

Elle les regarde l'un, puis l'autre ; tique une seconde sur la couleur des cheveux de son fils, ouvre la bouche pour faire une remarque… Finalement, se ravise.

– Louise, est-ce que tu restes pour le dîner ?

– Euh…

Louise regarde Pythagore l'air de dire « On ne peut pas rester coincés ici ».

– Est-ce que vous pouvez me laisser tranquille deux minutes ?

– Oui, bien sûr, mon grand, mais qu'est-ce que tu veux manger ?

– Euh… je ne sais pas… des pâtes.

– Des pâtes à quoi ?

– Je sais pas, maman, je crois qu'on n'aura pas le temps de dîner, de toute façon… On va au cinéma, on prendra un sandwich.

– Au cinéma ? Tiens ! Qu'est-ce qui se joue en ce moment ?

– S'il vous plaît ! Est-ce que vous pouvez sortir ?

Elles s'exécutent enfin ; Louise laisse l'ordinateur sur le rebord du lavabo.

La page affichée par l'écran est celle d'un site de vente en ligne qui expose un objet pris en photo sous divers angles. Le vendeur commente : « Rare livre ancien, belle affaire ! »

Pythagore ne tilte qu'à la lecture de l'intitulé : « Secret constitutionnel n° 3 – auteur collectif – prix d'appel 450 euros – fin de l'enchère dans 65 h 23 min ».

∞

Comment le livre de Foresta a-t-il pu se retrouver sur Internet ?

Pythagore déchiffre le pseudo du vendeur – LioGéro007 – et comprend aussitôt.

M. Gérôme s'appelle Lionel.

Quand il sous-loue sa chambre, il utilise les toilettes publiques de la rue Marie-de-Craon comme salle de bain. Il a dû y découvrir le livre par hasard et y voir une aubaine pour arrondir ses fins de mois.

Pythagore s'habille à la hâte et rejoint Louise qui l'attend sur le balcon du salon.

– Il faut qu'on le récupère, dit-elle après avoir écouté son hypothèse.

– Oui, le problème, c'est que nous n'avons pas 450 euros.

– Il n'est pas question qu'on achète notre propre livre ! On va juste le lui reprendre.

Une voiture passe, musique à fond. Les noceurs du samedi soir s'apprêtent à sortir.

– L'enchère se prolonge jusqu'à…

Il fait un rapide calcul mental pour convertir les soixante-cinq heures en jours.

– Jusqu'à mardi… mardi midi. On a le temps… D'abord on retrouve Foresta, et après on verra pour le livre, ok ?

– Ok.

– Alors on y va.

Pyth sent l'odeur des pâtes préparées par sa mère. Il s'en veut. Il voudrait lui dire au revoir d'une façon convenable ; la prendre dans ses bras et lui signifier… quelque chose. Mais il en est incapable.

Au lieu de ça, il lance à la cantonade, sans même lui laisser le temps de relever la tête de la casserole :

– Maman, on y va !

La porte claque dans son dos.

Pendant tout le trajet jusqu'à l'arrêt de bus, l'ingrate désinvolture de sa voix résonne douloureusement dans sa tête.

15

Loiret-en-Retz *by night*

Ils descendent du bus sur la place des Douze ; passent devant la célèbre fontaine qui représente les pêcheurs en train de lutter dans la tempête. L'agitation du samedi soir rend l'air électrique. Ils atteignent la zone des terrasses. Devant *La Barbe a le Blues*, l'un des cafés les plus populaires du Vieux-Loiret, Pythagore entend qu'on l'interpelle.

Il met un certain temps à repérer Jordanie Serra qui lui fait des signes de la main, puis se faufile à travers les tables pour la rejoindre.

Jordanie éclate de rire :

– Bah alors… qu'est-ce qui t'est arrivé ?

– … ?

– Tes cheveux ?

– Ah… j'ai perdu un pari…

Jordanie pouffe à nouveau, aussitôt imitée par les autres filles de sa table, qui semblent plus âgées qu'elle.

– Tu as reçu mes textos ?

– Non. J'ai oublié mon téléphone au lycée…

– Je suis désolée mais Maxence veut te casser la gueule. Il a su que tu m'avais embrassée à la piscine.

– Comment ça, « il a su » ?

– Je lui ai dit.

– Ah bon… ?

– Oui.

– Pourquoi ?

Jordanie prend une pose lointaine – celle des filles qui feignent d'ignorer qu'elles sont belles – puis enchaîne d'un air très sérieux :

– Pour être honnête.

Pythagore fait semblant de la croire.

– Ok.

– Vous faites quoi ce soir ? ajoute-t-elle d'un air soudain décontracté.

– Je ne sais pas encore.

– Nous, on va chez *Eggies*… avec ma sœur et ses copines.

Jordanie reluit de fierté.

La sœur en question, aussi belle que Jordanie mais en plus grand, allume une cigarette, puis rejette négligemment une mèche en arrière.

Pythagore décrypte tous leurs petits stratagèmes et trouve que ça leur enlève du capital beauté.

Enfin, pas complètement. Elles sont quand même pas mal.

∞

Dans la chambre de Louise, rien n'a bougé.

– Où est-ce que vous étiez censés vous retrouver, Foresta et toi ?

– Là où on s'est quittés : sur un des pontons du vieux port d'Eman.

Louise tire une boîte de sous son lit ; la fouille en vain ; en prend une autre pleine de carnets et de feuilles de brouillon. Puis une troisième avec des objets divers.

Elle en extirpe un sac de congélation transparent avec, à l'intérieur, des quartiers d'orange bleue tout desséchés.

– Zut… j'aurais dû les mettre au frigo…

Elle explore encore la boîte, puis sous le lit ; rien. Elle soupire.

– Je pensais qu'il me restait encore une orange entière quelque part… On essaie quand même avec ça ?

Ils avalent chacun un quartier desséché. La pulpe n'est pas juteuse, la fibre est dure : aucune effervescence dans leur cerveau, pas de montgolfière spirituelle pour tirer leurs pensées vers le haut.

Louise ouvre quand même un battant de la fenêtre, déplace son miroir. Elle agence les deux surfaces pour créer un couloir de reflets.

Ils s'installent au milieu tandis qu'elle cherche l'angle mort.

Aucune vibration ; aucun branchement sur d'autres fréquences.

Par ailleurs, sans l'effet inspirant des peptines, ils se sentent idiots.

– Il n'y a pas autre chose à prendre à la place ? demande Pythagore. Qu'est-ce qu'il y a exactement dans les peptines ?

Louise cherche sur Google « peptine » et trouve le nom d'une société de conseil en management basée à Nantes.

Rien à voir avec l'orange bleue.

– On pourrait essayer avec une orange normale. C'est peut-être comme de la vitamine C ?

– Tu as déjà eu l'impression que tu respirais un paquet d'oxygène en mangeant une orange ? lui demande Louise d'un ton sarcastique.

Soudain, Pythagore relève la tête. Mi-sceptique, mi-convaincu, il propose :

– Et si on essayait avec les bouteilles d'oxygène de Mme Spitz-Muller ?

∞

Mme Spitz-Muller est la mascotte du lycée Saint-Louis. Elle enseigne la physique. Elle est la plus âgée des professeurs mais peut-être aussi la plus déjantée. Malgré un ancien cancer des poumons qui l'oblige à respirer plusieurs fois par jour dans une bonbonne d'oxygène, elle s'habille comme un motard et fume comme un pompier.

Dans le petit bureau qui jouxte les laboratoires, Pyth et Louise n'ont aucun mal à récupérer la bouteille d'oxygène : l'armoire protégée par l'écriteau « Privé » n'est pas fermée à clé.

Louise place le masque sur son visage, tourne le bouchon ; aussitôt, la bouteille émet un petit « pschhhit ». Elle inspire une dizaine de fois longuement et profondément ; puis elle passe le masque à Pythagore, qui l'imite.

– J'ai la tête qui tourne.

– Ça veut dire que ça marche, commente Louise en faisant jouer le bouton à fond.

Le « pshhhhit » augmente ; ils respirent autant qu'ils peuvent. Quand la bouteille est vide, ils se précipitent dans le laboratoire aux immenses fenêtres ; ils ouvrent la plus proche, ajustent ses battants et essaient de capter les vibrations de l'autre monde.

Aucun courant d'air ne leur caresse la peau.

Aucun appel venu d'ailleurs.

C'est avec un sentiment de culpabilité qu'ils rangent la bouteille vide de Mme Spitz-Muller dans le placard.

– Si jamais elle a besoin de son oxygène un jour, et qu'elle meurt à cause de nous… ?

Ils collent un écriteau anonyme sur la bonbonne : « Hors service – elle est tombée par terre ».

∞

Louise et Pythagore reconsidèrent leurs options.

– Foresta dit que les peptines de l'orange bleue facilitent le changement de fréquences. Il y a peut-être d'autres choses qui peuvent aider à changer de fréquences ?

Ils demeurent un instant silencieux, puis Pyth demande :

– Qu'est-ce qui doit changer de fréquences, exactement ?

Louise marque un temps.

– Notre cerveau, je pense…

– Notre cerveau, répète Pyth en fermant les yeux et en inspirant très fort.

– Oui… Quand on passe l'angle mort, on a le vertige et le mal de mer parce que notre cerveau se branche sur d'autres fréquences. C'est la première chose qu'on sent – leur nouvelle façon de vibrer.

Pythagore repense à son père ; à ses mots, lors de son exposé à la classe de cinquième : « Tout comme le son et la lumière, nos pensées sont faites d'ondes et de vibrations… »

Louise poursuit :

– Il faudrait trouver quelque chose pour que notre cerveau s'ouvre à d'autres fréquences, d'autres vibrations ; je sais qu'il y a des choses à ce sujet dans le livre du secret constitutionnel n° 3.

Louise attrape son téléphone pour regarder à nouveau le site de vente en ligne.

– Le prix vient de monter à 650 euros !

– …

Elle reprend catastrophée :

– Ça veut dire que l'enchère est en train de prendre… Ça veut dire que le livre intéresse des gens – au moins deux personnes différentes en tout cas !

– Qui peut s'intéresser à ce livre ?

– Des gens qui savent de quoi il parle vraiment ; des gens qui connaissent l'angle mort.

Louise évoque le rôle des Garde-Fous et pourquoi Foresta suspectait un homme au crâne à moitié rasé de faire partie de leur ordre. Pythagore rassure son amie et lui raconte sa rencontre officielle avec Thibault-Tanneguy de Montmorency-Laval ; il lui expose la sinistre lignée de Double T, son aspiration à devenir conservateur de la Maison des Légendes, ainsi que l'objet de ses recherches.

– Ok, admettons que ce gars n'ait rien à voir avec le monde de Foresta. Il faut quand même être lucide : ceux qui enchérissent sur le livre doivent forcément être au courant du passage…

– Non. Ça peut être des libraires… des collectionneurs de livres anciens…

Pythagore réfléchit, puis propose :

– Si on allait à la Vie scolaire inspecter les affaires de M. Gérôme ? Il sous-loue son studio quasiment toutes les semaines, il y a de fortes chances pour qu'il laisse ses objets de valeur à l'abri dans son casier, non ?

∞

Contrairement aux casiers des autres employés de la Vie scolaire, celui de M. Gérôme est fermé par un cadenas.

Louise et Pyth essaient de l'ouvrir avec un trombone, puis avec un couteau, puis avec un mini-tournevis trouvé dans le tiroir de M. Deschamps ; ils essaient des combinaisons au hasard ; enfin ils reprennent tout de zéro, se fiant au bruit des chiffres tournés, comme dans les films.

En vain. Le cadenas est de bonne qualité.

Ils ouvrent les casiers d'à côté, puis du dessous, pour voir si une percée latérale n'y serait pas possible.

Sans résultat.

Louise s'affale dans le canapé où les profs font parfois asseoir les élèves pour avoir une « vraie conversation » et Pyth se cale dans un fauteuil.

Absorbé dans sa réflexion, chacun cherche de nouvelles pistes.

– Si mon père était là… je suis sûr qu'il aurait une solution.

Louise ne relève pas. Pythagore ne parle jamais de son père et elle n'est pas à l'aise avec les sujets sensibles.

– Il m'a souvent expliqué que tout ce qui existe… n'est fait que de vibrations… des milliards de minuscules vibrations.

Pythagore aime reprendre les expressions de son père, comme si celui-ci venait de lui expliquer les choses à l'instant ; il aime adopter le ton de sa voix, son regard.

– Il dit que ces vibrations donnent l'illusion de la matière…

L'atmosphère de la pièce change. Ils regardent les ombres et sondent l'écho de leur présence.

Puis, petit à petit, ils s'endorment.

∞

Pyth se réveille en sursaut.

Pendant un instant, il ne sait plus où il est.

Il retrace l'enchaînement des faits qui l'a conduit à s'endormir dans les bureaux de la Vie scolaire.

Il note la présence de Louise, qui ronflote sur le canapé. Et puis son cœur se serre. Il se souvient qu'ils sont coincés ; qu'ils n'ont plus d'orange bleue et que le monde de Foresta leur est devenu inatteignable.

Il a besoin d'air. Il se lève, ouvre la fenêtre et s'accoude à la rambarde.

Il essaie de se souvenir de l'expression qu'a eue Foresta après qu'il l'a embrassée.

Elle ne l'a pas repoussé, mais elle ne s'est pas non plus abandonnée tout entière. Et puis, c'est elle qui s'est dégagée la première. Qu'a-t-elle pensé de sa tentative ?

Il imagine la suite : passer la main dans ses cheveux ; sur son cou ; déboutonner le premier bouton de sa chemise.

Un feu s'allume en lui.

Pour une fois qu'il aime vraiment une fille, elle est inaccessible.

Pas inaccessible comme une fille trop jolie, une actrice ou un mannequin – inaccessible, scientifiquement parlant.

L'horloge de la salle affiche 2 heures du matin.

Pyth abandonne Louise à son sommeil.

Il sort du lycée et marche machinalement jusqu'à la place des Douze.

Les rues sont désertes. Il continue tout droit sur l'esplanade des terrasses, tourne à gauche rue de l'Alchimiste, puis à droite, rue des Miroitiers ; traverse la rue du Commerce.

Il vient de comprendre où ses pas le mènent.

∞

Les visites ne sont pas autorisées au beau milieu de la nuit, mais Pythagore sait comment contourner l'accueil. Il emprunte la rue derrière l'hôpital et se faufile par le parking des urgences.

Une infirmière fume sur un banc, absorbée par l'écran de son téléphone.

Pyth se glisse jusqu'aux ascenseurs de service sans avoir croisé personne.

Au quatrième étage, la salle de garde se trouve au début du couloir. Un infirmier y lit une BD. Pyth s'accroupit et passe devant le mur vitré sans être vu.

∞

Malgré l'obscurité, il sent immédiatement que quelque chose a changé dans la chambre de son père.

Trois silhouettes sont postées devant le lit.

– Combien ? dit l'une à voix basse.

– Je vois pas, répond une autre.

La troisième tousse. Elle tient quelque chose qui émet de la lumière.

– Pareil…

La silhouette contourne le lit ; émet de nouveau une toux profonde et sèche ; puis se fige. Elle vient de repérer la présence de Pythagore.

Les deux autres se tournent, s'immobilisent aussi.

Pythagore découvre que ce sont des enfants en chemise de nuit d'hôpital.

Les deux premiers s'enfuient en courant. Le dernier reste immobile. D'une main, il tient le téléphone dont l'écran affiche des courbes de couleurs, de l'autre, une perfusion à roulettes.

Même dans l'obscurité, Pythagore se doute qu'il s'agit de l'enfant de l'autre jour – celui qui a fait semblant de se tromper de chambre.

Plusieurs émotions se disputent en lui ; il hésite sur la réaction adéquate ; puis, finalement, il chuchote :

– Qu'est-ce que tu fais ici ?

– Et toi ? rétorque l'enfant.

Face à l'assurance de son petit interlocuteur, Pyth se demande si ce n'est pas lui qui s'est trompé de chambre. Il vérifie le numéro sur la porte – c'est bien la bonne.

– C'est la chambre de mon père…

Aussitôt, l'enfant change de ton :

– Tu es Pythagore ? Le fils du professeur Luchon ?

– Oui…

– Ah ! Pardon, j'ai cru que tu étais un interne qui venait faire une sieste sur le fauteuil. Ils font ça, de temps en temps.

Tout à coup, le portable de l'enfant émet un son. Un son qui ressemble à un signal.

– Oh…

Il lève le portable devant ses yeux.

– Oh… C'est dingue ! Ça marche !

L'enfant se tourne vers le père de Pythagore ; fait passer son portable au-dessus de son corps, jusqu'à son visage, comme un détecteur de métal.

– Qu'est-ce qui marche ?

L'enfant ne répond pas tout de suite ; il semble émerveillé.

Pythagore s'approche, regarde l'écran du téléphone qui est relié à un boîtier similaire à celui qu'il avait trouvé sous le matelas, l'autre jour.

– Qu'est-ce que c'est ?

– C'est moi qui l'ai fabriqué… avec *Sound Capture* – l'appli pro, pas celle que tu télécharges gratuitement.

Il se tourne vers Pythagore, son sourire lui mange le visage.

– Dis-lui quelque chose…

– Quoi ?

– C'est ton père… Dis-lui quelque chose !

C'est la pire chose que l'on puisse demander à Pythagore.

– Mais… qu'est-ce que tu fais ?

– J'essaie de mesurer l'énergie vibratoire de la pensée quantique.

– Tu fais ça avec ton téléphone ? commente Pythagore, sceptique mais troublé que l'enfant aborde précisément le sujet qui les occupe avec Louise.

– Oui, j'ai fait des recherches. La matière supramentale vibre d'une façon spécifique ; elle renseigne les particules tout autour ; c'est de la physique quantique… Il ne t'a pas appris ça, ton père ?

Le bip continue, toujours aussi régulier.

– Comment tu sais que mon père faisait de la physique quantique ?

– Dis quelque chose, pour voir si ça change le rythme.

Pythagore est déstabilisé par l'aplomb du garçon. Un sentiment s'empare de lui – un sentiment contre lequel il a toujours lutté et qui ressemble à de l'espoir.

Peut-il sérieusement envisager qu'un téléphone relié à un petit boîtier soit capable de capter l'activité cérébrale de son père ?

Peut-il espérer que son père « sente » sa présence ?

Soudain, le « bip » cesse. L'enfant regarde son téléphone, puis le boîtier ; puis encore son téléphone.

– Merde.

Plus rien ne se produit.

Il soupire.

– C'était mon réveil. Je suis désolé. J'avais changé la sonnerie.

Le cœur de Pythagore redescend brutalement tous les étages qu'il avait gravis.

L'enfant s'assoit au bord du lit.

– Je connais le nom de ton père parce que je connais le nom de tous les patients « longue durée » de cet hôpital…

Il tousse.

– Je connais ton nom, parce que ta mère parle tout le temps de toi quand elle vient ici pour corriger ses copies.

– Ma mère t'a parlé de moi ?

– Pas à moi, mais à ton père.

– …

– Quand ils m'enlèvent ma perfusion et que j'ai envie d'être tranquille, je viens me cacher sous le lit. J'aime beaucoup ta mère. J'aimerais bien que la mienne soit pareille.

– …

– Je suis vraiment désolé que vous ayez toutes ces dettes.

– … ?

– Et je suis aussi désolé que les vidéos de ton père aient toutes été retirées d'Internet.

– … ?!

– Mais il faut se dire que, de toute façon, on va tous mourir, ça permet de relativiser les petites choses.

Au même moment, un infirmier entre par la porte et allume le plafonnier. L'enfant ne semble pas avoir plus de douze ans ; son crâne est chauve, il n'a plus de sourcils. C'est bien celui de la dernière fois.

– On peut savoir ce que vous faites là ? demande l'infirmier.

– …

– Gautier ? J'ai vu tes petits camarades courir comme une flopée de moineaux ! Je veux bien fermer les yeux de temps en temps, mais pas si vous me retournez l'étage…

Il s'interrompt, regarde Pythagore.

– Et toi, tu es qui ?

– Je suis venu voir mon père…

L'infirmier le dévisage, hésite à lui demander comment il a fait pour entrer.

Il prend Gautier par le bras ; le tire hors de la chambre et ajoute à l'intention de Pythagore :

– Fous le camp d'ici, je veux pas d'histoire.

∞

Pythagore longe la rue Monsieur-le-Prince où se situe la plupart des bars et des boîtes du Vieux-Loiret. Il n'y a plus grand monde – quelques noctambules qui finissent leur soirée en mangeant un kebab ou une crêpe. Il s'arrête devant *Eggies* au moment où un groupe sort fumer. Il entend le battement de la musique et se demande si Jordanie Serra est toujours à l'intérieur.

Il s'approche du videur – avec l'idée, peut-être, d'entrer.

– Tu as quel âge ?

– Dix-huit ans.

Pythagore ment très mal.

– Tu as ta carte d'identité ?
– Non…
– Ça va pas être possible.

Pyth hausse les épaules et s'assoit sur un banc, juste en face. Il regarde l'enseigne en néon bleue : « *Eggies* ».

– Pourquoi ça s'appelle *Eggies* ? dit-il en haussant la voix à l'adresse du videur.

Celui-ci ne moufte pas.

– Hey ! Pourquoi ça s'appelle *Eggies* ?
– À cause des œufs du baron de Retz, répond une voix douce derrière lui.

Pendant un court instant, Pythagore reste figé de surprise : Thibault-Tanneguy de Montmorency-Laval, alias « Double T », vient d'apparaître à côté de lui. Il est toujours habillé dans un genre paramilitaire, avec la moitié du crâne rasée, et il tient en laisse son énorme chien.

– Bonjour ! lance Pythagore.

Double T reprend d'une voix encore plus douce :

– Il y avait, à cet endroit, une taverne réputée pour ses omelettes ; le baron venait y manger des œufs crus.
– Ah bon… ?
– Oui, il les cassait en deux et les gobait cul sec.

Thibault-Tanneguy s'assoit sur le dossier du banc, pieds sur l'assise. Pyth et lui ont l'air de deux vieux copains de lycée.

– J'ai fait un recensement de tous les commerces qui ont un lien avec ma famille. En ce moment, je dors devant un magasin de farces et attrapes qui s'appelle *Au Nez et à la Barbe*. Avant, il y avait là une imprimerie où a été composé le premier exemplaire du conte de Barbe Bleue.

Un silence s'installe, ponctué par la musique de la boîte ; puis Pythagore reprend :

– Alors, ça a donné quelque chose, tes recherches au lac ?

– Rien du tout. Mais j'ai pris de très belles photos, ajoute Double T d'un air heureux.

Il sort son téléphone et fait défiler les images.

– Des photos de plancton…

Les clichés sont très sombres ; on devine à peine la bio-luminescence du plancton qui s'éparpille en petits points foisonnants.

Pythagore a l'impression de reconnaître quelque chose qu'il aurait vu très récemment. Il fouille sa mémoire pour trouver de quoi il s'agit.

– Et puis, j'ai pris des photos d'oiseaux aussi ; ils m'ont réveillé en plein milieu de la nuit ; ils se sont envolés tous en même temps, comme s'ils avaient entendu un coup de canon…

Soudain, la porte de la boîte de nuit s'ouvre sur Jordanie Serra, sa sœur et deux copines. Elles font la bise au videur ; lui disent « Bye, ciao, merci Pat', c'était génial ».

Juste derrière elles, moulé dans un tee-shirt noir en V, apparaît Maxence Vidal-Daguerre.

∞

Maxence aurait pu ne pas s'apercevoir de la présence de Pythagore, mais Jordanie, qui l'a tout de suite repéré, ne le lâche pas des yeux.

Maxence finit par regarder dans cette même direction.

– Non… non… ne vous battez pas… s'il vous plaît, s'écrie-t-elle en courant pour se placer au centre de leur ligne de mire.

Pyth devine qu'elle a, au contraire, très envie qu'ils se battent.

Maxence s'approche, d'abord d'un pas vif ; puis d'un pas beaucoup plus lent quand il voit le chien, la tête et la taille du nouvel ami de Pythagore.

D'un subtil mouvement de déhanché, il bifurque et feint d'avoir voulu se diriger vers son scooter. Il prend Jordanie par la main et s'écrie :

– Ce soir, je ne fais rien parce qu'elle est là, mais je te conseille de ne plus croiser mon chemin.

Jordanie monte sur le scooter, l'air digne – secrètement déçue.

Pythagore sourit et se juche sur le banc, les mains en porte-voix :

– Maxence, on est dans la même classe, on va se croiser dès lundi matin !

Le scooter a déjà démarré et s'éloigne dans la perspective de la place.

– Il n'est pas très sympathique, lance Thibault-Tanneguy.

– Non, confirme Pythagore.

Ils se sourient.

– Il a eu peur à cause de moi.

– Oui… je crois…

– C'est bête ! Dans une bagarre à deux contre un, le « un » a souvent plus de chances de l'emporter que les « deux ».

– Ah bon ?

– Oui, parce que les « deux » sont plus tranquilles. Le « un » doit choisir très vite celui des « deux » qui a l'air le plus fort et foncer sur lui sans hésiter. Coup de tête ; claque sur l'oreille. Ça fait perdre l'équilibre et les repères… L'autre – le deuxième – mettra toujours quelques secondes à réagir. Le secret, c'est qu'il ne faut pas attendre, pas même une seconde : un deuxième coup de tête et une deuxième claque sur l'oreille. C'est la seule chance pour le type qui est seul – s'il sait la saisir, il est sûr de gagner et d'être respecté. Alors que les deux autres ne seront jamais respectés pour s'être attaqués à ce « un » solitaire ; et s'ils perdent, c'est la honte assurée.

Double T déplie ses jambes et s'extrait du banc.

– Voilà, si tu as besoin de précisions historiques sur le pays de Retz ou de conseils en bagarre de rue, je serai toujours ton serviteur.

Il tend la main à Pythagore comme s'il se présentait à lui de nouveau.

– Thibault-Tanneguy de Montmorency-Laval, seigneur de Retz, maison Sauvage – et maintenant tu sais où me trouver, *Au Nez et à la Barbe*, dans le petit renfoncement avant la grille de ventilation du salon de bronzage.

Stupéfait, Pythagore lui serre la main ; il s'apprête à le laisser s'éloigner, lorsqu'il se souvient de la photo qui l'avait intrigué.

– Je peux regarder une dernière fois les photos du lac ?

– Oui, bien sûr.

Pyth les fait défiler.

– C'est le plancton luminescent ?

– Oui.

Double T se penche sur son épaule.

– J'ai toutes les raisons de croire que le lac d'Herbauges est au centre du basculement moral de mon aïeul. Dans les mémoires occultes de son alchimiste, Francesco Prelati, il est écrit que les eaux luminescentes du lac d'Herbauges ont été – je cite – « la grande source de tous leurs plaisirs ».

Pythagore n'écoute que d'une oreille car il vient de comprendre ce que lui rappelle la photo.

Il zoome sur les eaux du lac à l'endroit où le plancton resplendit.

L'image qui s'affiche sur l'écran ressemble trait pour trait à celle qu'il avait prise de Foresta, au vieux port, quand elle s'était baignée dans le courant : des petits points bleus, éparpillés dans l'obscurité. Des petits points bleus qui brillaient faiblement, exactement de la même façon.

Pyth repense à l'expression que Foresta avait lue dans le livre du secret constitutionnel n° 3 : « le monde superposé ».

« Superposé », le mot cogne fort à son front.

Des mondes « superposés » dont les fréquences ne seraient pas les mêmes.

Deux mondes intriqués, que l'on percevrait – ou pas – selon que le cerveau serait branché sur une fréquence ou sur l'autre.

Pythagore met une seconde à formuler mentalement une hypothèse… Le vieux port d'Eman où il avait pris la photo de Foresta serait « superposé » aux alentours du lac d'Herbauges : croyant prendre une photo de Foresta, Pyth avait capturé des images de plancton luminescent.

Thibault-Tanneguy se méprend sur la concentration de Pythagore. Il est tout heureux de poursuivre son exposé sur le baron de Retz :

– Mais c'est très difficile de prêter à son récit une valeur de témoignage. L'alchimiste raconte, par exemple, que le baron se serait enfoncé dans les eaux en faisant trembler la terre.

Pythagore répète mécaniquement, toujours focalisé sur la photo :

– Il se serait enfoncé dans les eaux en faisant trembler la terre…

Comprenant ce qu'il vient de dire, Pyth reprend, plus intéressé :

– *Il se serait enfoncé dans les eaux en faisant trembler la terre* ?

– Oui, c'est ce qui est écrit. Mais il ne faut pas oublier qu'à l'époque, ils avaient une imagination débordante.

Pythagore a l'esprit en éveil. Il a le sentiment qu'un lien se tisse entre divers éléments qui semblaient indépendants ; qu'une trame se profile et lui échappe.

Le lac et le plancton luminescent.

La photo du plancton à la place de celle du courant.

Le tremblement de terre ; le tremblement sublittoral.

Les barbes bleues.

Les mondes superposés.

Plus important encore, il a l'intuition que le lac et le plancton pourraient, d'une façon qu'il n'a pas encore comprise, lui permettre de rejoindre Foresta.

16

Un dimanche au lycée

Pythagore fait les cent pas devant le lycée en attendant l'ouverture de ses portes aux internes.

À 6 heures, il peut enfin courir à la Vie scolaire. Louise est encore endormie dans le canapé.

Il la secoue.

– Louise, réveille-toi…

Elle râle.

– Louise, viens, on peut pas rester là, on va dans ta chambre.

Elle fait oui de la tête, se lève comme une somnambule.

– Je suis fatiguée.

– Moi aussi, mais il faut que je te raconte quelque chose. Je crois qu'on peut passer par le lac pour retourner là-bas !

– Quoi… ?

Elle se laisse faire de mauvaise grâce, puis, soudain, son visage s'éclaire :

– Oh ! Pyth ! Tes cheveux ! Ils sont redevenus normaux.

Pythagore ne s'est pas regardé dans la glace, mais il est vrai que, depuis le début de la nuit, personne n'a fait de réflexion sur ses cheveux – pas même Maxence, qui aurait pu trouver là une belle occasion de se moquer.

Tandis qu'ils traversent la cour des Prophètes, le hall, puis la cour des petits, Pythagore fait part à Louise de ses réflexions sur la photo de Foresta ; la photo du plancton ; le récit de la disparition du baron de Retz dans le lac – sans oublier le fait que ce dernier est apparu en divers points de la ville avec la barbe et les cheveux bleus.

Louise est tout à fait réveillée à présent.

– Tu voudrais dire qu'en plongeant dans le lac, on pourrait passer de l'autre côté de l'angle mort ?

– Peut-être…

– De quelle façon ?

– Je ne sais pas… C'est juste une intuition…

– Mais… tous ces gens qui prennent le bateau à fond de verre chaque année… tous les plongeurs de nuit… et ceux de l'observatoire qui font des prélèvements sur les algues : jamais il n'y a eu de disparition, ni d'histoire de passage dans un autre monde.

– Mais si, justement, objecte aussitôt Pythagore. Il y a une histoire de passage que tout le monde connaît très bien !

Louise marque un temps, réfléchit ; puis comprend d'un coup.

– Les pêcheurs !

– Mais oui, les pêcheurs, répète Pythagore. Ils ont disparu dans une tempête qui a fait trembler la région ; et ils sont réapparus douze jours plus tard dans la sacristie de l'église Saint-Hilaire… devant un miroir…

Le visage de Louise s'éclaire encore davantage à l'évocation du miroir, qui est un signe distinctif de l'angle mort.

– Le miroir du prêtre orgueilleux…

– Tout le monde considère l'histoire des pêcheurs comme une légende, mais peut-être qu'ils ont traversé le lac comme on a traversé le courant et que, douze jours plus tard, ils ont repassé l'angle mort ?

∞

Lorsqu'ils atteignent la loge, M. Markarian est déjà debout. Il fait quelques exercices d'étirement, à côté de ses affaires de marche.

– Alors ma fille, ça y est ? Tu te décides à rentrer à la maison ?

Louise acquiesce.

– Vous vous levez ou vous vous couchez ?

– Euh… un peu des deux, répond Pythagore. Et vous, vous allez au lac ?

– Eh oui, fils. Comme tous les dimanches. Il paraît que la terre a tremblé cette nuit encore, tous les oiseaux sont partis, ça va faire drôle…

Pythagore se souvient de ce que lui a raconté Double T à propos des oiseaux. Soudain, il pense à demander :

– Monsieur Markarian… vous savez s'il y a des gens qui… disparaissent au lac, parfois ?

– Qui disparaissent au lac… ? Comme les pêcheurs d'Herbauges ?

– Oui… enfin… des gens qui tombent dans l'eau, qui se noient…

– Ha ha, mais non, fils, il n'y a quasi personne qui se promène là-bas, c'est une réserve.

Passant devant son père, Louise se hisse sur la pointe des pieds et le serre fort.

Il a visiblement envie de l'étreindre en retour, mais il se retient. Comme il le fait à chaque fois.

∞

– La terre a tremblé cette nuit, répète Pythagore.

Louise passe par la cuisine pour attraper du pain et du fromage, tandis que Pyth se dirige vers la chambre de son amie.

À l'entrée de la pièce, il s'arrête net :

– Louise !

– Mmmh.

– Louise… viens voir…

Au ton de Pythagore, Louise rapplique et se fige, ébahie : en évidence, posé sur son lit, se trouve un large plateau de tubes à essai dont chacun est rempli d'un liquide lumineux ultraviolet.

Ils restent tous deux interdits, glacés – qui a pu déposer les fioles ?

Ils n'osent ni bouger ni respirer, comme si le commandant Baar allait surgir du placard.

Finalement, c'est Louise qui s'approche du plateau ; le prend ; le soupèse ; l'inspecte à hauteur d'yeux – au-dessus, en dessous.

Le tremblement des tubes à essai contre le métal émet un petit bruit qui fait froid dans le dos.

Pythagore a peur de respirer l'odeur et d'avoir l'envie subite de boire le sang.

Heureusement les tubes à essai sont fermés par des bouchons de résine hermétiques.

– Appelle ton père, lui suggère Pythagore, demande-lui s'il a vu quelqu'un.

Louise s'exécute ; son père décroche aussitôt. Il parle si fort dans le combiné que Pyth peut suivre toute la conversation.

– Papa, tu as vu passer quelqu'un à la maison ?

– Comment ça, à la maison ? Qui veux-tu qu'il passe à la maison, à part toi, moi et tes amis ?

– Donc tu n'as vu personne ?

– Personne, à part votre amie aux cheveux rouges.

– Foresta ?

– Oui. Voilà.

– Mais qu'est-ce qu'elle t'a dit ?

– Quoi, qu'est-ce qu'elle m'a dit ? Elle ne m'a rien dit, elle se cachait.

– Comment ça ?

– Vous croyez que je ne vous vois pas quand vous rentrez, vous ressortez et repassez encore, sans faire de bruit ? Moi, je ne dis rien parce que c'est vos histoires et que ça m'amuse mais, ma fille, ce n'est pas au vieux singe qu'on apprend à faire la grimace.

Louise raccroche et se rassoit sur son lit. Maintenant qu'ils savent que Foresta est à l'origine du dépôt, ils le trouvent moins terrifiant.

∞

Pythagore se rend compte que s'ils n'avaient pas fait les abrutis avec la bouteille d'oxygène de Mme Spitz-Muller dans le bâtiment des sciences, ils auraient sans doute croisé Foresta et auraient pu tous se retrouver.

– C'est tellement dommage qu'on l'ait ratée, se désole-t-il.

Pendant un temps, ils ne formulent rien de cohérent. Ils tournent en rond.

– Si elle avait été en danger de l'autre côté, elle serait restée ici…, reprend Pyth.

– Oui.

– Tu crois que… le sang violet… pourrait aider à changer de fréquence pour passer l'angle mort ?

– …

Louise finit par répondre d'un ton mi-sceptique, mi-accusateur :

– C'est toi qui sais… C'est toi qui as bu le sang. Qu'est-ce que ça t'a fait ?

– Ça m'a fait… oublier ma peur – je n'avais plus peur de rien… Et puis, j'étais plus fort aussi – parce que je n'avais plus de problème, plus de barrière physique, plus de barrière morale. J'avais l'impression de tout comprendre en plus large comme si, à la place de mon cerveau, il y avait la grande mécanique de l'univers.

– Ouais… bon… ben moi, je ne peux pas boire ça. C'est du sang de femme assassinée…

Pythagore laisse passer un blanc avant de rétorquer :

– Tu sais… elles sont déjà mortes. Si ça peut nous aider à retourner là-bas…

– …

– Au moins on pourra les venger.

– Mais il y a un peu de mon sang à moi, là-dedans…

– Oui…

– Tu veux boire mon sang ?

– Pas spécialement…

– …

En plus de l'urgence qu'il y a à retourner de l'autre côté de l'angle mort, Pyth se remémore ses impressions, tellement fortes, la fois où il a bu du sang sublittoral. Il en éprouve une envie aussi affreuse qu'irrésistible.

– C'est toi qui vois…, reprend Louise.

– Je peux essayer. Je passe de l'autre côté et je rapporte suffisamment d'orange bleue pour qu'on soit tranquilles pendant un bout de temps ?

Louise hausse les épaules.

– Pourquoi pas…

Pythagore choisit une fiole au hasard et prend quelques secondes pour en admirer la couleur et la lumière. Il fait sauter le bouchon de résine : aussitôt, l'odeur lui rappelle le Sublittoral – un parfum tourbé, boisé, mais aussi animal ; il hume la fiole, comme les connaisseurs le font avec un bon vin.

La première gorgée est comme un envoûtement de son palais. Il avale deux autres gorgées, coup sur coup, et les effets hypnotiques se propagent jusque dans sa tête et tout le haut du corps ; il reconnaît le goût de vitalité organique, la texture soyeuse ; il sent que son cerveau capte de nouvelles ondes. Pour mieux les recevoir, il ferme les yeux, puis boit le reste de la fiole.

– *Broui vi stroui vroui ?*

Pythagore ouvre les yeux.

Louise lui apparaît floutée et s'exprime en gargouillis aigus :

– *Broui stroui vroui ? Vi si ?*

– … ?

Une chaleur collante suinte du visage de Pythagore ; il respire lourdement, comme s'il était sous l'eau, équipé d'une bouteille à oxygène. Une glu impalpable recouvre lentement sa perception du monde.

Les couleurs virent et vrombissent ; elles semblent en colère – jaune intense, violet ardent, rouge cramoisi.

Il repense à l'exposé de son père : « Les couleurs sont des ondes » – il imagine leurs fréquences qui vrillent.

Louise continue à lui parler en langage incompréhensible :

– *Vroui stroui vbrili li mri… brilivri… mrivri* ?

Au prix d'un effort considérable – comme si le temps et l'espace s'étaient collés en un magma caoutchouteux –, il ouvre la bouche pour essayer de pousser des sons hors de lui.

– LOU-ise… jeu… neu… cooomprends… paha.

Louise éclate d'un rire qui déraille dans les aigus, comme un rire de dessin animé. Elle l'attrape par les épaules et le place devant la fenêtre ; il a l'impression qu'elle vire-volte, tandis que lui ne s'est jamais senti aussi pesant. Elle approche le miroir en pied ; lui demande quelque chose qu'il est incapable de saisir. Tout va trop vite.

Dans le miroir, son reflet est brouillé par de grosses gouttes de transpiration qui ruissellent sur son visage.

Louise bouge le battant de la fenêtre, cherchant l'angle mort, mais Pyth ne ressent aucun élan vers l'ailleurs ; au contraire, il a l'impression d'être happé par l'attraction terrestre, de sombrer dans les bas-fonds, de dégouliner dans les rigoles du monde. La réalité ondule, ondoie ; l'air est aussi lourd que le mercure des thermomètres ; Pythagore erre dans un maelström de couleurs denses.

Il finit par s'endormir, assommé par le poids de l'air.

∞

Lorsqu'il se réveille, Louise n'est plus dans la chambre.

Il jette un coup d'œil vers les fioles posées sur le bureau. Un vertige de souvenir plombé lui parcourt l'échine. Il se revoit englué dans une réalité violente – physiquement et mentalement diminué.

Il comprend que non seulement le sang sublittoral ne permet pas de traverser l'angle mort, mais que, dans ce monde-ci, il produit des effets inverses à ceux qu'il a ressentis de l'autre côté.

Pythagore se regarde dans le miroir. Les racines de ses cheveux sont bleues sur cinq bons centimètres. Il a bu moins de sang que la dernière fois : la punition capillaire est moins sévère.

∞

Il sort dans la cour des petits, traverse la galerie, le hall principal, puis la cour des Prophètes.

Louise est assise par terre, un cappuccino à la main ; elle observe des feuilles et des livres éparpillés autour d'elle.

À peine aperçoit-elle Pythagore qu'elle éclate de rire et se met à applaudir :

– Alors ? Tu n'avais « plus peur de rien » ? Ha ha ha… À la place de ton cerveau, il y avait « la grande mécanique de l'univers » ?

Pythagore sourit, fair-play, conscient du ridicule, mais le souvenir de cet épisode le laisse mal à l'aise – comme s'il avait vécu quelque chose de monstrueux.

– J'ai continué à lire le livre des géographes. Il y a un gros chapitre sur les ponts géographiques.

Louise entame tout haut la lecture d'un passage et Pythagore la rejoint pour suivre les mots sur la feuille, en même temps que sa voix :

> Quand un géographe crée un pont géographique entre deux zones étrangères, le branchement des câbles déclenche un choc de fréquence. Ce choc peut se manifester de différentes façons :
>
> – tremblement de terre,
> – tempête d'ions,
> – orage de particules,
> – etc.
>
> Pendant le changement de fréquence, il est indispensable de prendre des peptines pour que le cerveau reste connecté aux fréquences des deux différents territoires ;

dans le cas contraire, le corps serait exposé à un sérieux risque de déchirement vibratoire.

– C'est bien ce qui s'est passé quand on a débranché les câbles, dit Louise. La terre a tremblé… C'est peut-être même ce qui a fait fuir les oiseaux du lac, cette nuit.

– Oui.

– Et dimanche dernier, la terre a tremblé – chez nous, comme de l'autre côté. C'est sans doute parce que le commandant Baar venait de créer le pont géographique dans le Sublittoral. Et puis, j'ai réfléchi à ce que tu m'as dit sur les pêcheurs. Ils sont censés avoir disparu dans une terrible tempête causée par la colère de Dieu.

– Oui…

– Cette terrible tempête était peut-être un choc de fréquence ?

– Peut-être…

– Un choc qui a fait trembler la terre, mais sans doute aussi l'eau et le plancton. Pense à la chanson :

Nous, nous, nous les grands vainqueurs au lac,
nous, nous nous, *quand tremble le ressac*

« Ce qui expliquerait pourquoi les douze pêcheurs ont traversé le lac le soir de la tempête, mais pas les plongeurs de l'observatoire national, ni les visiteurs du bateau à fond de verre : le passage du lac ne s'ouvre que lors d'un changement de fréquence.

Pythagore enregistre, puis conclut :

– Ce serait une bonne et une mauvaise nouvelle : le lac pourrait nous conduire de l'autre côté, mais il faudrait attendre le prochain tremblement de terre.

Il soupire.

Machinalement, il ramasse une des feuilles éparpillées sur laquelle Louise a reconstitué le réseau des translations déjà connues.

La dernière ligne concerne leur passage de la veille : « Bateau à fond de verre/lac d'Herbauges à Bateau basstang »

– Basstang, répète Pythagore. Tu as entendu que c'était de l'anglais ? demande-t-il.

– Oui.

Elle attrape *Géographe(s)* ; l'ouvre sur une carte de l'autre monde avec les cinq continents des Territoires Stables – Archéanie, Euménie, Abyssie, Abjarnik, Gaoyan. Elle pointe du doigt un grand pays au nord de l'Archéanie : le Bassland.

– C'est là qu'ils parlent anglais.

∞

M. Markarian revient en tenue de marche, l'air contrarié.

– C'était bien ? demande Louise.

– C'est selon. J'ai croisé Bertand, au lac. Il m'a dit qu'il vous avait vus tous les deux, hier… dans un drôle d'état.

– …

Louise se sent prise en faute ; elle cherche une explication, les yeux dans le vague.

– Tu as fait tes devoirs pour demain ? reprend M. Markarian d'un ton qui n'a plus rien de tendre.

– Oui, papa…

– Cette semaine, je ne veux pas te voir aller par-ci, par-là. Tu restes à la maison et tu te couches tôt. C'est fini les vacances, maintenant, dit-il en s'éloignant.

C'est au tour de Louise d'être contrariée ; elle n'est pas habituée à ce que son père la réprimande. Elle attrape son cahier de texte et y jette un coup d'œil :

– On a notre première interro d'éco, demain…

Une interro d'éco ? Cette préoccupation est si éloignée de Pythagore qu'il ne prend pas la peine de répondre.

Son regard erre vers le bâtiment des sciences et les internes de prépa agro qui rentrent de week-end avec de gros sacs.

Il ne peut pas croire que la vie normale reprenne ses droits.

– Tu as récupéré les cours que tu as ratés ? ajoute Louise.

– Pas du tout…

– Viens. On va faire un dernier tour à la Vie scolaire pour photocopier les miens.

∞

Pythagore peine à réviser son interro. Il entend sa mère préparer le dîner. Toujours les mêmes bruits, toujours les mêmes silences.

Il ouvre son ordinateur pour regarder l'avancée de l'enchère sur le livre du secret constitutionnel.

Le prix est monté à 840 euros !

Louise et lui ont décidé qu'ils iraient parler à M. Gérôme, le lendemain, mais plus le livre prend de la valeur, moins ils ont de chances de le récupérer.

Peut-être que M. Gérôme les laissera photocopier quelques pages ? Ou peut-être pourront-ils photographier les pages avec le téléphone de Louise ? Il leur faut trouver une solution, car s'il existe une chance de retourner de l'autre côté, elle est dans ce livre.

Pythagore soupire de nouveau. Il pense à son propre téléphone resté de l'autre côté de l'angle mort. Il va devoir expliquer à sa mère qu'il l'a perdu. Il a peur qu'elle s'imagine qu'on a essayé de le lui voler – comme à son père – et que son esprit s'enflamme.

Il va plutôt dire qu'il l'a laissé tomber sur la route et qu'un bus l'a écrasé.

La pensée de son père lui rappelle ce que Gautier, l'enfant de l'hôpital, lui a dit : « Je suis désolé que les vidéos de ton père aient toutes été retirées d'Internet. » Pyth tape dans la barre de recherche : « Conférence Lucien Luchon/ Youtube ».

Une liste de plusieurs conférences apparaît, notamment celle donnée à l'Institut Pierre-et-Marie-Curie à laquelle Pythagore avait assisté.

Il clique sur la vidéo, mais Internet lui envoie le message :

> Aïe ! :-/ Le contenu de cette vidéo n'est plus disponible.

Il clique sur d'autres vidéos. Le même message s'affiche.

> Aïe ! :-/ Le contenu de cette vidéo n'est plus disponible.

Pourquoi les vidéos de son père ne sont-elles plus accessibles ?

Pythagore en a le cœur serré.

Quand il était plus jeune et que son père partait en colloque ou en conférence, il aimait regarder les vidéos sur Internet ; il y avait toujours un moment où M. Luchon disait au public : « Vous voyez, j'ai expliqué tout ça à mon enfant de dix ans, il a très bien compris. » La salle se mettait à rire – pourtant, son père ne mentait pas : il lui expliquait toujours le sujet de ses recherches, avec les mots les plus simples.

∞

– J'ai cassé mon téléphone, aujourd'hui ; je l'ai fait tomber par terre et un bus a roulé dessus.

Sa mère cesse de remuer la salade et plante un regard inquiet dans le sien.

Il sent qu'elle s'imagine des choses et cherche aussitôt à détourner l'attention :

– Mme Depont m'a demandé si tu pouvais changer l'horaire de… je n'ai pas bien compris l'horaire de quoi.

– Oui, oui, merci mon grand. J'irai lui parler. Je l'aide à mettre de l'ordre dans ses papiers. Elle n'est plus toute jeune…

– Ah bon…

Pyth voudrait lui en demander davantage et, peut-être, pourquoi elle fait tant d'heures de surveillance, mais elle reprend aussitôt :

– Mon chéri, cette couleur de cheveux… Je pense que c'est une mauvaise idée. Cela ne renvoie pas une bonne image de ta personne.

– Ne t'inquiète pas, maman, c'était à cause d'un pari débile, ça va partir tout seul.

Pendant un moment, ils mangent en silence.

– Maman… tu crois qu'on pourrait rouvrir la porte du bureau de papa, maintenant ?

Sa mère semble avoir reçu une décharge électrique.

– Pourquoi ?

– Pourquoi pas… ?

Elle quitte la table et commence à faire la vaisselle avec des gestes brusques.

Pythagore la regarde et cherche à se souvenir d'elle – avant l'accident.

∞

Pythagore est incapable de s'endormir. Il pense à Foresta.

À ses hautes pommettes à angles plats ; à ses lèvres fermes et rebondies.

À son corps, qu'il avait retenu de la chute – chaud, tiède, vivant.

Est-elle en sécurité là où elle est ?

A-t-elle trouvé refuge auprès de quelqu'un d'autre ?

Auprès d'Aurelian, par exemple.

Il pense aux géographes ; aux aspirants géographes ; à la bataille de l'Empoing qui devrait avoir bientôt lieu ; il pense au livre du secret constitutionnel ; aux Garde-Fous et aux gardiens constitutionnels qui sont les seuls à posséder des chiens. Il pense à Double T – Thibault-Tanneguy de Montmorency-Laval –, au baron de Retz ; aux barbes bleues ; au courant translittoral ; au plancton du lac d'Herbauges. Il pense aux douze pêcheurs du lac ; aux légendes ; au commandant Baar, au scaphandre et aux femmes sublittorales.

Il se demande à quoi ressemble le Gaoyan.

17

Bagarre de rue

Devant le lycée, Pythagore balaie du regard la petite foule bruissante de nouvelles ; tout le monde se raconte son week-end : « Il a dit qu'on irait demain… et j'ai juste envoyé un texto… mais pas d'accusé de réception… » « Oui, du gel, pas du vernis… » « Je peux te taxer une cigarette… ? » « Mon téléphone ne captait pas cette nuit… » « J'ai révisé que le premier chapitre, je savais pas… » « Quelqu'un a du feu ? »

Maxence Vidal-Daguerre est posté sur son scooter ; il fume avec son groupe, de l'autre côté de la rue.

Nicolas Frangin rejoint Pythagore.

Ils se tapent sur l'épaule.

– Hé ! Vous étiez où samedi soir ? Vous avez disparu avec Foresta ! J'ai essayé de t'appeler quinze fois mais tu répondais plus.

– On est allés se balader, Foresta avait mal au cœur.

– Arian m'a dit que vous êtes allés dans la cabane.

– Oui… mais pas longtemps. On voulait voir comment c'était…

– Et comment vous êtes revenus ?

– On a… marché et… on a fait du stop.

Nicolas attend visiblement de plus amples explications, mais Pythagore reste silencieux.

– Il paraît que tu t'es fait Jordanie Serra après les Pêcheurs ? T'avais rien dit, dis donc ! Tout le monde en parle…

– Ouais, mais maintenant, Maxence veut me casser la gueule.

À la façon dont les amis de Maxence se tournent vers lui, Pyth sent qu'ils sont justement en train de parler de ça.

Il n'a pas envie de se battre à 8 h 30 du matin, il trouve que cela manque de panache – et il a plus urgent à faire.

∞

Pyth se rend à la Vie scolaire et demande à parler à M. Gérôme.

– Le lundi, il ne travaille que l'après-midi, répond M. Deschamps.

Pas de problème, pense Pythagore. *On a encore le temps jusqu'à demain midi.*

∞

Chaque fois qu'un élève passe la porte de la classe, Pythagore se retourne, plein d'espoir de voir apparaître Foresta. En vain.

Louise s'installe à côté de lui. Ils se regardent et se sourient, sans avoir besoin de se dire bonjour. Ils savent qu'ils ont eu tous les deux la même nuit : un demi-sommeil à rêver de l'autre monde.

Mme Tchad leur distribue un nouveau texte, que Pythagore parcourt en diagonale sans chercher à le comprendre.

Il réfléchit à ce qu'il dira à M. Gérôme pour le convaincre de lui rendre le livre ; il scrute la fenêtre et évalue la facilité avec laquelle il pourrait y trouver un angle mort.

– Monsieur Luchon ?

Pythagore sursaute et se redresse, surpris.

– Ouiii, monsieur Luchon, c'est bien votre nom… ne faites pas l'étonné.

– Euh… Non, non.

– Vous m'avez l'air d'avoir bien besoin qu'on vous réveille. Vous voulez partager votre opinion sur la thématique du poème ?

– …

Pyth baisse à nouveau la tête vers sa feuille et entreprend d'en relire les premières lignes.

> J'ai embrassé l'aube d'été.
>
> Rien ne bougeait encore au front des palais. L'eau était morte. Les camps d'ombres ne quittaient pas la route du bois. J'ai marché, réveillant les haleines vives et tièdes, et les pierreries regardèrent, et les ailes se levèrent sans bruit.

– Il vous inspire bien quelque chose, ce poème ? Il y a forcément un thème qui se dégage de l'ensemble…

– Euh…

> J'ai embrassé l'aube d'été.
>
> Rien ne bougeait encore au front des palais. L'eau était morte. Les camps d'ombres ne quittaient pas la route du bois.

Pythagore décide de se lancer :

– La solitude… ?

– Mais ne dites pas bêêêtement « la solitude » simplement parce que c'était le thème du dernier texte ! C'est un poème qui parle du désir amoureux. Bonjour le contresens !

Pythagore se recroqueville sur son siège et attend patiemment la fin du cours.

∞

Au déjeuner, ils doivent gérer l'absence de Foresta vis-à-vis de l'administration. Pythagore préfère ne pas demander d'aide au frère de Nicolas Frangin ; il a plutôt l'idée de s'adresser à Thibault-Tanneguy.

Louise regarde sur son téléphone où se situe le magasin de farces et attrapes – ce n'est pas loin du lycée. Après avoir marché quelques minutes, les deux amis trouvent le dernier descendant du baron de Retz confortablement calé dans un renfoncement de pierres et de couvertures, en train de lire les pages d'un vieux carnet en cuir.

– Mon aïeul avait la barbe et les cheveux bleus le jour où il a fait évacuer l'église Saint-Hilaire, leur annonce-t-il, persuadé que rien ne pourra faire plus plaisir à Pythagore que de connaître cette information.

Celui-ci le remercie poliment avant de lui exposer l'objet de sa visite. Double T est tout à fait désireux de leur prêter main-forte. Louise écrit d'avance les réponses aux questions que la Vie scolaire est susceptible de poser pour identifier le père de Foresta – adresse, numéro scolaire, mot de passe parental, etc. – puis le laisse s'exécuter :

– Oui, bonjour, M. Erivan à l'appareil, je vous appelle pour vous signaler que ma fille sera absente aujourd'hui. Oui… et sans doute aussi demain… en raison d'une intoxication alimentaire. Un certificat médical ? Mais très certainement… Je vous en prie.

En revenant au lycée, Pythagore et Louise cherchent M. Gérôme. Ce dernier se trouve bien dans les bureaux de la Vie scolaire mais il est déjà en rendez-vous.

∞

Pyth se traîne jusqu'au dernier cours de la journée – l'interro d'éco.

Il s'agit heureusement d'un texte à trous, pas besoin de rédiger.

> Selon les économistes, les hommes sont condamnés au travail pour deux raisons :
>
> La…………., à l'état brut, est incapable de satisfaire les………… humains, à l'exception du besoin de respirer.

Il commence par la seule réponse dont il est absolument sûr :

> Plus un bien demandé est rare, plus son prix est *élevé*.

Il se demande combien il serait prêt à donner en échange d'une fiole de concentré d'orange bleue.

∞

Après les cours, il est convenu que Louise et Pythagore se partagent les tâches. Louise part à la grande librairie pour trouver des ouvrages concernant :

– la physique quantique,

– les vibrations cérébrales,

– la biographie du baron de Retz.

Pendant ce temps, Pyth attendra M. Gérôme à la Vie scolaire.

Quand celui-ci sort enfin du bureau, il est d'humeur rayonnante. Il serre la main d'un homme au regard ardent qui accroche celui de Pythagore : le monsieur porte un costume élégant, une mallette en cuir souple, de longs cheveux noirs et brillants.

– Je vous remercie.

– Mais c'est moi qui vous remercie.

L'homme se retire et Pythagore interpelle M. Gérôme.

– Monsieur ! Excusez-moi, je sais que je n'ai pas rendez-vous, mais est-ce que je peux vous parler une seconde ?

– Bien sûr, Luchon.

Pyth sent qu'une connivence artistique s'est établie entre eux depuis la fête des Pêcheurs. Toutefois, alors qu'il s'embourbe dans les explications de sa requête – « On avait un livre… un vieux livre qui appartient au grand-père de Foresta Erivan… *Secret constitutionnel n° 3*… oublié dans les toilettes de la rue Marie-de-Craon… On a vu sur Internet… LioGero007… On a pensé que peut-être vous pourriez… Je vous jure que c'est bien celui de Foresta… Elle n'est pas là aujourd'hui parce qu'elle est malade, une intoxication alimentaire, mais elle m'a demandé de le récupérer… Est-ce que ce serait possible que… » –, il voit le visage de M. Gérôme se décomposer.

– Non… C'est impossible. Je suis désolé.

Pyth reprend de plus belle :

– C'est un souvenir de famille… des écritures anciennes… Son grand père était archéologue…

Peut-être on pourrait au moins faire des photocopies… des photos… ?

Mais le visage de M. Gérôme reste fermé.

– Je suis désolé, Luchon. Des photos, j'en ai quelques-unes… Mais en ce qui concerne le livre lui-même, quelqu'un est passé avant toi. L'homme qui vient de partir… Il m'a contacté en message privé sur le site et m'a donné rendez-vous. Il m'a proposé une grosse somme pour casser l'enchère.

M. Gérôme baisse la voix et avoue :

– Deux mille euros – cash.

Pythagore est désemparé ; il tourne la tête vers la porte ; hésite à poursuivre l'acheteur. M. Gérôme se méprend sur son expression :

– Le livre était abandonné… vieux… sale. Je ne pouvais pas savoir… Dis à Erivan de passer me voir. On peut envisager une répartition… un pourcentage…

– Non, non… C'est pas ça. C'est qu'elle y tenait beaucoup…

Pyth a la respiration coupée. Son dernier espoir de rejoindre l'autre monde vient de s'envoler. Il peine à contenir ses larmes.

– Mais c'était qui ? Vous avez son mail ? Peut-être que… je peux… aller le voir ?

M. Gérôme fouille dans sa veste.

– Il m'a donné sa carte ; il m'a dit de le contacter si je trouvais d'autres livres du même genre.

Pyth prend la carte dans ses mains et s'immobilise :

M. Malikan.
Société d'optique quantique
malikan@soquantique.com

La Société d'optique quantique…

Pythagore connaît très bien ce nom. C'est celui de la société qui avait voulu investir dans le projet *Starpoint* pour permettre à son père et à ses collègues d'avoir accès à de nouvelles technologies développées au Canada, quelques semaines avant l'accident.

M. Gérôme poursuit son discours mais ses mots ne parviennent plus jusqu'à Pythagore ; celui-ci est occupé mentalement à se remémorer des souvenirs laissés en friche.

La Société d'optique quantique : la joie de son père, quand il était revenu à la maison avec plusieurs bouteilles de champagne. Ses collègues fumaient sur le balcon en riant fort ; les mots de français et d'anglais se mélangeaient à d'autres langues ; la perspective d'un avenir meilleur et international se profilait dans tous les regards.

– Luchon ? Luchon ?…

Pythagore fait oui de la tête, sans parvenir à sortir un son.

– Tu veux que je t'envoie les photos que j'ai gardées ? Avant la transaction, l'acheteur m'a demandé de lui faire parvenir quelques clichés pour vérifier s'il s'agissait du bon livre.

Pythagore acquiesce à nouveau, puis ajoute d'une voix blanche :

– Je n'ai plus de téléphone. Est-ce que vous pouvez les envoyer sur celui de Louise ?

∞

Pyth a le sentiment d'avoir raté quelque chose ; il marche mécaniquement dans les rues, tourne en rond ; revient sur ses pas ; s'arrête ; lorsque, soudain, au fond d'une petite rue déserte, il voit se découper la silhouette de Maxence Vidal-Daguerre, flanqué de deux acolytes.

Il se fige ; repense aux conseils de son ami aristocrate et militaro-punk, Thibault-Tanneguy de Montmorency-Laval : « Dans une bagarre à deux contre un, le "un" a souvent plus de chances de l'emporter… »

Ils sont trois.

Est-ce que cette théorie marche à un contre trois ?

« Le "un" doit choisir très vite celui des "deux" qui a l'air le plus fort et foncer sur lui sans hésiter. Coup de tête ; claque sur l'oreille. C'est sa seule chance. »

Lequel des trois semble le plus fort ?

Pyth saura-t-il donner un coup de tête ? Saura-t-il bien viser ?

Il sent que, pour faire honneur aux conseils de son nouvel ami, c'est sur Maxence qu'il devrait foncer en premier, mais l'état d'hébétude provoqué par l'apparition du monsieur de la Société d'optique quantique l'en empêche.

« Ne pas hésiter », a dit Thibault-Tanneguy.

Est-ce qu'il n'est pas déjà trop tard ? Pyth ne devrait-il pas déjà être en train de donner ses premiers coups ?

La vérité est qu'il a plus envie d'en recevoir que d'en donner.

Alors il se laisse faire.

Les premières bousculades sont presque gentilles ; il répond, non pour se défendre mais pour les exhorter à continuer. Il les pousse, les frappe, jusqu'à prendre un vrai coup de poing dans la mâchoire ; sa tête lui picote. Il y a du sang à l'intérieur de sa bouche.

Puis il reçoit un deuxième coup dans le plexus. Le souffle coupé, il se recroqueville.

Suivent simultanément un coup de genou dans le ventre, un coup de coude dans le dos, un coup de quelque chose qu'il n'identifie pas sur l'arrière de la tête.

Au bout d'un moment, il ne sent plus rien.

∞

Pythagore est seul, par terre, dans la rue. Il apprend l'odeur du trottoir. Il n'avait jamais imaginé que le trottoir puisse avoir une odeur bien à lui.

Le mot « filin d'asphalt » traverse son esprit ; certes, il ne s'écrit pas de la même façon que l'« asphalte », puisqu'il manque un « e », mais peut-être y a-t-il un rapport ? Ou pas.

Il ne pourrait expliquer pourquoi, mais il est heureux d'être allongé par terre. Il a la certitude de ne pas pouvoir tomber plus bas ; tout est solide, sous ses bras, sous ses jambes.

Soudain, il entend des pas ; quelqu'un se penche sur lui.

– Pythagore… ?

– Foresta ?

Il se redresse vivement.

Ce n'est pas Foresta, c'est Jordanie Serra. Elle tient dans les mains son sweat rouge à capuche qu'elle dépose délicatement à côté de lui.

– Je suis désolée, je n'ai pas eu le temps de te le laver, mais je préfère te le rendre maintenant… pour ne pas faire d'histoires.

Voilà donc ce que Jordanie appelle « ne pas faire d'histoires » ?

Il sourit ; lève à peine la main pour lui dire « salut » ; puis la regarde s'éloigner d'un pas tranquille, les cheveux au vent.

∞

Pyth roule le sweat en boule pour s'en faire un oreiller de rue quand il remarque quelque chose, dans le tissu molle-tonné, qui résiste à la pression de ses doigts. Il cherche la poche à zip ; tâte encore ; fouille dans sa mémoire…

Puis se redresse sur un coude.

Il espère. Il ne sent plus la douleur des coups reçus.

Il se souvient que, dans la poche zippée, se trouvaient deux fioles de concentré que Foresta lui avait données dans sa chambre – juste avant qu'Aurelian ne déboule.

Sont-elles toujours là ?

Il plonge la main dans la poche.

Rien n'est plus merveilleux que la sensation de ses doigts se refermant sur les deux petits cylindres de verre.

∞

Il ne peut pas prévenir Louise par téléphone, alors il se met à courir. Il contourne la place des Douze pour éviter un concert de rue ; grimpe jusqu'au dernier étage de la librairie où se trouvent les ouvrages scientifiques. Il repère Louise, assise dans un coin, à côté d'une pile de livres.

Elle relève la tête vers lui ; s'étonne de l'ecchymose sous son œil.

– Ben… Qu'est-ce qui s'est passé ?

– Rien. Je me suis fait casser la gueule… Mais je m'en fous ! Regarde ce que j'ai trouvé.

Le regarde de Louise s'illumine devant les fioles de concentré bleu.

– Elles étaient où ?

– Dans un sweat que j'avais prêté à Jordanie Serra.

– Quoi ? Tu avais prêté ton sweat à Jordanie ?

– C'est long, c'est compliqué. On y va ?

Louise désigne un livre intitulé *Quantique est la science.*

– J'ai découvert des tas de trucs utiles là-dedans… Dans les autres aussi d'ailleurs, mais je n'ai pas d'argent.

Louise hésite un instant, puis enfourne la quasi-totalité de la pile dans son sac.

– C'est juste un emprunt.

Elle prend Pythagore par le bras.

– On n'a qu'à passer par les toilettes. On l'a déjà fait avec Foresta, ça mène dans les coulisses du stade.

Louise pile devant une porte à code, avec un écriteau indiquant « Privé ».

– Je connais le code.

En effet. Ils traversent un débarras plein de produits d'entretien, de balais et de cartons ; poussent une nouvelle porte qui mène aux toilettes.

Par la fenêtre ouverte leur parvient la musique du concert, avec des voix de filles qui chantent par-dessus les paroles.

Louise agence le battant de la fenêtre avec le miroir du lavabo. Pythagore regarde la foule et les passants. Il a la sensation d'être déjà ailleurs.

– Pyth, tu viens ?

Il tend une fiole à Louise et ouvre l'autre.

Ils boivent en même temps ; leurs regards s'éclairent, leurs idées aussi. Ils guettent l'effet des peptines et le changement de fréquence.

Au moment où des applaudissements éclatent dans la rue, Pythagore sent que les vibrations s'épaississent.

Il sait qu'il est en train de basculer de l'autre côté.

Pourtant, au lieu de s'amenuiser, le bruit des applaudissements s'intensifie jusqu'à devenir aussi tonitruant que les battements d'une pluie tropicale sur une cabane de tôle.

18

Aspirant géographe

Pythagore tombe à genoux.

Ses doigts s'enfoncent dans la terre. Ses oreilles bourdonnent. Les applaudissements des spectateurs lui déchirent les tympans.

Il relève la tête et découvre un miroir, posé légèrement de travers, à même la terre battue.

Au-dessus de sa tête, à trois mètres du sol, se trouve un plancher de bois sur lequel trépident des centaines de pieds.

Louise se redresse la première, avec son gros sac sur le dos.

Les coulisses sont faites de bois et de quelques armatures de métal. Sur des bancs et des tables, des manteaux de géographes et des bottes à lanières attendent leurs propriétaires.

Il n'y a pas une seule luciole dans l'air.

Soudain, une voix d'homme recouvre les cris du public ; elle résonne, amplifiée par l'écho, suivie par des huées.

– Ce sera… le début d'une nouvelle ère ! renchérit la voix.

Les huées sont concurrencées par quelques cris d'encouragement.

L'homme martèle :

– Nous ne sommes pas là pour agresser la Terre ! Nous ne sommes pas là pour agresser les hommes ! ET NOTRE CŒUR BRÛLE D'IMPATIENCE !

Applaudissements ; huées ; applaudissement ; huées…

Le plancher au-dessus de leurs têtes vibre à nouveau, tandis que le public scande en rythme :

– Ah… Ah… Ah… Ah…

Louise compte les jours sur ses doigts.

– Je crois qu'on est arrivés le jour de l'Empoing… On va être cernés de géographes.

∞

À la sortie du vestiaire, ils tombent sur des galeries souterraines à plusieurs embranchements. Au fond de l'une d'elles, un groupe de jeunes gens en manteau de géographe surgit d'une coulisse latérale. Ils poussent des cris gutturaux, presque sauvages, mais ils avancent en tâtonnant, les bras en avant, comme des non-voyants.

– Ils ont les yeux bandés ? chuchote Louise, étonnée.

Effectivement, en accommodant sa vision, Pythagore se rend compte que les aspirants ont un bandeau sur les yeux. Ils continuent à hurler comme des fauves.

Quand certains d'entre eux commencent à enlever leur bandeau, Louise et Pythagore préfèrent disparaître en empruntant une autre galerie.

Ils tournent à droite, puis à gauche, au hasard des embranchements, mais soudain quelqu'un dans leur dos les interpelle.

– Oh… ! Vous deux, là ? Qu'è-ce que vous fètes dans ma zone ?

Ils sont face au lieutenant Abakan.

À côté de lui, une jeune femme est postée de trois quarts. Elle rattache ses cheveux.

C'est Foresta.

Dans la tête de Pythagore, l'espace se déforme. Le son ralentit… Sa respiration… s'accélère… et… s'évapore en même temps.

– Fffffo… resssss… taaaaa…

Foresta et son port de tête.

Foresta et ses cheveux rouges.

Foresta et ses pommettes de guerrière des steppes.

Elle est habillée en géographe – manteau de bucq, pantalon de cuir et bottes à lanières.

Tandis que le lieutenant Abakan les dévisage et cherche dans sa mémoire pourquoi leurs visages lui sont familiers, Foresta est saisie d'une émotion puissante.

– Ils sont avec moi ! Ils viennent… pour concourir.

De la profondeur du couloir, Aurelian arrive en courant :

– Reski et Ragnar ne sont toujours pas arrivés, annonce-t-il en reprenant son souffle.

– Soit ils ont èté dissuadès… Soit ils ont èté retenus… Soit ils ont eu de la peur…, commente le lieutenant Abakan.

– J'ai trouvé deux remplaçants, relance Foresta.

Aurelian regarde Louise d'un air peu convaincu ; puis il fronce les sourcils en s'attardant sur Pythagore : il se souvient de l'avoir vu dans la chambre de Foresta.

– Vous ètes dèjà allè sur la plage de l'Empoing ? demande Abakan.

Pyth ne répond pas. Louise fait oui de la tête.

– Vous avè dèjà jouè au tir d'empoigne ?

– Oui, bien sûr, répond Foresta à leur place ; ils sont de la province d'Eleazar. Ils connaissent les câbles et les embouts.

– Mais ils ne se sont jamais entraînés en situation – ou alors, pas souvent, fait remarquer Aurelian, je ne les ai jamais vus dans la baie.

Abakan les examine de nouveau – l'un, puis l'autre.

– Nous devons ètre douze è nous avons deux dèfèctions.

Il fait un geste en direction de la foule, là-haut, qui continue à scander : « Ah… Ah… Ah… »

– Ils sont tous pour le commandant Baar. Vous avè entendu comme j'è ètè reçu, là-haut ?

Pythagore comprend que c'est le lieutenant Abakan qui s'est fait huer quelques minutes plus tôt et que les cris de la foule ne sont pas des interjections mais des appels au commandant « Baar ».

« Baar… Baar… Baar… »

– C'est fini. Nous ne trouverons plus dès autres candidats à cètte heure ; c'è eux ou c'è rien.

Aurelian ne peut s'y opposer.

∞

Pendant que le petit groupe se met en marche à travers les galeries, Foresta prend Pythagore à part :

– Tu étais où ? Je t'ai attendu près de la crique…

– On était coincés de l'autre côté, on n'avait rien pour passer l'angle mort…

Ils empruntent un nouveau couloir de palissades. Leur marche est marquée par l'urgence.

– Vous étiez de l'autre côté… ?

Pythagore résume en deux mots leur passage par la mer d'Éole.

– Moi, je suis restée cachée dans le vieux port avec Aurelian. Je ne pouvais rien faire d'autre – je ne pouvais pas dénoncer le commandant, je n'avais aucune preuve… pas de scaphandre, pas de témoin…

« Ce matin, quand j'ai su que le lieutenant Abakan montait une liste concurrente, je suis sortie pour le rejoindre. Ça a été très difficile de recruter une équipe… La plupart des aspirants veulent partir en guerre. Mais Aurelian m'a aidée… Il déteste le commandant Baar.

Est-elle contente de le voir ?

Se souvient-elle qu'ils se sont embrassés ?

– Notre équipe est plus faible que l'autre. On a quelques musiciens qui connaissent bien les câbles mais qui n'ont pas l'expérience des Territoires Mouvants.

– Mais nous non plus ! fait remarquer Louise, inquiète.

– Non, mais vous êtes différents : vous avez été capables de traverser le courant : il y a des chances pour que vous ne soyez pas sensibles aux micro-gravités. Pendant la bataille, les machines à crans exercent une pression sur les gravités biologiques.

– Quoi ? demande Pythagore, qui n'a rien compris.

Elle répète :

– Les machines à crans exercent une pression sur les gravités biologiques : les corps sont plus lourds ; cela permet de reproduire les conditions climatiques des Territoires Mouvants.

Le lieutenant Abakan les invite à entrer dans des vestiaires, au milieu d'une dizaine de personnes.

Pythagore en reconnaît quelques-unes qui se trouvaient sur la péniche avec Aurelian ; il reconnaît aussi Eloa, le musicien qui avait hurlé de rire à l'idée que Foresta devienne géographe.

Abakan vérifie les équipements ; il tend à Louise et Pythagore deux manteaux de bucq.

– Vous savè ce qui se passe là-haut ? Il y a soixante machines avèc des crans plantèes très profond dans le sable. Quand èlles seront lancèes à pleine force, èlles vont faire vibrè les particules – comme dans lès Territoires Mouvants : la matière ne sera pas stable… La gravitè sur vos corps sera trois ou quatre fois plus forte.

L'accent heurté du lieutenant Abakan rend la situation encore plus dramatique.

– Vous serè douze à un bout de la bèe ; ils seront douze à l'autre bout. Le premiè qui travèrse la mèr è plante son filin d'asphalt sur le foyè de l'autre a gagnè.

Pythagore se souvient de sa lecture de *Géographe(s)*.

Abakan poursuit :

– La gravitè biologique va augmentè toujours plus… Votre sera corps sera comme si collè au sol, chaque geste sera un gros effort.

Il se tourne vers l'ensemble du groupe à présent.

– Règle n° 1 : ne lâchè pas le filin d'asphalt ! Si vous le perdè, vous c'è disqualifiès. Vous utilisè les lanières, les poings, tout ce que vous voudrè mais il faut toujours avoir le câble accrochè.

« Règle n° 2 : pas de coups, pas de violence ; si vous blessè quelqu'un, vous c'è disqualifiès.

Les règles et les mots se bousculent. Le lieutenant Abakan les met en garde contre un tas de phénomènes et, notamment, contre les plaques de petit-gel sur lesquelles les débutants ne sont pas autorisés à monter :

– À cause de la gravitè biologique, le poids dè corps va faire craquè le gel.

Les informations s'éparpillent comme les fragments d'un puzzle.

Abakan finit par conclure :

– Quand vous entendrè l'orage, c'è la fin qui è proche.

Il laisse planer un silence puis reprend :

– Quand la pluie è tombè, c'è fini : les machines s'arrètent de vibrè.

Une tête surgit de derrière la palissade.

– Ça va être à nous…

– C'est bon pour vous ? demande Abakan à Louise et Pyth.

Ils acquiescent. Le dernier venu leur tend deux paires de bottes à lanières avec un système d'attaches compliqué, à mi-chemin entre le patin à glace et la chaussure de ski.

Foresta s'accroupit pour les aider à les mettre.

– Il y a des crampons ; ça empêche de glisser sur le petit-gel.

Le cuir des bottes est recouvert d'un infime duvet et les semelles sont munies de tout petits crampons.

Une fois prête, Louise interroge Foresta.

– Tu es passée dans ma chambre, il y a deux nuits ?

– Oui, il n'y avait personne… J'étais sûre que vous étiez encore dans le Sublittoral – je voulais mettre les fioles en sécurité. Le professeur Deanjii a abandonné le commandant Baar ; elle s'est enfuie du dispensaire avec les fioles de sang sublittoral et du matériel de recherche. Elle a voulu être discrète en filant par le vieux port, mais Aurelian et moi, on l'a vue charger son bateau – il était amarré juste devant l'atelier. On a vu les fioles briller dans la nuit…

Soudain, le bruit des machines à crans se fait plus pressant. Foresta ajoute :

– Elle avait aussi des fioles de sang rouge qu'on n'a pas eu le temps de récupérer.

Abakan parcourt le groupe du regard.

– Vous connèssè le risque, aujourd'hui ? Nous sommes dèclarès « opposants » ; ça veut dire que nous sommes obligès à gagnè ; vous le savè bien ?

« Si, à la fin de la partie, aucune èquipe n'a empoignè la terre de l'autre, c'è le commandant Baar qui rèstera en place – et jamè il ne vous fera le pardon ni à vous ni à moi d'avoir osè le dèfiè… Jamè !

Aurelian répond :

– On est venus pour essayer quelque chose de différent, pas pour travailler avec le commandant Baar.

Les autres acquiescent. Abakan reprend la parole :

– Estèvère a dèjà gagnè une bataille, il y a quatre ans, dit-il en plaçant sa main sur l'épaule d'Aurelian. C'est lui qui dirige sur le terrain.

Puis il se retourne vers Louise et Pythagore.

– Donnè-moi vos noms.

– Il faut monter, l'interrompt une voix venue du couloir.

– Merci à tous, conclut Abakan. Merci d'osè avec moi !

∞

La troupe emprunte à nouveau les galeries de palissades ; puis un escalier ; puis une échelle.

Émergeant des coulisses souterraines, ils font face à la mer et à l'horizon.

La plage de l'Empoing ressemble à une plage de carte postale dont l'anse s'incurve comme un sourire silencieux.

Tout est plat – l'eau, l'air, le sable ; mais la présence des soixante machines à crans qui ronronnent charge l'atmosphère d'un nuage électrique.

Ils tournent le dos à la mer et découvrent un stade olympique en demi-cercle : les gradins sont bondés ! Un vertige les prend. Pythagore est parcouru de frissons jusqu'à la pointe des cheveux. Il a l'impression d'être au cœur d'un match de foot historique, avec l'horrible certitude qu'il n'est pas du tout à la hauteur du jeu.

C'est un scénario de cauchemar, comme quand on se retrouve sur une scène pour réciter un texte qu'on a oublié d'apprendre.

Louise aussi est bouche bée.

Foresta les entraîne vers une petite estrade, face à la mer.

Les lucioles sont toujours absentes. Pyth n'en voit pas une seule.

À la frontière de la plage, plusieurs larges blocs de pierre diffusent une douce lumière naturelle de couleur verte.

– Chacun doit décrocher un câble réglementaire, explique Foresta en désignant une vingtaine de câbles en cuivre, planté dans la roche.

Un coup de tonnerre résonne.

Les douze aspirants du commandant Baar s'approchent des blocs de bolt, acclamés par la foule.

Sur l'estrade, un homme parle dans un cône de cuivre et présente :

– Klaas Karavan… Erkin Ravesco… Krikor Seivan… Vigilan Careff… Attila Pistre… Roven Merri…

À chaque nouveau nom qui s'élève, l'aspirant décroche un filin et salue la foule.

– Islander Park… Lance Oman… Illian Varech…

Certains décrochent leur filin en le faisant tournoyer dans le ciel ; la foule apprécie. D'autres font claquer un embout comme un fouet.

– Pol Kerdam… Marvel Équateur… Helsenki Dantec…

Les candidats sécurisent leur filin sur l'épaule à l'aide de lanières, puis courent se positionner sur le côté gauche de la baie.

∞

Le tempo des machines change de rythme.

– C'est à nous, dit Foresta.

Pythagore sent le sable trembler légèrement sous ses pieds. Il faut bien enfoncer ses crampons. Chaque pas est une décision.

Les pulsations de son cœur semblent commandées par celles des machines à crans.

Il jette un coup d'œil à Louise, qui regarde droit devant elle, déterminée – comme si elle s'était préparée à ce genre d'épreuve toute sa vie ; comme si elle avait oublié qu'une demi-heure auparavant, elle était encore assise au rayon scientifique de la librairie générale de Loiret-en-Retz.

Pythagore a chaud sous son manteau, mais la lumière minérale du bolt a quelque chose d'apaisant et de rafraîchissant.

La voix de l'annonceur clame les noms des aspirants d'Abakan.

– Vigilan Torrez… Philistère Roman… Aurelian Estevere…

À l'annonce du nom d'Aurelian, une large partie du stade se met à huer, tandis que l'autre l'applaudit.

Aurelian décroche le filin sans ostentation et l'enroule autour de son épaule.

– Erlin Vatelan… Antylope Boz…

Au nom de Foresta, une grosse partie des géographes se met aussi à huer, pour la punir de sa défection.

Foresta décroche sobrement le filin et se contente d'un bref salut.

Quatre autres noms suivent – Ludmilo Fariz, Gregor Seliman, Alcantar Mirvan, Eloa Sioux… – avant que le géographe au porte-voix n'annonce, de manière peu assurée :

– Patig… Patigor Luchon…

Pythagore pose sa main sur un câble.

Comme la fois précédente, devant le Haut Commandement de la Société de géographie, une énergie fraîche et minérale se propage de sa main à son corps ; il est parcouru de vibrations qui l'enracinent dans la terre ; il a la sensation qu'il pourrait rester ainsi des heures, sans bouger.

– Pythagore ! lui crie Foresta. Il faut tirer le câble !

La manœuvre est plus difficile qu'il n'y paraît : le câble n'est pas simplement planté dans la matière friable du rocher, mais comme aimanté de l'intérieur.

Pyth se donne du courage en se souvenant des énormes câbles qu'il a arrachés aux pierres du vieux bassin ; il tire d'un coup sec et manque de tomber à la renverse.

Il n'est pas très acclamé.

Il enroule son filin sur l'épaule et le cale sous les lanières de cuir prévues à cet effet.

– Louise Markarian…

Comme Pythagore, Louise met un certain temps à décrocher son câble. Elle n'est pas davantage applaudie.

Les présentations sont terminées.

Mené par Aurelian, le groupe court se positionner vers le côté droit de la baie.

∞

Les deux équipes d'aspirants sont postées face à face, séparées par un kilomètre de mer, laquelle est parsemée d'une multitude de rocs, de rochers plus ou moins gros, d'îlots de sable ou de terre, de presqu'îles.

Sur les gradins de la plage, les milliers de spectateurs frappent avec leurs mains et leurs pieds.

Aurelian rassemble les aspirants autour de lui. Il désigne cinq pylônes plantés dans l'eau, tout près de la plage :

– Si vous dépassez ces pylônes, vous êtes hors du champ vibratoire : vous êtes disqualifiés.

Puis il se tourne vers le large ; désigne cette fois cinq autres pylônes qui séparent la baie de l'horizon.

– De l'autre côté, c'est pareil. Disqualifiés.

Il examine les bleus sur le visage de Pythagore et lui demande d'une manière un peu agressive :

– Tu sais te battre, au moins ?

Pyth comprend qu'il lui fait payer le fait d'être monté avec Foresta dans sa chambre.

– Un peu.

– Un peu ? Ça veut dire quoi… ?

Pyth lui jette un regard désinvolte :

– Ça veut dire « un peu ».

– Vous deux, dit-il en s'adressant à Louise et Pythagore, vous restez à l'arrière… Vous gardez le foyer.

Il désigne un îlot, près de la rive, en haut duquel repose un gros bloc de bolt.

– Le foyer est là-haut ; c'est là qu'ils essaieront de planter leur câble. Normalement, pendant la première heure, vous serez tranquilles, poursuit-il d'un ton condescendant.

– …

– Mais, plus tard, quand ils essaieront d'accoster, il faudra tout faire pour protéger le bolt.

Pythagore acquiesce. Aurelian répète :

– Tout… ça veut dire « tout ».

Pyth soutient son regard avec un sourire qui signifie « Je ne suis pas débile ».

Aurelian poursuit la distribution des rôles.

– Roman et Torrez… sur les couloirs des rochers limitrophes. Mirvan et Fariz… sur les îlots de la petite frontière… Erivan et moi, aux avant-postes. Sioux, Boz, vous nous suivez, comme des ombres. Seliman, en vigie, sur le deuxième îlot…

Pythagore se persuade qu'il se fiche de voir Aurelian commander les opérations – ce n'est ni sa terre, ni son combat – mais ce n'est pas vrai, il ne s'en fiche pas.

Soudain tout s'arrête.

Les vibrations ; le public ; les machines.

Le groupe se rassemble à une dizaine de mètres de l'eau, juste en face du ponton.

Aurelian adresse ses dernières recommandations :

– Ça va démarrer ! La gravité va vous plaquer au sable. Mettez-vous à terre pour amortir l'impact ! Plantez vos mains dans le sable et respirez large pour préserver le volume des poumons !

Au loin, sur la portion de terre adverse, les douze aspirants du commandant Baar s'accroupissent aussi. Ils ont adopté une formation en quinconce ; ils ont l'air tout petits.

À cette seconde seulement, Pythagore réalise qu'il va vraiment participer à la bataille de l'Empoing.

19

La bataille de l'Empoing

Le public ne fait plus un bruit ; l'air ne fait plus un bruit ; l'atmosphère est si limpide que l'on distingue chaque îlot, chaque rocher, chaque vaguelette, chaque brin d'écume qui sépare les deux territoires opposés.

Tout à coup, comme s'il avait été comprimé pendant trop longtemps, l'air se réveille en sursaut et bondit.

Pythagore tombe, propulsé par un souffle ; c'est une explosion, une bombe, un raz de marée d'atmosphère et de matière mêlées ; il ne sait plus s'il est poussé ou aspiré ; s'il a atterri par terre, ou s'il est à l'envers dans l'air – mais comment pourrait-il être à l'envers dans l'air ? Le bruit des machines, de l'air et du public se mélange en un magma informe.

Il rouvre les yeux ; ne voit plus rien : l'air est empoussiéré, comme après une tempête de sable. Il respire un brouillard couleur dune.

Son cerveau grésille, comme une radio mal réglée.

Il se redresse aisément, sans ressentir la pression de la gravité biologique. Au contraire : toutes les particules de ses cellules semblent vouloir s'envoler vers le ciel. Il se sent léger comme si la micro-gravité annoncée par Abakan agissait sur lui de manière inversement proportionnelle.

– Pythagore ? Louise ?

Foresta est à terre. Sa voix lui parvient à travers des bruits parasites.

Pyth s'accroupit à côté d'elle, aussitôt imité par Louise. Ils ont tous les trois le visage plein de sable. Ils ont l'air de jouer aux billes, au milieu de la tempête.

– La gravité… ne pèse pas… sur vous, crie Foresta.

– Quoi ?

Foresta répète plus fort :

– La… gravité… ne… pèse… pas… sur… vous !

– Non ! Mais… ça… fait… mal à… la… tête, répond Louise en forçant sa voix.

Un peu plus loin, Pythagore devine les silhouettes laborieuses des autres aspirants qui plantent leur filin dans la terre pour y puiser de la force.

Aurelian crie à travers la tourmente :

– Erivan… Avant-poste !

Foresta plante son filin ; avance vers la mer en déroulant son câble. On dirait qu'elle descend en rappel, sauf que c'est à l'horizontale.

Louise et Pythagore la suivent jusqu'au bord de l'eau : sa surface ne présente ni vagues ni rouleaux, mais des douches, des cascades, des jaillissements perpétuels.

Avant de plonger, Foresta hausse la voix :

– Attention à l'eau. Ses polarités s'inversent. Il y a des tempêtes d'ions…

Au même moment, ses cheveux sont retournés par un paquet de mer. Elle s'accroche fermement à son câble pour résister.

Louise est tétanisée.

– Vos manteaux… Ils sont en poils de bucq, ça empêche de couler, précise Foresta pour rassurer son amie.

– Erivan ! appelle encore Aurelian, déjà posté sur un îlot.

Foresta lui fait signe qu'elle arrive et plonge dans la mer.

Elle reste sous l'eau pendant de longues secondes… Louise est saisie de terreur. Pythagore est inquiet – le manteau n'est-il pas censé l'empêcher de couler ?

Il s'apprête à plonger à son tour, lorsque Foresta reparaît bien plus loin : elle se débat ; nage à l'envers ; puis à l'endroit ; lutte contre un courant circulaire ; se fait recouvrir par une triple vague ; pique sous l'eau pour éviter un éclair ; émerge sur un petit rocher et y plante enfin son filin d'asphalt. Elle puise de la force dans la terre puis lance l'autre embout de son câble sur l'îlot où Aurelian l'attend. Celui-ci branche le câble de Foresta à côté de lui : ils viennent de réaliser un petit pont géographique.

Le commentateur énonce les positions des uns et des autres avec des parallèles et des degrés divers auxquels Pythagore ne comprend rien – « Aurelian Estevere 15°48 – Attila Pistre 78°23 ».

∞

– Louise… Ça va ?

Elle acquiesce.

– Il faut qu'on aille sur le rocher protéger le foyer, d'accord ?

Louise ne bouge pas, ses cheveux volent dans un sens, puis dans l'autre ; l'agitation atmosphérique la recouvre intégralement.

Pythagore sent lui aussi le vent des particules. Il déploie son filin d'asphalt et le plante dans la terre. Aussitôt, le câble se tend et l'anime d'une force nouvelle : son cerveau cesse de grésiller.

– Louise !

Louise est toujours focalisée sur l'eau ; elle désigne les éclairs qui se forment à la surface de l'écume, comme de minuscules orages.

– Louise… !

Il saisit son amie par le bras et hurle :

– Tiens-toi au câble ! Il faut aller sur le rocher !

Les paquets de vagues se brisent sur les planches du ponton. Celui-ci semble d'une fragilité de jouet sous l'assaut des éléments.

L'immobilité de Louise contraste avec le battement de ses cheveux sur ses joues, la voltige des embruns.

– Je… ne… peux… pas…

Pythagore s'y attendait. Lui-même reconnaît que le ponton n'a rien d'engageant, mais il préfère se faire avaler par les vagues plutôt que de se voir reprocher quelque chose par Aurelian.

– Louise… tiens-toi au câble, ça donne de la force. Je te promets… tu ne tomberas pas à l'eau.

Elle fait non de la tête.

– Grimpe sur mon dos, je suis stable.

Au même moment une énorme vague se brise sur le ponton et s'éparpille sous forme d'éclairs.

Louise hurle de terreur.

∞

La voix de l'annonceur continue de commenter les avancées des uns et des autres lorsque, soudain, il s'emballe :

« Une première brèche vient d'être créée ! Première brèche en 24°58 ! Attila Pistre aux avant-postes, soutenu par Erkin Ravesco et Klaas Karavan ! »

Pyth reconnaît ces noms : ils appartiennent à l'équipe adverse. Le bruit des machines lui fait battre le cœur.

– Louise, bordel… Je t'ai jamais forcée à rien mais cette fois…

Il attrape son amie et la charge sur son épaule comme une brindille.

– Noooooon…!

Elle le frappe du plat de la main et avec les pieds ; elle est en rage.

Pythagore hésite ; il sait de quoi elle est capable ; il se souvient de la violence avec laquelle elle a arraché les rideaux des vestiaires et hurlé sur la prof de gym pour ne pas aller à la piscine.

Il la repose à terre et crie à son tour :

– Markarian ! Tu fais chier… !

Il attrape le câble de Louise, le plante solidement dans le sol et le lui cale entre les mains.

– Tu t'accroches à ça et tu donnes des coups à ceux qui approchent par l'arrière… Ok ?

∞

Pythagore scanne la surface des îlots pour repérer qui vient dans sa direction. Il distingue le sommet de quelques têtes au milieu du chaos ; puis entrevoit une silhouette qui se débat avec un câble, sur un rocher, vers le large. Il cherche les cheveux rouges de Foresta ; ne les voit pas.

Il traverse le ponton en déroulant son filin. Lorsqu'il l'a tendu tout entier, il tire d'un coup sec pour le décrocher de la terre. Le choc de déperdition d'énergie le déséquilibre juste au moment où un paquet de vagues en furie déferle sur le ponton.

Il tombe, plonge, tourneboule dans l'eau
et se prend
la tempête d'ions
en plein dans la figure.

Particules ; bombe ; orage sous-marin ; pluie d'univers ; claque minérale ; stalagmite ; eau ancestrale de vieux volcans qui danse loin sous les terres ; être bébé, être jeune, être vieux ; tsunami ; cyclone ; tempête ; des centaines de souvenirs compressés, lessivés, essorés ; 1, 2, 3, 4, 5, 6, 7, 8, 9 ; la nuit, le jour ; l'Antiquité ; des milliers de millions de milliards ; mythologie ; astronomie ; géométrie. Il se cogne la tête contre un rocher. La gravité n'existe pas ; la guerre de Troie n'aura pas lieu ; $E = mc^2$; pub ; pixel.

Il ouvre les yeux : la lumière des particules ; de l'eau ; le chaos.

Il se cogne à nouveau ; tend les mains en avant ; piscine ; ski ; couloir d'avalanche…

Ses mains attrapent quelque chose.

Quelque chose de dur, de solide, auquel il s'agrippe.

Le rocher.

∞

Il grimpe sur le rocher.

Ses yeux sont ouverts mais ne sont pas en mesure de voir – pas encore. Il hurle.

Puis, respire.

Il recouvre l'usage de la vue – légèrement trouble d'abord, puis plus précise.

Il n'a pas de mots pour décrire ce qu'il ressent parce qu'il ne se souvient plus des mots ; ni de son nom. Il a perdu toute sa mémoire.

Chacune de ses cellules a été lavée, retournée, lessivée. Il est neuf et la terre est jeune.

Il est le premier homme.

Il regarde le haut du rocher, sa lumière verte ; il se souvient vaguement qu'il doit y grimper.

Pourquoi ? Il ne sait plus.

Il grimpe quand même parce qu'il est plein d'énergie et que la vie est belle.

∞

Perché sur le rocher, à côté du foyer, il observe la baie et découvre la présence de la foule.

Il observe l'immensité des gradins comme un paysage stellaire.

Puis il baisse les yeux : à une vingtaine de mètres en contrebas, il remarque la présence des deux garçons de la proche défense qui lui font des signes.

Il leur répond de la même façon.

La voix de l'annonceur s'emporte ; ses mots flottent autour de Pythagore comme des électrons libres.

« La brèche est confirmée… La brèche est confirmée… 10°67, un seul aspirant sur le site pour défendre le foyer… Patigor Luchon… sur la réserve 01°67… Patigor Luchon… »

Patigor Luchon… ?

Ces mots font résonner quelque chose au fond de son cerveau… un souvenir ?

Les signes de ses coéquipiers se font plus expressifs.

La foule se lève et hurle de ses milliers de poumons : Pyth ouvre les bras pour accueillir son émotion grandiose, lorsque soudain, dans les vagues, au pied du rocher surgissent trois silhouettes épaisses dans leur manteau de bucq.

∞

D'une façon presque chorégraphiée, elles plantent leur câble ; sécurisent leur position ; tirent dessus pour récupérer l'embout arrière ; puis entament une progression, chacune de son côté.

Les trois aspirants du commandant Baar ont l'air de petites bêtes prises sous une tempête de neige. La gravité ralentit leurs mouvements.

Le cerveau de Pythagore est vierge. Il n'a aucune idée de ce qu'il doit faire, hormis imiter ses adversaires.

Il bondit donc pour les rejoindre mais son élan, libéré de la gravité, n'est pas contrôlé. Pyth s'envole, littéralement ; l'autre équipe ne s'en rend même pas compte, occupée qu'elle est à se débattre avec le poids du monde.

Il atterrit beaucoup plus bas, au pied du rocher, là où les vagues se fracassent avec de petits éclairs.

Le commentateur hurle des mots hachés :

« Patigor Luchon… Trou d'air… Perte de position… La voie est libre ! Attila Pistre 02°67… C'est historique ! »

La foule se déchaîne. Les cris parviennent à Pythagore en même temps que les bourrasques de vent.

Soudain, il remarque à terre, devant lui, les embranchements des trois filins d'asphalt que les nouveaux venus ont plantés en arrivant sur le rocher. Pyth possède la même sorte de câble, emmêlé dans les lanières de son manteau ; il dégage un embout et le plante à son tour dans le sable.

Aussitôt, il sent la puissance de la terre l'envahir.

Une phrase remonte à la surface de sa mémoire : « Tout, ça veut dire "tout". »

Il observe les aspirants qui grimpent.

Une autre phrase remonte. « Tu sais te battre, quand même ? »

– Attila Pistre ! hurle le commentateur. Attila Pistre va remporter l'Empoing !

L'Empoing. Le rocher. Le câble. Aurelian. Foresta.

Il faut « tout » faire pour les arrêter.

Les recommandations d'Abakan surgissent à son esprit : « Le filin d'asphalt… Si vous le perdè vous ètes disqualifiès. »

Il se penche aussitôt vers l'embranchement des câbles et déracine le premier qui se trouve à sa portée. Il tire dessus en moulinant de toutes ses forces, comme un marin dans la tempête.

Le fait de ne pas sentir la gravité décuple sa force ; la manœuvre est très facile.

Attila Pistre met une seconde à comprendre que son filin d'asphalt vient de lui échapper. Il se tourne, surpris ; puis son visage se déforme de rage ; il rugit quelque chose que Pythagore n'entend qu'à moitié.

Son coéquipier marque une pause, sans prendre conscience qu'il est train de subir le même sort.

Une vague de « oooh » parcourt la foule. D'un geste, Pyth balance le premier filin à la mer et, immédiatement après, y précipite l'autre.

Chacun se déploie dans le ciel comme un ruban de soie ; ils vivent leur vie pendant quelques secondes, jusqu'à ce qu'ils atterrissent avec fracas en plein milieu de l'eau et de ses tempêtes d'ions.

Le commentateur se déchaîne :

« Double reprise de câble ! Patigor Luchon… 02°67… »

Un son de corne de brume se fait entendre, puis un deuxième :

« Attila Pistre – disqualifié – perte du filin d'asphalt. »

« Erkin Ravesco – disqualifié – perte du filin d'asphalt. »

La foule hurle tellement que Pythagore a l'impression qu'elle est aux portes de ses tympans.

Il vient de retrouver la mémoire.

∞

Le troisième aspirant a compris le manège et le déjoue en débranchant son filin lui-même pour le replanter à ses pieds. Il continue son ascension vers le foyer.

Le commentateur s'essouffle :

« Poursuite de l'action… Klaas Karavan… »

Il n'est plus qu'à trois mètres du bloc de bolt lorsque, de l'autre côté, surgit Louise, les cheveux en furie, bien campée sur ses pieds. Elle se cramponne à son câble pour y prendre appui, puis bondit, le corps en éventail. L'aspirant est surpris par la portée de son saut. Elle atterrit sur lui, les pieds en avant ; s'assied sur son torse ; agrippe ses cheveux et frappe sa tête contre le sol – une fois, deux fois, trois fois. Sa force est prodigieuse.

La corne de brume résonne pour la troisième fois dans la baie. Le commentateur proclame la sentence :

« Louise Markarian – disqualifiée – coups et blessures. »

∞

Une embarcation longue et plate remmène le petit groupe de disqualifiés ainsi que Klaas Karavan – forcé d'abandonner la partie à cause de ses blessures.

Pythagore regarde la silhouette de Louise qui s'éloigne vers la rive. Elle lui sourit d'un air diabolique et fait le signe de la victoire.

La lumière du jour commence à baisser ; le soleil de nuit a presque doublé de volume.

Pythagore est troublé ; les effets de la tempête d'ions se sont estompés mais le grésillement dans sa tête a repris – même quand il s'accroche à son câble. La pression exercée par les machines à crans sur les particules est de plus en plus forte.

Il s'installe dans un renfoncement du rocher, invisible du public. Il scrute l'horizon et se repose un instant.

L'action suit son cours dans la profondeur de la baie.

« Aurelian Estevere aux avant-postes 88°56 suivi de Eloa Sioux 86°53 et de Gregor Seliman 85°54... Kerdam contre-attaque... Erivan tombe à l'eau, plongée d'Erivan en reprise de câble 95°59... »

Combien de temps s'est-il écoulé depuis le début de la bataille ?

Une immense houle se forme au milieu de la baie et déferle en recouvrant plusieurs îlots.

Pyth repense à *Aqualand*, quand la sirène sonne pour signaler l'arrivée de la grosse vague et que tous les petits sortent de l'eau.

Les aspirants perdent leurs positions ; ils se trouvent roulés dans l'eau et renvoyés vers leur camp.

Alors la vague reflue dans l'autre sens, puis encore dans l'autre, et ainsi de suite.

Lorsque les vagues s'arrêtent, c'est au tour des îlots de trembler : des bouts de roche se décomposent, tombent dans la mer ; d'autres émergent telles des collines. De nouveaux passages se créent vers les territoires ennemis.

Toutes les positions sont reconfigurées.

Trois aspirants perdent leurs filins dans un tourbillon.

Deux autres se battent et se font également disqualifier.

Une nouvelle vague géante parcourt la baie – de biais cette fois.

La pression monte. La friture, à l'intérieur de la tête de Pythagore, l'empêche de réfléchir.

De petits cristaux brillants et argentés se forment à la surface de l'eau. Ce sont des flocons d'eau, des diamants de mer ; Pyth se perd dans l'observation de ces points brillants, comme il regarderait tomber la neige.

Peu à peu, les cristaux s'agglomèrent. Les points ne sont plus seulement des flocons isolés ; ils forment des plaques de gel lumineuses qui habillent la baie, pareilles à des bijoux de scène.

Le nombre des aspirants encore en lice décroît régulièrement.

« Roven Merri – disqualifié – sortie de champ 59°10... C'est une partie qui se joue à cinq contre six. »

« Marvel Équateur – blessure à la jambe 56°78 – rapatrié... C'est une partie qui se joue à cinq contre cinq. »

Pythagore a fini par comprendre : lorsque les premiers chiffres se rapprochent de 0, l'action se situe près de son foyer, et lorsqu'ils se rapprochent de 100, l'action se déroule vers le foyer de la partie adverse. Les seconds chiffres mesurent l'axe qui part de la plage vers le large – 0 pour la plage, 100 vers le large.

Soudain un grondement s'élève de la baie, un grondement d'orage comme Pythagore n'en a jamais entendu – même en Ardèche, quand il éclate au milieu des montagnes.

« Quand vous entendrè l'orage, c'è la fin qui è proche », avait dit le lieutenant Abakan.

Pythagore se redresse, avec un mal de tête prodigieux.

Il regarde la baie et son chaos organisé – les bouillons de la mer, le désordre des rochers, les miroirs des plaques de cristaux, le mouvement des filins d'asphalt éparpillés qui dansent comme un ballet, le soleil rouge et bas qui a encore pris du volume ; et puis, insouciantes des tourmentes, au-dessus du chaos, les étoiles qui soignent leur dessin.

Il éprouve un malaise devant la beauté du spectacle. Il a la sensation de ne pas avoir été à la hauteur ; d'avoir raté l'ardeur de l'action.

Il se souvient que si la partie se termine sans qu'aucune des équipes n'ait empoigné la terre de l'autre, c'est le commandant Baar qui aura remporté la bataille.

∞

Le public se met à huer : il exige que la partie désigne un vainqueur.

Pythagore descend au pied du rocher et examine de plus près les plaques de cristaux. Elles forment de véritables passages lumineux à la surface de l'eau. S'agit-il des plaques de petit-gel sur lesquelles le lieutenant Abakan a interdit que les aspirants posent le pied ?

Insensible aux pressions de la gravité, Pythagore ne se sent pas concerné par cette recommandation ; il plante en douceur son câble au milieu des cristaux et grimpe sur la plaque.

Harponné à son radeau étincelant, Pythagore est léger ; il n'a plus mal à la tête. Au contraire, il respire le vent des étoiles.

Et s'il tentait une progression, en sautant d'une plaque à l'autre ? Et s'il aidait son équipe à empoigner la terre adverse ?

Au même moment, une vague géante, venue du fond de la baie, le cueille et l'emporte avec lui.

∞

La plaque se brise ; la mer l'enveloppe. Pyth respire de l'eau ; nage dans l'air. Comme précédemment, les ions de la tempête le traversent en même temps que des milliers d'années. Chaque goutte d'eau est un petit univers ; il est lui-même un atome, une particule perdue dans l'infinité.

La vague est looooongue ; il surfe et cela pourrait durer des années.

Soudain, il ressent le choc de la terre sous lui.

Il vient de s'échouer sur un îlot.

« Une brèche… Patigor Luchon… 73°89… »

Il fixe le vaste territoire en face de lui. À plusieurs dizaines de mètres, le rocher du foyer adverse trône dans sa lumière verte, à côté du soleil de nuit.

Pythagore cherche à se rappeler pourquoi ce rocher est important.

Il a oublié.

La tempête d'ions a de nouveau tout nettoyé dans sa mémoire. Le ciel tourne dans sa tête. Il est fait de poussière de nuit.

On l'attrape brutalement par le bras ; il se tourne et découvre une fille aux cheveux rouges.

Une fille.

La première femme du monde.

Ses yeux brillent ; son visage perle d'émotion.

Il l'attire à lui et la serre fort parce que c'est ce que lui dicte son corps. Il saisit ses cheveux ; son odeur le rend fou. Il pose ses lèvres sur le cou brûlant de la jeune fille.

La trépidation des machines déchire son cerveau.

Puis il reçoit un coup sur l'arrière du crâne.

∞

Pyth a l'impression que sa tête va se fendre en deux de douleur. Il est tombé sur son filin d'asphalt et, dans sa chute, il l'a planté dans le sable.

L'énergie de la terre aide Pythagore à retrouver la mémoire.

Aurelian se dresse face à lui, plein de colère, les cheveux à l'envers, le manteau déchiré, les lanières au vent. Pythagore éprouve une honte cuisante en pensant à la façon dont il s'est jeté sur Foresta.

À présent, elle s'active avec Aurelian : ils branchent leur câble l'un à côté de l'autre. Se cramponnant aux deux câbles, Foresta essaie d'avancer sur une plaque de petit-gel.

« Foresta Erivan 74°78… Tentative… progression sur… petit-gel… »

Elle se fait la plus légère possible, mais au bout de quelques mètres la plaque se fend sous son poids.

Aurelian tire sur le câble et la ramène sur l'îlot.

Pythagore n'ose plus venir les retrouver, mais il veut tenter quelque chose : il sait qu'il est capable de tenir sur le petit-gel.

Sans les prévenir, il aborde la plaque. Un pied ; puis l'autre.

L'air le porte comme une plume.

– Oooh ! lui crie Aurelian. Reviens ! C'est dangereux !

Mais Pythagore ne revient pas.

La plaque de cristaux recouvre la mer comme une couverture de neige à présent. Pour atteindre le foyer adverse, il n'a qu'à marcher.

Peut-être ne reste-t-il plus que quelques minutes, quelques secondes ? Mais, au moins, il aura essayé.

Il avance au rythme des machines : un pas ; un autre ; encore un autre pas.

Le petit-gel ne craque pas.

Aurelian a cessé de crier – à moins que Pythagore ait cessé de l'entendre ?

L'orage couvre la voix du commentateur – « …igor …uchon……ur… i……gel… » – mais pas celle des milliers de spectateurs dont les milliers de cris n'en forment plus qu'un seul.

Pythagore reste concentré.

Les machines tapent encore plus vite, il accélère la cadence.

Il fixe le haut de l'îlot, là où le bolt reluit d'un éclat vert phosphorescent.

Les derniers aspirants du commandant Baar se rassemblent au pied des brisants.

Ils ne le laisseront pas passer. Leurs gestes sont lents et lourds ; ceux de Pyth, rapides et légers, mais ils ne le laisseront pas passer.

Il faudrait une perche, pense Pythagore.

Il lui faudrait une perche pour se hisser directement en haut de l'îlot.

Une perche… ?

Pythagore pense à son câble.

Il pourrait planter son câble à un endroit solide, juste au pied des rochers. S'il court suffisamment vite, la tension du câble agira comme une perche. Et s'il y a une chose que Pythagore sait faire, c'est se servir d'une perche pour sauter.

Alors Pyth se met à trotter, exactement comme il le fait à l'entraînement. La plaque résiste. Il accélère. Les rochers ne sont plus qu'à une dizaine de mètres, à présent.

Il distingue les traits des aspirants de l'équipe adverse qui le dévisagent, incrédules.

Pendant un instant, il pense au trouble qu'il a ressenti pendant la tempête d'ions : avec tout ce qu'il vient de traverser, pourra-t-il sauter sans perdre ses repères ?

Pythagore court de plus en plus vite ; il maintient son câble à deux mains, bien éloignées l'une de l'autre, pour profiter de l'envergure la plus large possible.

Au dernier moment, il plante son câble sur un bout de terre qui émerge du petit-gel ; la plaque se fissure mais ne craque pas. Il sent la puissance de la terre vibrante qui le branche sur la mécanique des particules. Avec sa vitesse, le câble se tend, mieux qu'une perche parce qu'il est plus vif, plus réactif et plus élancé. Entraîné par la tension du câble et poussé par la gravité contraire, Pyth s'envole.

Le temps se distend…

Ses jambes battent l'air comme s'il montait une bicyclette imaginaire…

Il se souvient d'avoir été petit garçon ; il se souvient d'avoir vu un film dont les héros volaient la nuit, comme des ombres chinoises dans les nuages ; il se souvient que son père avait regardé ce film avec lui.

Il n'entend plus rien – ni les machines, ni l'orage, ni les particules qui grésillent –, juste le public qui s'est levé et dont tous les visages et toutes les bouches restent en suspens sur un « ooooooOOOoooooh » interminable jusqu'à ce qu'il atterrisse enfin.

Pyth se réceptionne en tremblant d'émotion.

Il récupère son filin en tirant d'un coup sec, puis, enveloppé par la douce lumière verte du foyer adverse, il plante enfin son câble réglementaire en plein milieu du bloc de bolt.

La seconde qui suit, le ciel se déchire ; des trombes d'eau se mettent à tomber.

Il vient de remporter la bataille de l'Empoing.

∞

Le champ vzcesse.

L'air, la terre, l'eau et toutes les particules qui avaient été excitées soupirent.

En même temps que la pluie qui s'abat sur lui, Pythagore ressent une fatigue intense au cœur de ses tissus, comme si les atomes de ses cellules avaient eu trop de liberté.

Il ne prend pas la peine d'écouter ce que hurle le commentateur : « 100°67… Empoing ! Terre… Aspirant… 100°67 Empoing ! »

À travers le brouillard, il perçoit une vague fabuleuse qui anime les gradins.

Des lumières fusent.

La gravité, qu'il n'a pas ressentie depuis plus d'une heure, s'abat sur lui violemment.

Il tombe.

20

« Erivan »

Pythagore est seul, allongé sur un sol de terre battue, dans son manteau de bucq.

La pièce est sombre.

À la lueur des quelques lucioles qui tournent dans la pièce, il comprend qu'on l'a porté dans les coulisses.

Chaque parcelle de son corps lui fait mal – chaque muscle, chaque fibre, chaque cellule.

Mais ce n'est pas le pire. Le pire est ce qui se passe dans sa tête.

La fête des particules est finie. Ses neurones sont prisonniers d'une brume de détresse. Il a envie de pleurer, mais son corps ne le lui permet pas.

Il meurt de soif.

À grand-peine, il attrape une bouteille en résine juste à côté de lui. Il boit une gorgée : c'est de l'eau.

Il avale quelques quartiers d'orange bleue, posés sur une assiette ; le fruit pétille sous son palais.

Au même moment, il entend des bruits de pas et de conversations qui se rapprochent. Il se rallonge ; fait semblant de dormir. Il n'a pas envie de parler – à personne. Pas même à Louise, pas même à Foresta.

– Il n'est pas encore réveillé…, dit une voix à l'entrée du vestiaire.

– J'espère que les gars du dispensaire vont bientôt arriver ; j'ai hâte d'aller faire la fête.

– Et moi, j'espère que les chiens ne vont pas monter…

– Apparemment, ils ne fouillent que les loges…

– J'ai pas envie de les croiser, je déteste les chiens.

Une troisième voix se superpose aux autres.

– Je peux entrer ?

Le cœur de Pyth fait un bond : c'est la voix de Foresta.

– Non. Les médecins ne sont pas encore passés. On a ordre de ne laisser entrer personne.

– Mais pourquoi ? Et pourquoi les gardiens ont investi les sous-sols ? reprend la jeune fille.

– Apparemment, les chiens ont reniflé quelque chose, ils ne nous ont pas dit quoi…

Pythagore n'entend pas la réponse de Foresta et suppose qu'elle s'éloigne.

Les deux gardiens reprennent leur conversation.

Pythagore les entend parler du commandant Baar. Il essaie de tirer des informations de leur dialogue quand, soudain, il perçoit une sorte de grattement derrière lui. Un des pans de la palissade vient de se soulever. Une silhouette se faufile par l'entrebâillement. Il reconnaît le reflet cuivré des cheveux de Foresta.

Par réflexe, il ferme les yeux.

– Pythagore ? chuchote-t-elle à son oreille.

– …

Son cœur bat.

Son cœur bat fort.

Son cœur bat très fort.

– Pythagore ? Tu dors ?

– …

Elle pose une main sur son front ; il sursaute mais continue à faire semblant de dormir.

– Bravo…

Elle recule ; il l'entend s'adosser contre le mur, sans doute pour se soustraire aux regards.

Dans le couloir, les deux jeunes gens poursuivent leur conversation.

– T'as pas un petit truc à boire ?

– Rien, même pas de l'eau, mais je peux aller voir en face.

Le corps de Foresta glisse légèrement contre la paroi.

Pythagore entrouvre les yeux ; il distingue ses jambes en équerre ; sa main qui traîne à côté de la sienne.

Il se rapproche un peu – comme s'il s'agissait d'un mouvement de sommeil.

– À propos de boire quelque chose, reprend un des garçons dehors, tu sais que Marvallan a remplacé le concentré des aspirants par de l'alcool de bourgeon d'Abysse ?

– Non ?!

– Si, si… C'était leur petit cadeau de fin de tournoi !

Les deux garçons se mettent à rire grassement.

Doit-il continuer à faire semblant de dormir ou doit-il prendre la main de Foresta ?

Elle inspire ; expire.

Il a l'impression qu'elle l'entend réfléchir.

Si elle n'avait pas envie qu'il la touche, elle serait déjà partie, elle ne serait même pas venue le retrouver dans les vestiaires.

Il tourne le poignet et croit percevoir des frissons sur la peau de Foresta quand ses doigts atterrissent en douceur sur sa main.

Il s'avance encore et serre sa paume.

Elle bouge imperceptiblement : il la sent déplier son corps lentement ; lui-même déplie le sien. Sa main glisse sur l'aplat de la cuisse de la jeune fille et parcourt le tissu de son pantalon, déchiré par la bataille. Pyth remonte jusqu'à sa taille, là où la chemise tirebouchonne ; il passe dans son dos ; y imprime un léger mouvement. La chaleur de leur proximité affole ses sens et les canaux de communication entre ses sens et son cerveau. Le visage de Pyth fait doucement connaissance avec ces pommettes qu'il a tant convoitées. Sa main remonte jusqu'à la nuque de Foresta ; se perd dans ses cheveux et dans les creux, derrière l'oreille. Il peut sentir ses lèvres qui l'attirent… comme un aimant… auquel… il ne va plus… résister… longtemps.

Pyth pose ses lèvres sur celles de Foresta.

Il l'embrasse – et plonge dans ce baiser comme on plonge dans la mer.

Elle lui rend son baiser.

Une vague se creuse tout autour d'eux et renverse la terre dans le ciel.

Les lèvres de Foresta sont vivantes, électriques, chaudes, douces, rebondies, rebelles, légèrement humides – pas trop ; il pourrait la mordre – pas trop ; il resserre ses doigts sur sa nuque. Comme la première fois, il y a de la résistance dans le baiser de la jeune fille ; elle l'embrasse avec toute l'énergie de son corps mais donne l'impression qu'elle pourrait, à tout moment, se désister.

∞

– … resta… Foresta…

Dans la profondeur des couloirs et des palissades, on court en criant le nom de Foresta.

– Foresta… Foresta !

À hauteur de la loge, la voix demande aux deux garçons :

– Vous n'avez pas vu Foresta Erivan ?

L'interpellée tend l'oreille.

– Si, justement, on vient de la voir passer…

Hors d'haleine, la nouvelle venue ajoute :

– Sa basse à niveau… on l'a installée sur la scène… et personne n'arrive à la brancher. Il n'y a pas de clé.

Foresta échange un regard avec Pythagore. Elle lui sourit.

– Je reviens…

Son regard est ardent et plein de promesses.

Elle se faufile sous la palissade.

∞

Plus question de dormir après ça.

Pythagore a le corps et le cerveau en feu.

Il ne s'agit plus ni de gravité, ni d'antigravité, ni de désir, ni de perte de mémoire, ni d'euphorie, ni de migraines, ni de rien de ce qu'il a jamais ressenti.

Il n'est plus capable de mettre de mots sur les choses. Il a eu trop d'émotions contraires. Il se sent en dehors de lui-même, posé comme un grand tas brûlant, légèrement courbé, dans cette exacte position qui fait dire à sa mère : « Tiens-toi droit ! »

Il n'a pas envie d'attendre les médecins du dispensaire.

Il se lève et emprunte le même passage que Foresta pour sortir de la coulisse. Il arpente les couloirs, tête baissée, au cas où il croiserait quelqu'un ; il est régulièrement pris de vertige et doit s'appuyer contre les murs.

Et, tout à coup, la musique monte.

Un son profond et plein de matière, dont le rythme électrise le revers de sa peau.

Quel genre de musique peut taper si fort dans la poitrine et donner l'impression d'être à la fois en soi et partout ailleurs ?

Il veut sortir à l'air libre, il a besoin de voir ce qu'il entend. Il se met à courir mais, au même moment, un bruit glaçant s'élève dans la galerie perpendiculaire à la sienne : des aboiements, puissants, suffisamment nourris et continus pour percer la musique.

Pyth se cache dans un renfoncement au moment où apparaissent cinq énormes chiens tenus en laisse. Bavant et grognant, ils guident des gardiens aux tenues légères, munis de bottes lourdes et de gros gants de cuir. Suit un groupe de porteurs, avec trois larges caisses de métal aux allures de conteneurs ; puis quatre gardiens qui escortent un homme attaché. Tout le haut du corps du prisonnier est masqué par un sac de toile sommairement percé au niveau de la bouche. Enfin un dernier garde, avec un chien.

Pythagore a besoin d'un instant pour se remettre du passage de la procession. Elle lui a laissé une impression de malaise, comme si elle était enveloppée d'un nuage malveillant – d'une odeur entêtante et écœurante.

Il choisit de prendre la direction opposée ; au croisement de la galerie suivante, il tombe sur une échelle par laquelle il accède à une trappe, puis à un pylône qui s'élance dans l'air libre de la nuit.

∞

Pythagore entreprend maintenant l'ascension du pylône. Il atterrit sur un réseau de passerelles qui surplombent la scène, à dix mètres du sol.

Il repère immédiatement le point rouge cuivré des cheveux de Foresta, autour duquel s'activent ses bras fuselés.

Son ventre se creuse en repensant au baiser qu'ils viennent d'échanger, à son dernier sourire. Il en a le vertige, un vertige intime qui le remplit de bonheur.

Est-ce qu'elle pense à lui ? Est-ce que, dans son ventre aussi, le haut et le bas s'inversent au souvenir des frissons qui couraient sous leur peau ?

Pythagore parcourt du regard la masse compacte des danseurs. Au milieu de la piste, des garçons et des filles s'abandonnent à la musique, bras levés ; ils sautent, s'embrassent, exultent. Un groupe de garçons s'arrose avec des bouteilles ; d'autres font tourner leurs vêtements au-dessus de leur tête ; des filles enjambent des rambardes de machines à crans pour danser sur leurs hauteurs ; d'autres se font la courte échelle pour escalader les gradins depuis la fosse.

Ils mordent la nuit.

Pythagore est heureux de les regarder faire.

∞

Le morceau se termine ; la foule crie ; tous les bras de la fosse se lèvent.

Torse nu et transpirant, Aurelian vient saluer. Il donne des accolades à ses musiciens ; prend Foresta dans ses bras, l'embrasse sur la joue, le front – des baisers fraternels, mais appuyés. Pythagore en éprouve un pincement de jalousie.

La musique reprend, incisive, puissante.

Au même moment, il aperçoit une silhouette sur une passerelle perpendiculaire à la sienne.

C'est Louise ! Louise qui lui fait de grands signes. Ils courent l'un vers l'autre ; il veut la prendre dans ses bras mais elle se dégage aussitôt :

– Pyth, il faut partir !

Elle est obligée de hurler pour se faire entendre.

– Il faut partir tout de suite !

– Quoi… ? Mais pourquoi ?

– Ils rappellent tous les participants de l'Empoing ; ils vont faire des prises de sang… à tout le monde. La plage est cernée, on doit passer par l'angle mort.

– Mais pourquoi ils font des prises de sang… ?

– Je t'expliquerai. Le commandant Baar s'est fait arrêter… Il faut partir toute de suite.

– Le commandant Baar s'est fait arrêter ?! répète Pythagore, en repensant à la procession et à l'homme caché par le sac de toile.

– Ils nous cherchent. Je les ai entendus…

Pythagore n'a pas envie de quitter Foresta, mais il se souvient que les garçons, devant la loge, attendaient le passage des médecins.

Louise le voit hésiter et ajoute d'un air impératif :

– Pyth ! Ils vont voir qu'on a le sang rouge ; il y a des gardiens partout. On reviendra plus tard !

– Ok.

– Viens par là, on ne peut plus retourner dans les coulisses.

Elle l'entraîne vers une échelle dont ils descendent les barreaux sur une dizaine de mètres, jusqu'à atterrir sous la scène.

Louise connaît le chemin et slalome à travers une forêt de pylônes et de câbles. Elle récupère son sac derrière un important groupement métallique et en tire deux fioles d'orange bleue.

– Ne t'inquiète pas, j'en ai pris plein d'autres dans les loges.

Elle charge son sac sur ses épaules et accuse le coup sous son poids.

– Louise ! demande Pythagore, étonné, qu'est-ce qu'il y a dans ton sac ? On dirait que ça pèse une tonne…

– Mes livres, je suis passée les récupérer… Et un autre truc, ajoute-t-elle en souriant.

Au même moment, la musique s'arrête.

Les spectateurs crient, applaudissent, lancent des bravos.

La voix d'Aurelian s'élance juste au-dessus d'eux. Il remercie la foule et annonce que le prochain morceau est nommé « Erivan », en l'honneur de la fille qui lui a inspiré cette mélodie, une nuit où il la croyait perdue.

La foule applaudit à nouveau.

Le cœur de Pythagore se serre.

Il lutte pour se rappeler que c'est Foresta qui est venue le voir dans la loge ; qu'elle n'a pas retiré sa main ; qu'elle lui a rendu son baiser ; qu'elle lui a souri avant d'ajouter « Je reviens ».

Tout au bout de la scène, Louise s'arrête devant de grands cubes qui s'ouvrent et se ferment en laissant échapper des lucioles.

– Qu'est-ce que c'est ? demande Pythagore.

– … cubes à… aisceaux…

– Quoi ? répète-t-il plus fort.

– Des… cubes à… faisceaux !

À l'intérieur des cubes, les panneaux pivotants sont faits de miroirs qui éclairent le concert par des trous pratiqués sous la scène.

Louise et Pyth se faufilent dans l'un des habitacles ; leurs reflets les entourent de toutes parts – celui de

Louise, hirsute, chargé de son énorme sac, celui de Pythagore, toujours en manteau de géographe, non moins hirsute, avec l'air de s'être pris un ouragan dans la figure.

Ils boivent chacun une fiole de concentré.

Les peptines leur caressent l'esprit ; ils ont l'impression de plonger dans un bain d'oxygène.

Portés par les notes aquatiques de la mélodie « Erivan », ils traversent une nouvelle fois l'angle mort.

21

Page 557

Pythagore aimerait ouvrir les yeux mais ses paupières sont collées.

Son corps est lourd. Une sirène stridente résonne dans sa tête. Il se rendort.

La sirène est de plus en plus forte. Au prix d'un effort surhumain, il ouvre un œil. Tout est flou : le drap, les plis de l'oreiller.

Il dort par terre dans… la chambre de Louise.

Leurs affaires sont posées n'importe comment, sur la porte du placard, sous la chaise renversée sur le sol.

Il faut éteindre le réveil.

Mais pour ça, il faut ouvrir l'autre œil, grimper sur le lit de Louise, tendre le bras…

Il s'exécute.

Son cerveau se remet en route en grinçant.

Dans un magma confus d'images de tempête, de filins d'asphalt, de manteaux de bucq, de groupe de musique, de gradins et de plage, Pythagore se souvient de sa soirée de la veille – l'Empoing, la fête de l'Empoing. Il se souvient d'avoir embrassé Foresta ; d'avoir quitté la fête avec Louise.

Ils ont traversé l'angle mort…

Ils sont arrivés dans une rue, juste derrière l'hôpital des Chartreux.

Il saignait du nez… avec un terrible mal de tête…

Louise a parlé d'un trop-plein de vibrations et lui a proposé de boire une autre fiole de peptine.

Et c'est là que les choses ont commencé à se gâter.

∞

Les six petites fioles bien empaquetées qu'elle avait récupérées dans les loges ne contenaient pas de peptine.

Pyth en avait avalé trois gorgées d'un coup et, de surprise, avait presque tout recraché.

Ce n'était pas du concentré d'orange bleue. C'était même l'opposé.

Le liquide était bleu, mais chaud ; il n'avait rien d'aérien, ni d'oxygénant, ni d'ascensionnel : c'était de l'alcool – le plus fort que Pythagore ait jamais goûté.

De l'alcool…

Pythagore s'est souvenu de la discussion des deux gardiens devant sa loge. « À propos de boire quelque chose, tu sais que Marvallan a remplacé le concentré des aspirants par de l'alcool de bourgeon d'Abysse ? »

Et Pythagore a compris que Louise s'était fait avoir.

Il s'est écrié :

– Non ! Louise ! Tu t'es trompée de…

Il aurait voulu manifester sa contrariété mais, au lieu de ça, il a éclaté de rire : sa voix était perchée dans les aigus ! – comme après avoir avalé l'hélium des ballons à gaz de l'anniversaire de Laure Gantier, en cinquième.

Pythagore s'est calmé une seconde, puis il a réessayé de parler : même voix, même fou rire.

L'alcool de bourgeon d'Abysse avait pour effet de modifier la voix.

Déjà hilare, Louise a pris la fiole pour faire l'expérience à son tour – même réaction ; tous les deux se sont trouvés secoués d'un rire inextinguible.

Ils ont ouvert les autres fioles, les ont goûtées, une à une : rien que de l'alcool, chaud et puissant. À force de goûter, de regoûter, de parler et de s'imiter, leur hilarité est devenue comme un petit moteur indépendant. L'alcool et les secousses de rires leur faisaient tourner la tête ; et chaque fois que leurs voix redevenaient normales, ils reprenaient une gorgée de spiritueux pour en raviver les effets.

∞

À partir de là, Pyth n'a plus que des bribes d'images en tête.

Il se souvient qu'ils ont passé un certain temps sur le parking de l'hôpital… qu'ils ont fait le tour du bâtiment où est située la chambre de son père… Bien plus tard, il se revoit dans l'escalier qui mène à la rue du Vieux-Colombier…

Puis ils se sont assis sur les marches de l'église Saint-Hilaire.

Il se souvient d'avoir parlé de Foresta ; d'avoir avoué à Louise qu'ils s'étaient embrassés ; en retour, Louise a avoué à Pythagore que Thibault-Tanneguy ne lui déplaisait pas…

∞

Pythagore balaie la pièce du regard ; s'échappant du sac de Louise tel un serpent de son panier, un filin d'asphalt repose tranquillement sur le sol.

Pyth comprend pourquoi le sac de Louise semblait peser si lourd.

Il rampe jusqu'au câble. Le métal est frais ; ses reflets cuivrés s'agitent tout doucement.

Ont-ils utilisé le filin d'asphalt à Loiret-en-Retz ?

Il cherche dans sa mémoire, mais le bruit de la cloche qui sonne le ramène au présent.

Pythagore regarde l'heure sur le téléphone de Louise. 10 h 30. Ils ont déjà raté deux cours. Il se penche vers son amie et la secoue.

– Louise… Louise…

Elle fait des « mmmh » sans bouger.

– Louise ! Il faut aller en cours… Réveille-toi !

Pythagore se lève ; s'habille.

Son jean noir est troué, plein de terre et de sable ; son tee-shirt n'est pas en meilleur état.

Il entend les petits qui sortent pour la récré dans une explosion de rires et de cris.

Louise ouvre un œil, les cheveux dans la figure. Elle regarde l'heure sur son réveil ; puis se lève comme un automate et va s'enfermer dans la salle de bain.

Pythagore tape sur son pantalon pour en faire tomber la terre ; tire sur son tee-shirt. Il ne sait même pas quel est le cours, le mardi, à 10 h 30 ; il n'a pas eu le temps de se familiariser avec son emploi du temps, depuis la rentrée. Il rassemble ses affaires, puis se fige en découvrant que M. Markarian est accoudé à la fenêtre et qu'il le fixe d'un air sévère depuis le jardinet.

– 6 heures du matin pour la fête des Pêcheurs, je veux bien… 6 heures du matin, en plein milieu de la semaine… je comprends moins, fils.

– …

– Ta mère a appelé, ce matin. Elle s'inquiétait.

– …

– Je lui ai dit que tu avais passé la nuit ici…

– Merci.

– Pour toi, tu vois de ton côté, c'est ta vie, je ne suis pas ton père. Mais, à partir de ce soir, Louise ne sort plus de la maison après le dîner.

∞

Louise et Pythagore montent l'escalier pour aller en cours d'histoire. Mme Victor est connue pour lire ses notes sans lever le nez de ses feuilles, ils vont pouvoir finir leur nuit.

Ils s'installent au dernier rang. Il n'y a que peu d'élèves dans la classe, dont Lucie Bonneton et Anne Pastoureau qui préparent leur exposé.

Louise se renfonce dans le coin. Pythagore met la tête dans ses bras et feint de dormir.

Le reste de la classe fait son entrée. Les élèves sont concentrés sur leurs petites affaires. Même Maxence Vidal-Daguerre les ignore.

La cloche sonne à nouveau.

Mme Victor entre et soupire en voyant le tableau qui n'a pas été effacé ; elle demande à un élève du premier rang de s'en charger.

Elle s'installe, fait l'appel.

Le cœur de Pythagore se serre lorsque le nom « Erivan, Foresta » résonne dans la classe.

La prof se relève pour écrire en énorme au tableau « Les Européens dans le peuplement de la terre », puis entreprend de lire des notes soporifiques.

Au début, tout est normal. Certains élèves écrivent, d'autres discutent tout bas, d'autres encore écoutent de la musique en cachant le fil des écouteurs dans leur manche.

Mais, au moment où Mme Victor énonce la phrase « L'identité citoyenne qui, déjà à l'époque, était essentielle à tout un chacun », quelqu'un éclate de rire.

Mme Victor relève la tête. C'est Amel Dali qui a rigolé ; elle enfouit son visage dans ses mains pour se contenir.

La prof reprend sa lecture.

Amel attrape son téléphone et tape un message.

Un autre rire fuse dans la classe. C'est Justin Callaux ; il branche ses écouteurs, puis tape à son tour un message, ce qui déclenche le fou rire de Lucie Bonneton ; qui, elle-même, fait passer son téléphone aux trois filles autour d'elle. Lesquelles mettent les écouteurs et éclatent de rire. L'information se diffuse jusqu'à ce qu'une vague d'euphorie agite toute la classe.

Régulièrement, les uns et les autres se retournent vers Louise et Pythagore. Louise dort franchement, mais Pyth sent que quelque chose n'est pas normal.

Deux rangs plus loin, Nicolas Frangin se redresse sur sa chaise et lui envoie une petite boulette de papier, à l'ancienne.

« Tu reçois pas mes textos ou quoi ? »

Pythagore lui répond en chuchotant fort :

– J'ai perdu mon téléphone.

Nicolas attend que la prof se dirige vers le tableau, puis se glisse jusqu'à la table de Pythagore ; il s'accroupit, lui tend son téléphone et active une vidéo qui ne dure pas plus de cinq secondes.

C'est la nuit. Pythagore et Louise sont devant l'église Saint-Hilaire. Pythagore ouvre la bouche et parle avec une voix boostée à l'hélium : « J'aime la géographie ! » ; Louise ajoute d'une voix tout aussi suraiguë : « J'aime la géométrie, aussi. » Ils ricanent comme des marionnettes accélérées, en secouant les épaules ; Louise termine en faisant le V de la victoire.

Quand Pyth relève la tête, la plupart des visages sont tournés vers lui ; certains pouffent, d'autres lui font des pouces levés, l'air de dire : « Super, vos distractions, la nuit ! »

Pythagore sourit dignement ; il prend une profonde inspiration, puis repose sa tête sur l'oreiller de ses bras croisés.

∞

Comme d'habitude, le cours de maths est un supplice.

Il se sent fragile quand sa mère est ainsi exposée sur l'estrade. Vers la fin du cours, elle s'arrête en plein milieu d'un corrigé et s'absorbe tout entière dans la contemplation d'un coin de son bureau.

– Madame ! Hé… madame ! On est là ! dit une des copines de Lucie Bonneton.

La mère de Pyth sursaute, comme si elle venait juste de découvrir la présence de toutes ces têtes dans la classe.

– Et c'est la raison pour laquelle… nous réviserons… les vecteurs avant de passer à la suite.

Après le cours, elle retient Pythagore un instant.

– Pythagore…

– Oui ?

– Tu as dormi au lycée, cette nuit ?

– Oui… Pourquoi ?

Sa mère reste silencieuse. Elle réfléchit.

– L'hôpital m'a appelée…

– Oui ?

– Quelqu'un est entré dans la chambre de ton père.

Pythagore pense immédiatement à Gautier.

– Ce qu'il y a de vraiment bizarre, c'est que cette personne a cassé la fenêtre.

– Ah bon ?

Pythagore est sincèrement intrigué – choqué même – quand, tout à coup, un souvenir vient taper au carreau de son front.

Un verre de fenêtre qui se brise dans la nuit.

Sa mère ajoute :

– Ce qui est bizarre… c'est que la fenêtre… a été brisée de l'extérieur… Ils ont compris ça à cause des débris.

Pyth a le souvenir de sa main cherchant comment ouvrir la fenêtre.

– Il est quand même au quatrième étage, poursuit sa mère. C'est insensé comme histoire !

Elle essaie de se figurer la scène ; écarquille les yeux. Pyth écarquille aussi les siens, mais pas pour la même raison.

Il se revoit, accroupi avec Louise, au pied du bâtiment ; ils sont en train de planter quelque chose de brillant et de cuivré dans le sol ; puis ils posent leurs pieds sur les rebords de pierre ; s'agrippent fermement à leur câble de métal ; se hissent ; rigolent ; s'appuient à d'autres rambardes ; regardent par les fenêtres ; repèrent celle du père de Pythagore…

Pyth est entré par effraction dans la chambre de son père en escaladant la paroi du bâtiment à l'aide d'un filin d'asphalt.

… !

Son cœur bat fort.

– Je vais y aller, ajoute sa mère, ils m'ont demandé de passer, pour les assurances… parce que… parce que l'intrus a déchiré sa perfusion.

– Quoi !?

Pythagore cesse de respirer : pourquoi aurait-il détérioré la perfusion de son père ?

– Oui. Apparemment, l'intrus a fait un trou dans la poche.

Un trou dans la perfusion ?

Et soudain, tout lui revient.

Ce n'est pas qu'ils ont déchiré la perfusion ; c'est qu'ils ont voulu mettre quelque chose dedans.

Pendant qu'ils étaient dans la chambre, Louise avait retrouvé dans l'une de ses nombreuses poches une fiole de concentré d'orange bleue que les infirmiers du dispensaire lui avaient donnée après sa sortie du terrain – il en restait un petit fond ; bêtement, Pythagore a pensé que les peptines pourraient aider son père à se réveiller.

∞

Installés au soleil dans la cour des Prophètes, Louise et Pythagore font le bilan de leur soirée de la veille.

Pyth raconte à Louise qu'il a sans doute assisté à l'arrestation du commandant Baar. Elle lui explique ce qu'elle a découvert de son côté :

– Tu te souviens, dans les coulisses, avant l'Empoing, on a vu des aspirants aux yeux bandés ?

– Oui…

– Une heure avant la bataille, le commandant a gardé ses aspirants dans sa loge et leur a fait faire des exercices de respiration à l'aveugle. Tu as vu les caisses que transportaient les gardiens ?

– Oui.

– Il y avait des têtes de femmes dedans. Des têtes de femmes sublittorales.

– Quoi… ?

– Le commandant a ouvert les caisses avant la bataille et il a bandé les yeux de ses aspirants pour qu'ils fassent leur échauffement dans l'odeur des têtes.

– Il est… complètement fou…

– C'était pour qu'ils soient plus téméraires, plus forts… C'est pour ça que les gardiens ont voulu faire des prises de sang à tout le monde : pour voir qui avait été favorisé… ou pas.

Pythagore a du mal à concevoir que la bataille de l'Empoing se soit déroulée la veille ; qu'il y ait participé ; qu'il l'ait remportée. Les images sont à la fois très vivaces, ancrées dans sa chair et légèrement délavées, comme si elles dataient d'un autre temps.

Il se demande quand Foresta va venir les retrouver.

∞

Au même moment, Louise reçoit un message sur son téléphone et sursaute.

– Pyth !

– Quoi ?

– Regarde ce que je viens de recevoir… de la part d'un numéro que je ne connais pas…

Elle lui tend son téléphone et Pythagore découvre les photos du livre *Secret constitutionnel n° 3*.

M. Gérôme a tenu sa promesse.

Avec tout ce qui leur est arrivé depuis que Jordanie Serra lui a rendu son sweat à capuche, Pythagore n'a pas eu le temps de raconter à Louise son entrevue avec M. Gérôme.

Il lui résume leur conversation et l'intervention du monsieur de la Société d'optique quantique.

Louise reste interdite.

– Tu crois que ça a un rapport… avec ton père… ?

– J'y ai réfléchi mais… Je ne vois pas quel « rapport » il pourrait y avoir.

– Bah si… quand même… La Société d'optique quantique voulait financer ton père…

– Oui…

– Et… les chercheurs en physique quantique sont les premiers à avoir osé envisager scientifiquement la possibilité de mondes parallèles…

Louise sort de son sac un des livres qu'elle a volés dans la grande librairie de Loiret-en-Retz : *La Physique quantique pour les nuls.* Elle le feuillette, puis se met à lire tout haut :

> À force de scruter l'univers à des distances et des âges toujours plus lointains, les scientifiques sont confrontés à une véritable énigme : il manque 85 % de la matière qui devrait, selon leurs calculs, être présente autour de nous mais qui reste invisible.

Louise relève la tête vers Pythagore. Elle poursuit en lisant avec un doigt levé, comme pour mieux appuyer son propos.

> Certains physiciens n'hésitent plus à envisager l'existence d'autres univers nichés dans des dimensions invisibles. C'est ce qu'explorent la théorie des cordes ou la théorie des univers en gravitation à boucle. Ces théories cherchent des clés qui permettraient d'accéder à des univers superposés – qu'on nomme aussi univers intriqués.

Troublé, Pythagore reste silencieux. Il fait défiler les photos du manuscrit envoyées par M. Gérôme et s'arrête sur une page – qui se situe sans doute vers la fin du livre puisqu'elle est annotée « p. 557 ». Il y est reproduit, des dizaines de fois, avec des dizaines d'écritures différentes, la même phrase suivie d'un paraphe à initiales, d'une date et d'une empreinte digitale de couleur bleue.

Au secret tenue mon existence, je demeure fidèle à l'ordre et aux mystères du monde M.P. – 1969

Au secret tenue mon existence, je demeure fidèle à l'ordre et aux mystères du monde F.F. – 1982

Au secret tenue mon existence, je demeure fidèle à l'ordre et aux mystères du monde U.M. – 1999

Au secret tenue mon existence, je demeure fidèle à l'ordre et aux mystères du monde Z.H. – 2005

Au secret tenue mon existence, je demeure fidèle à l'ordre et aux mystères du monde A.A. – 2010

…

– C'était quoi le projet *Starpoint*, exactement ? relance Louise.

Pyth se laisse traverser par les mots qui formaient la devise du projet *Starpoint* : « Du point à l'étoile, de l'étoile au point, l'infini résonne au cœur de l'atome. » Il revoit son père expliquer son métier devant sa classe de cinquième en parlant des minuscules vibrations qui forment la matière. Il repense à l'infiniment grand, à l'infiniment petit – « l'infini fait le tour et revient ». Il ne sait pas dans quel ordre ranger les mots pour répondre à Louise.

Finalement, il ne dit rien.

Il s'absorbe dans la contemplation de la photo de la page 557 et s'attarde sur les phrases manuscrites, les dates, les empreintes.

– Je crois que tous ces gens ont prêté serment… On dirait même qu'ils ont signé avec leur sang…

Louise se penche sur la photo pour mieux l'examiner ; elle zoome sur les paraphes et le dessin des empreintes. En observant la toute dernière ligne, elle marque un temps d'arrêt. À côté de la dernière paire d'initiales – « N.K. » – se trouve une empreinte digitale de couleur rouge.

– S'ils ont signé avec leur sang, dit-elle, ça voudrait dire que celui-là vient de notre monde…

Pythagore scrute à son tour : il constate qu'effectivement, l'empreinte au sang de la dernière ligne est rouge.

Au même moment, Maxence Vidal-Daguerre passe devant eux, avec deux amis ; ils imitent la voix suraiguë de Pythagore criant « J'aime la géographie ».

Pyth se contente de leur retourner un large sourire. Maxence lui fait un geste du menton qui signifie : « Quoi ? T'en veux encore ? » Puis il ajoute à voix haute, se paraphrasant lui-même :

– Quoi ? T'en veux encore ?

Pythagore trouve que le geste, sans la réplique, aurait eu plus d'impact.

∞

Après les cours, Pyth rentre immédiatement à la maison. Il a dans l'idée de fouiller le bureau de son père pour trouver quelque chose d'intéressant au sujet de la Société d'optique quantique.

À peine a-t-il ouvert la porte de l'appartement qu'il découvre sa mère assise, bien droite, sur le canapé du salon. Son visage est sévère.

– Je voudrais te parler de l'effraction dans la chambre d'hôpital.

Le cœur de Pythagore fait un bond ; il s'imagine qu'une caméra de sécurité a peut-être enregistré leur raid.

– Je crois que, cette nuit, on a essayé d'assassiner ton père.

– …

– Je ne t'ai pas tout dit à propos de son agression, il y a trois ans.

– …

Sa mère ne l'a jamais directement entretenu de ses théories du complot, mais il l'a suffisamment entendue en parler à d'autres pour savoir ce qu'elle va lui dire.

– Je pense que ton père a été agressé parce que quelqu'un voulait l'empêcher d'aller au bout de ses recherches.

– …

– À l'époque, je l'ai dit à la police… et à certains de ses anciens collègues du CNRS.

– Et… qu'est-ce qu'ils ont répondu ?

Sa mère laisse passer un temps.

– Ils m'ont écoutée…

– …

– J'ai beaucoup réfléchi, aujourd'hui ; je pense que je vais retourner voir la police.

– Maman… tu es sûre ?

Il se sent coupable – coupable de l'avoir inquiétée avec son équipée nocturne mais, surtout, coupable d'avoir laissé grandir son désarroi pendant ces trois dernières années ; coupable de n'avoir pas su l'écouter.

Il ne veut pas qu'elle se ridiculise devant la police. Il voudrait la protéger et lui dire la vérité.

Mais au lieu de la réconforter, il pose la pire des questions, au pire des moments :

– Maman, on a des dettes ?

Sa mère ouvre les yeux, comme un animal qu'on surprendrait durant sa toilette intime.

– Ton père et ses collègues canadiens avaient emprunté pas mal d'argent pour financer leur projet… Un investisseur était venu leur prêter main-forte mais, quand ton père a eu son accident, il s'est retiré. Et, malheureusement, c'est ton père qui était garant du projet. C'est pour ça que…

Sa mère baisse les yeux et ajoute, pudiquement :

– … que je travaille un peu le week-end, aussi.

Pythagore a une énorme boule dans la gorge ; les mots sortent avec difficulté :

– Mais… pourquoi tu ne m'en as pas parlé ?

– Tu es un enfant…

– Je ne suis pas un enfant, répond-il aussitôt d'une voix nerveuse.

Il ajoute :

– L'investisseur qui s'est retiré, c'est la Société d'optique quantique ?

– Oui ! Pourquoi ? demande sa mère, de nouveau pleine d'inquiétude.

– Pour rien…

∞

Pythagore furète dans les tiroirs et les dossiers du bureau de son père. Parmi les magazines, il trouve *Les Étoiles de la science*, le dernier à avoir édité un article de Lucien Luchon. Pyth en reconnaît la couverture brillante et un peu tape-à-l'œil ; il l'avait longuement observée à l'époque, parce qu'elle changeait des journaux spécialisés où son père publiait ordinairement ses recherches.

Sur la première page de l'article, un encart présente le professeur Luchon :

Lucien Luchon, ex-chercheur au CNRS et cocréateur du projet franco-canadien *Starpoint*, explique comment l'infini résonne en nous, au cœur de l'atome…

L'article fait dix pages.

Pythagore survole les trois premières, puis s'arrête sur la quatrième où figure un autre encadré, en caractères gras. Les mots « matière supramentale » retiennent son attention. Il se souvient que Gautier les avait utilisés.

Matière supramentale : tout comme le son et la lumière, la pensée est constituée d'ondes qui se propagent en forme spirale de vortex. La physique quantique permet de mettre en évidence un champ psychique au pouvoir structurant, très proche de la définition de la conscience. Le projet *Starpoint* s'intéresse aux différentes fréquences vibratoires de la pensée et à leurs interactions avec la perception du monde.

Pyth répète tout haut :

– Fréquences vibratoires de la pensée… Ses interactions avec la perception du monde…

Un peu plus loin, pour clore le dossier, un dernier encadré est mis en évidence. C'est la fameuse citation que son père utilisait au début de ses conférences :

« Aucun point n'est plus important que celui-ci. Le vide n'est pas vide. Il est le siège de la physique la plus violente. » John Archibald Wheeler.

Pythagore regarde les photos qui montrent son père avec les cofondateurs du projet *Starpoint :* J. Harlow, N. Kharan.

Il a envie de parler à quelqu'un qui aurait connu son père. Quelqu'un qui aurait connu son père et qui ne serait pas sa mère.

∞

De retour dans sa chambre, il tape le premier nom dans la barre de recherche Google.

Il y a des tas de J. Harlow, sur Facebook, LinkedIn… Il fait défiler les informations ; précise sa recherche :

« J. Harlow, *Starpoint*, France, Canada, chercheur ».

J. Harlow, « *co-founder of the* Starpoint *project* »… Cursus universitaire ; articles ; cours donnés à l'université de physique de Toronto ; quelques photos de lui mélangées à d'autres J. Harlow…

Et puis un article d'un site scientifique canadien :

> Physician John Harlow, 51, has been killed in a taxi crash on the New Jersey Turnpike along with his wife Mary-Alice, 48. The pair were not wearing seatbelts and were ejected from the vehicle when their driver lost control and hit the guard rail. Police have said that they don't expect the driver of the taxi to be charged – he survived with non-life threatening injuries.

Pythagore n'est pas bilingue, mais il comprend que John Harlow est mort dans un accident de taxi trois ans plus tôt.

Est-ce une coïncidence ? Trois ans…

Un accident de taxi… Le chauffeur s'en est sorti indemne…

Qui pourrait soupçonner un accident de taxi… ?

Qui pourrait soupçonner un vol à l'arraché qui tourne mal… ?

Il tape le second nom : « N. Kharan, *Starpoint* ». Il n'en trouve qu'un seul ; il possède sa propre page Wikipédia ; il a reçu la médaille de l'ACP-Triumph à 41 ans.

> L'Association canadienne des physiciens et physiciennes (ACP) est fière d'annoncer que la médaille de l'ACP-Triumph est décernée à Nessim Kharan, université de Montréal, pour ses avancées originales sur la compréhension de la transmission des données entre particules subatomiques.

Pythagore lit rapidement une interview…

> « C'est pour moi un grand honneur d'être reconnu par la médaille de l'ACP-Triumph et un précieux témoignage de reconnaissance pour l'équipe de chercheurs talentueux avec lesquels j'ai le plaisir de travailler. »

Puis il découvre que le professeur Nessim Kharan possède une page Facebook.

∞

Pythagore met un certain temps à rédiger son message. Il écrit, efface, réécrit, puis il arrive à cette version finale :

> Bonjour, je suis le fils de Lucien Luchon. Mon père est actuellement à l'hôpital – dans le coma depuis trois ans. J'aimerais beaucoup parler avec quelqu'un qui l'aurait connu. Pouvons-nous communiquer ? Pythagore Luchon

22

Une araignée bien placée

Depuis une semaine, Pythagore passe toutes ses soirées seul.

Sa mère a décidé de dormir à l'hôpital pour protéger son mari d'une éventuelle agression. Elle a fait installer un petit lit à côté du sien. Ce n'est pas très réglementaire, mais l'équipe du personnel soignant ferme les yeux parce qu'ils la connaissent bien et parce qu'ils ne sont pas très à l'aise avec cette histoire d'intrusion.

Elle rentre à la maison pour préparer le dîner, puis repart discrètement, avec quelques effets personnels.

Louise est cantonnée au lycée ; son père lui impose des horaires militaires.

Quant à ses autres amis, Pythagore n'a pas envie de les voir. Il n'a pas la force d'écouter les blagues de Nicolas Frangin ni l'envie de regarder fleurir de doux rêves sur le visage d'Hossein Zamani.

Il dessine pendant des heures des cartes de l'autre monde, des instruments de géographe, des schémas recopiés dans le livre de Foresta. Il tapisse les murs de sa chambre de papiers-calque, sur lesquels il trace les contours des pays d'Archéanie, d'Euménie, d'Abjarnik, d'Abyssie, du Gaoyan. Il chérit particulièrement les contours des fjords d'Abjarnik, parce que c'est non loin de ses terres – Erin, Kajbard, Svonberg, Blüed-Erye – que se trouve la minuscule île nommée Foresta, à proximité de laquelle son amie a émergé du courant.

Pyth s'oblige à aller aux entraînements de saut à la perche parce que l'effort physique lui vide la tête, mais le reste du temps il ne pense qu'à Foresta. Il regarde le dessin de son île pendant des heures, comme s'il s'agissait de son portrait.

Il ne comprend pas pourquoi elle n'est pas revenue les voir. Repenser à leur baiser dans la loge lui fait physiquement du mal – mal au ventre, mal dans la poitrine, mal à la tête. Il a perdu l'appétit. Il doit lutter pour ne pas se laisser envahir de détails – la souplesse de sa taille, la fermeté de son cou, de ses lèvres, la douceur de ses cheveux, de ses pommettes, le souffle de sa respiration dans le creux de son oreille.

La nuit, cette lutte est perdue d'avance.

∞

Et ce matin, comme tous les matins, Pythagore vérifie si le professeur Kharan a répondu à son message.

Pas de réponse.

Il est déçu mais ne perd pas espoir ; il sait que les gens de l'âge du professeur ne passent pas leur temps sur Facebook – le dernier *post* de son mur date du mois d'août.

Pythagore s'habille ; déambule dans l'appartement ; il a laissé les fenêtres ouvertes pendant la nuit. Il n'allume ni la cuisine ni le salon ; il préfère la semi-pénombre que confère l'éclairage indirect des lampadaires, dans la rue. Il se laisse visiter par les courants d'air.

Il sort de chez lui sans petit-déjeuner.

Comme quinze jours plus tôt, le matin de la fête des Pêcheurs, il remonte la rue de l'Ouest – les bancs, les arbres, le café du monsieur qui adore lui dire bonjour.

– Bonjour Pythagore !

Pyth sourit, lève une main.

Il tourne au coin de la rue Saint-Placide ; regarde son reflet dans les vitres teintées de la clinique dentaire.

À l'arrêt de bus, les gens ne l'inspirent pas. Ils sont assis sans grâce, les yeux dans le vague, l'air constipé. Il n'a pas envie de faire partie de leur espace ; il préfère aller à pied au lycée. Il place ses écouteurs sur ses oreilles et s'abandonne à une chanson des années 1970 qui demande à ce qu'on laisse entrer le soleil.

∞

Pythagore regarde la foule des élèves devant le lycée : ceux qui fument ; ceux qui téléphonent ; ceux qui font des blagues ; ceux qui ont besoin d'attention ; ceux qui disent que tel truc est « nul » d'un ton définitif.

Pourrait-il être un jeune normal ? Léger, capable d'arrogance ?

Il n'est jamais léger. Il traîne en permanence un vieux fonds de soucis ; un poids, à l'arrière de la tête.

Il est lourd de ces trois dernières années, lourd de son corps trop long qui a grandi sans qu'on le regarde vraiment pousser.

Nicolas Frangin s'approche de lui, une cigarette à la bouche.

– Ça va, mec ? Toujours pas de portable ?

Pythagore fait non de la tête.

– Trop relou…

Pyth acquiesce ; s'adosse au mur du lycée.

De loin, il regarde Maxence. À ses gestes, il comprend qu'il est encore en train de raconter la scène de leur bagarre. Il mime les coups, la maîtrise de sa gestuelle ; il parle si fort que Pyth peut tout entendre.

– Il a voulu me prendre ma meuf ! Faut assumer…

Pythagore a envie de lui hurler qu'il est grand temps de passer à autre chose ; qu'il n'a pas voulu « prendre sa meuf » mais que c'est elle qui s'est jetée dans ses bras ; que « sa meuf » n'arrive pas à la cheville de celle qui occupe ses pensées.

Maxence lui envoie encore son fameux geste du menton.

Soudain, Pythagore décide d'avancer calmement vers le groupe.

∞

– Oooh ! Luchon ! On s'est fait pousser des couilles pendant la nuit ?

Maxence a beuglé mais Pythagore garde le silence. Il le regarde fixement comme s'il essayait de voir quelque chose dans la coulisse de son spectacle – et c'est d'une voix presque intime qu'il réplique :

– Pourquoi tu fais ça ?

Maxence porte la main à son oreille pour montrer qu'il n'a pas entendu.

– Quoi ? crie-t-il.

Pythagore répète tout bas :

– Pourquoi tu fais ça ?

Maxence est déstabilisé par l'attitude de Pythagore. Il se demande s'il n'y a pas une arnaque ; s'il doit répondre quelque chose de drôle.

– Pourquoi je fais quoi ? déclare-t-il finalement, en donnant un nouveau coup de menton.

– Pourquoi tu compliques la vie ? poursuit Pythagore d'une voix basse.

– Quoi… C'est moi qui complique la vie ?

Il se frappe le torse, comme dans les films américains.

– C'est moi qui complique la vie ! Ça veut dire quoi ?

Maxence ajoute des « T'es con ? » et pousse Pythagore du bout des doigts, juste pour le provoquer ; il est entouré de sa bande et n'a pas peur de renchérir :

– Ça t'a pas suffi la dernière fois ?

Soudain, Pyth pense à Thibault-Tanneguy de Montmorency-Laval et à combien la vie serait simple si tout le monde s'exprimait avec la même courtoisie.

Presque sans élan, d'un mouvement net et sec, il se penche vers Maxence Vidal-Daguerre et lui assène un coup de tête.

Maxence lâche un cri de douleur en portant les mains à son nez.

Pythagore l'achève d'une claque sur l'oreille.

Un des quatre autres veut riposter aussitôt ; il ramasse son casque de scooter ; prend son élan, mais perd du temps à se composer une mimique agressive.

Pythagore s'exécute à nouveau – coup de tête ; claque sur l'oreille.

Par un retour de mouvement, il récupère le casque et, dans un style très « Foresta Erivan » – du bas vers le haut, un peu en diagonale –, il cogne la tempe d'un troisième, qui lâche un cri.

Aussitôt, les deux derniers s'écartent et se fondent dans les groupes.

∞

La classe est remuée.

Pythagore aussi.

Maxence Vidal-Daguerre pénètre dans la salle avec une impatience de buffle et l'air de dire « Même pas mal ». Il fixe Pythagore et se passe le doigt sur la gorge d'une façon menaçante.

Pyth se force à sourire ; mais ses mâchoires se serrent et se desserrent très vite.

Les coups l'ont exalté. Tout ce qu'il a contenu de déception et de tristesse, depuis ces derniers jours, ne demande qu'à surgir. Il ne peut plus accepter d'avoir foulé cette autre Terre, d'avoir connu cet autre monde, d'avoir partagé la vie d'une Foresta Erivan – de l'avoir tenue dans ses bras, d'avoir collé son corps au sien, de l'avoir embrassée –, et de se résigner à partager l'horizon minable de Maxence Vidal-Daguerre.

Il a gagné la bataille de l'Empoing, est-ce que ça ne devrait pas compter ?

Il a l'impression d'être en cage dans la petite enceinte que forment la chaise et son bureau.

∞

Louise pénètre dans la salle en même temps que la prof. Elle s'installe à côté de Pyth, sort sa trousse, ses affaires, son téléphone, qu'elle laisse connecté sur la page Facebook de Pythagore depuis qu'il a envoyé un message au professeur Kharan – car elle-même n'a jamais eu de page Facebook.

Elle se penche vers lui et chuchote :

– Je suis passée voir M. Gérôme pour déposer le certificat médical de Foresta.

Pythagore sait très bien qu'il s'agit d'un faux puisqu'ils l'ont fait eux-mêmes sur Photoshop – tout comme l'intégralité du dossier expliquant pourquoi Foresta Erivan est absente depuis plus d'une semaine –, mais le fait d'entendre son nom lui enfonce un couteau dans le cœur.

– *Good morning !* dit Mme Oliver.

– *Good morning*, répondent les élèves du premier rang.

La prof vérifie que tout le monde est bien là, puis referme la porte.

Soudain, Pythagore a un mouvement de panique. Il ne tiendra pas assis pendant toute la durée du cours. Il a envie de pleurer de nervosité ; il a les mains qui tremblent.

– *Could you please open you book page fifteen ?*

Il se penche vers son sac pour attraper son livre et ne veut plus se redresser ; il est bien sous la table – à hauteur de pied. Il inspire, expire ; inspire, expire.

Louise l'attrape vigoureusement par le bras.

– Pyth ! Regarde, il a répondu…

Elle lui tend le téléphone.

Bonjour Pythagore, enchanté, je suis Sam, le fils de Nessim Kharan. Je suis moi qui s'occupe de faire le vie de page Facebook de mon père pour l'honneur de la mémoire de lui. Je suis triste de te dire la disparition de mon père de il y a trois ans déjà. La dernière fois que j'ai parlé à lui, il faisait de les observations de particules au Quantum Optical Laboratories. Malgré beaucoup du recherches, personne ne le sait quoi lui est arrivé... Je peux pas dire plus.

Je suis américain et je suis habité à New York mais je peux te parler de mon père si tu désires et aussi de ton père. Je le connu un peu. Je le aimais de beaucoup.

Yours sincerely.

Samuel Kharan.

Louise et Pythagore gardent les yeux rivés sur l'écran.

Tous deux ont lu que le professeur Nessim Kharan avait disparu ; tous deux ont lu le nom du laboratoire « Quantum Optical » et établi un rapprochement avec la Société d'optique quantique ; tous deux ont pensé que l'année de la disparition du professeur correspond à celle de l'agression de son père, mais c'est Louise qui porte l'estocade finale.

– Pyth… regarde…

Elle désigne le nom Nessim Kharan.

– Ses initiales N. K…

Pythagore recherche aussitôt la photo de la page 557 ; compare les dates… Le N.K. à l'empreinte digitale rouge a signé son allégeance au secret constitutionnel n° 3 la même année que celle où Nessim Kharan a disparu ; la même année que celle où J. Harlow est mort dans un accident de taxi ; la même année que celle où le père de Pythagore s'est fait agresser par des voleurs de téléphone.

S'agit-il d'une coïncidence ?

Ou serait-il possible que Nessim Kharan, cofondateur, avec son père, du projet *Starpoint*, fasse partie de la plus austère confrérie de l'autre Terre – celle des Garde-Fous ?

∞

Ils entendent un bruit de porte – quelqu'un vient d'entrer dans la classe. Le silence se fait, un silence qui n'est pas routinier.

Louise réagit la première et donne à Pyth un coup de coude.

– Pythagore ?

Il relève la tête et découvre que c'est sa mère qui se tient dans l'encadrement de la porte.

– J'ai besoin de parler à mon fils, dit-elle à Mme Oliver. Pythagore, mon grand, prends tes affaires et suis-moi.

En temps normal, Pythagore rougirait de honte – « mon fils », « mon grand », elle ne le désigne jamais de cette façon au lycée – mais, à cette seconde, il s'en fiche.

Il se lève, attrape son sac et quitte la classe.

Il s'imagine qu'elle va lui parler de la bagarre – les nouvelles vont vite au lycée –, mais sa mère le prend dans ses bras.

– L'hôpital a appelé, mon grand. Ton père… bouge… Il parle aussi… Il dort encore, mais il bouge et il parle dans son sommeil !

Elle le regarde, émue, bouleversée.

Elle voudrait qu'il s'enthousiasme, comme elle ; elle voudrait qu'il soit heureux comme un enfant de huit ans à un goûter d'anniversaire.

Mais il n'a pas huit ans et ils ne sont pas à un goûter d'anniversaire. « Dans son sommeil », ça veut dire que son père ne s'est pas encore réveillé.

∞

De nouvelles machines entourent le lit de Lucien Luchon. Des machines avec des courbes qui s'inscrivent sur des bandes de papier ; des machines qui font plus de bips que les précédentes. Il y a aussi une table à roulettes avec un moniteur. Un homme et deux femmes regardent les écrans. Pythagore reconnaît le docteur Louvel.

Il a l'impression de revenir des mois en arrière, quand son père venait juste d'arriver à l'hôpital et que les médecins croyaient qu'il allait se réveiller d'une minute à l'autre.

Il se sent tout petit.

Peut-être a-t-il huit ans finalement ? Peut-être sont-ils vraiment à un goûter d'anniversaire ?

Le docteur Louvel s'adresse à sa mère et sa voix ressemble à celle des commentateurs pendant la guerre, dans les documentaires en noir et blanc :

– Depuis la nuit de l'intrusion, nous avons enregistré une hausse significative de l'activité cérébrale de votre mari ; elle croît un peu plus chaque jour. C'est inexplicable, mais c'est ainsi.

La nuit de l'intrusion, Pythagore avait versé dans la perfusion de son père le quart d'une fiole de concentré d'orange bleue.

∞

Le père de Pyth vient de bouger.

Son visage s'est froissé avec une expression de sommeil ; sa main s'est agrippée au drap.

La mère de Pythagore se courbe sur le lit :

– Lucien ?

M. Luchon bouge à nouveau la tête vers la droite ; puis vers la gauche. Il fait se mouvoir ses épaules ; se réinstalle, comme un dormeur de grasse matinée qui change de position.

Les médecins forment un cercle autour du lit ; ils regardent les graphiques, les courbes, écoutent les bips.

Les yeux de Pythagore s'ouvrent grand.

Il respire à peine de peur de déranger les éléments qui président au miracle. Un infime sourire se dessine sur ses lèvres.

Il a une pensée pour Gautier et son instrument de mesure supramentale. Il se penche sous le lit, pour voir si l'enfant n'y est pas.

Il n'y est pas.

Les machines font d'autres bips. Les gens sont occupés. Pythagore recule contre le mur, y prend appui. Son cœur bat avec l'espoir ; la peur d'espérer ; l'espoir ; la peur d'espérer.

∞

Un autre médecin entre dans la pièce et reste en retrait.

Pythagore lève les yeux vers lui. Il est très jeune.

Les manches relevées de sa blouse révèlent, sur ses deux avant-bras, des tatouages de taille conséquente dont l'encre grasse ne ressemble pas à celle des tatouages que l'on croise dans les bars de Loiret-en-Retz.

Pythagore s'attarde plus précisément sur l'un d'entre eux : une belle araignée aux pattes ciselées qui recouvre le premier tiers de l'avant-bras.

Exactement la même que celle du lieutenant Abakan.

La surprise doit se lire sur le visage de Pythagore parce que le médecin lui demande d'une voix douce :

– Tu connais ce tatouage ?

Pythagore acquiesce.

– Tu sais qui est habilité à le porter ?

Pythagore fait non de la tête.

– Les infiltrés.

– …

– Nous servons les Garde-Fous dans l'ombre… Nous sommes très peu nombreux.

L'homme lui tend la main comme pour une présentation officielle. Pyth la sert mécaniquement.

Une coulée de plomb glisse lentement le long de ses voies respiratoires.

Dans la chambre de son père, l'activité médicale bat son plein, mais Pythagore est si perturbé qu'il n'en perçoit qu'un écho déformé.

La voix de sa mère appelle « Lucien ? Lucien ? » Les bips des machines rythment les informations que s'échangent les médecins – « Tension ? Optimale : 130/80 ».

L'homme poursuit son discours :

– Figure-toi que j'ai assisté à la confession d'un certain commandant et j'ai appris qu'une de ses aspirantes s'était échappée de son cabinet en brisant un miroir ; qu'elle était accompagnée d'un garçon capable de traverser le courant sans scaphandre ; et que ce garçon avait une petite amie au sang rouge. Tu es au courant de quelque chose ? demande-t-il en souriant.

Pendant que Pyth sent la terre se dérober sous ses pieds, une nouvelle silhouette fait son apparition dans l'embrasure de la porte :

– Alors… ? Ton père, il est réveillé ?

Pythagore reconnaît Gautier mais il est incapable de lui répondre.

– Bientôt, répond le médecin tatoué.

Il sourit à Gautier. Gautier lui sourit en retour, puis lance à la cantonade d'un air insolent :

– C'est dommage pour vous, hein ! C'est fini, maintenant, les petites siestes dans la chambre 403.

Pythagore se souvient de ce que Gautier avait dit au sujet des internes qui venaient faire la sieste dans la chambre de son père. Une sueur glacée lui parcourt l'épine dorsale : est-ce que son père était surveillé, comme le pensait sa mère ?

Gautier disparaît. L'homme attrape le poignet de Pythagore et y exerce une pression de fer ; il reprend le fil de la conversation, parlant bas et articulant à peine :

– J'aurais pu avoir pour mission de vous éliminer, toi et ta petite camarade de lycée ; mais nous avons tous nos petits tracas et je suis là pour passer un marché.

Pythagore avale sa salive et parvient à demander :

– Quel marché ?

– Ton père va se réveiller ; personne n'essaiera plus jamais de lui voler son portable.

À son regard appuyé, Pythagore comprend que le médecin tatoué n'est pas étranger à l'agression de son père.

– En échange, toi et ton amie vous allez venir travailler pour nous un petit moment – un bon petit moment.

Pythagore ne bouge pas.

– Nous avons une question diplomatique à régler avec un certain gang du Gaoyan – une question qui s'est encore compliquée depuis qu'un professeur de renom s'est enfui avec une réserve de sang rouge qu'elle n'aurait jamais dû être en mesure de se procurer. Il semblerait que nous ayons besoin d'agents capables de traverser le courant – sans scaphandre, j'entends.

Pythagore reste immobile ; dans son esprit s'entrechoquent la voix du médecin, les bruits de machines, la voix de sa mère.

– Si vous faites vos preuves… on pourra vous garder.

– Nous garder ? répète Pythagore d'une voix blanche.

L'homme acquiesce, sans donner d'autre explication ; puis ajoute :

– Si vous échouez… Si vous échouez, disons que la vie de l'aspirant Erivan s'en trouvera largement dégradée.

Les émotions de Pythagore se mélangent ; les battements de son cœur s'affolent et rythment un défilé d'images : son père, Nessim Kharan, Sam Kharan, le projet *Starpoint,* l'angle mort, Foresta, « Tu connais ce tatouage ? », les pommettes de Foresta, la voix de sa mère – « Lucien ? » –, Gautier, la vie de l'aspirant Erivan, « le vide n'est pas vide », « Tu sais qui est habilité à le porter ? »...

Pythagore ne devrait-il pas avoir peur ? Ne devrait-il pas être en colère ?

Il se tourne vers le médecin tatoué, lui tend une main aussi décidée que tremblante, puis répond d'une voix qu'il cherche à raffermir :

– J'accepte... le marché.

De tout ce qu'il vient d'entendre, Pythagore choisit de ne retenir que trois choses.

Sa mère n'est pas « une vieille pionne qui ne capte rien ».

Son père est en train de se réveiller.

Et lui va bientôt passer de l'autre côté.

À suivre.

Table

L'AVENTURE CONTINUE !

STARPOINT

Déjà en librairie

TOME 2
Le réveil des Adjinns

TOME 3
Le 13ème Pêcheur

Suivez toutes nos actualités jeunesse sur @anne.carriere.univers

VOUS ÊTES IMPATIENT DE CONNAÎTRE LA SUITE DES AVENTURES DE PYTHAGORE, FORESTA ET LOUISE ? DÉCOUVREZ DÈS À PRÉSENT LES PREMIÈRES PAGES DU TOME 2, *LE RÉVEIL DES ADJINNS*.

1

« Stimulation extérieure non identifiée »

– Papa ?

Lucien Luchon se redresse lentement sur un coude, puis sur l'autre.

Il ne s'agit plus d'un sursaut de sommeil ; cc sont des gestes nets, décidés, qui témoignent qu'une vraie volonté est revenue à l'intérieur de son corps.

Il ouvre les yeux.

Deux yeux bleus, clairs, presque translucides, que porte la longue lignée des Luchon aux yeux clairs : Émile, lunetier de son état ; Marcel, instituteur et président du club d'astrologie de Loiret-en-Retz ; Lucien, chercheur en physique quantique et cofondateur du projet *Starpoint* ; Pythagore, lycéen, dessinateur et perchiste.

Dans la pièce, médecins, internes, infirmières, tous sont suspendus à ce premier regard. La mère de Pythagore n'ose pas toucher son mari de peur de perturber son réveil. Il semblerait que même les machines se fassent plus discrètes.

Lucien Luchon plisse les yeux, balaie la pièce du regard comme s'il cherchait à reconnaître l'endroit où il se trouve, puis fixe le plafonnier dont la lumière crue inonde la chambre d'hôpital.

– Papa ?

– Lucien, mon chéri, nous sommes là, ajoute sa mère. Avec quelques difficultés dues à la torpeur de ses muscles,

Lucien repousse la couverture, puis s'extrait du lit.

Deux infirmières se ruent sur lui pour l'empêcher de se lever trop vite.

– Ne bougez pas... Allez-y doucement, lui dit le docteur Louvel. Vous êtes à l'hôpital, Lucien, vous venez de vous réveiller...

Celui-ci ne l'écoute pas ; il pose les pieds par terre, se dresse. Un aide-soignant chuchote :

– Il se lève ? C'est hallucinant... !

Retenu par sa perfusion, Lucien s'arrête, tend les bras, écarte les mains, les doigts, comme s'il cherchait à attraper quelque chose d'impalpable. Il ressemble aux enfants qui jouent avec la poussière dans un rai de soleil.

– Lucien ? Vous m'entendez ? insiste le médecin. Comme happé par de puissantes pensées, le père de

Pythagore ne répond pas. Il est insensible à la présence des autres. Ses yeux ne sont pas vides, au contraire ils fouillent la réalité avec curiosité et ferveur, mais de quelle réalité s'agit-il ? Que voit-il ? Qu'entend-il ? Pas la même chose que le reste de l'assistance, visiblement.

Personne n'est en mesure de saisir ce qui se passe dans sa tête, mais l'émotion qui émane de lui est si extraordinaire qu'elle se propage dans la pièce.

∞

Quelques heures plus tard, M. Luchon ne s'est toujours pas reconnecté à la réalité.

Pythagore est hagard, abruti par la fatigue et les avis de tous ceux qui sont passés par là. Le docteur Louvel est justement en train d'échanger avec un nouvel intervenant.

– Ça n'a pas de sens...

– Et Tartenson, qu'est-ce qu'il a dit ?

– La même chose...

– Vous avez des nouvelles du scan ?

– On l'a refait... On attend...

Le médecin sort son téléphone de sa blouse.

– Mais il n'y a pas de réseau, ici ?

Tout le personnel médical vérifie son portable. Les réponses se chevauchent :

– Ah, non... non... non.

– Bon, on recommence l'électro-encéphalogramme. Il y a forcément une erreur quelque part.

Pyth sort de la chambre et s'assied par terre, dans le couloir, à même le sol. Ses baskets crissent sur le lino. Il a besoin de se reconnecter avec quelque chose de familier. Il a dans les mains le téléphone de sa mère, qu'il utilise régulièrement depuis qu'il a perdu le sien dans l'autre monde, et s'apprête à envoyer un message à Louise lorsque...

Ding. Ding. Ding. Ding. Les sonneries de textos s'accumulent. Pyth y jette un coup d'œil : douze appels en absence et une dizaine de messages qui arrivent d'un coup, comme quand on sort d'un sous-sol où l'on ne captait rien. Trois d'entre eux sont de Louise.

Le premier date du milieu de la matinée :

> Bonjour Madame, c'est Louise, tout va bien pour Pythagore ?

Le deuxième a été envoyé à la pause déjeuner.

> Je suis désolée de vous déranger encore. Pouvez-vous dire à Pythagore qu'il me rappelle ?

Le troisième, il y a cinq minutes :

Est-ce que Pythagore va revenir en cours cet après-midi ?

Pyth commence à répondre :

Tout va bien...

Il s'arrête. Est-ce que tout va *vraiment* bien ? Il efface les mots.

Je suis à l'hôpital. Mon père s'est réveillé.

Il s'arrête à nouveau. Est-ce que son père s'est *vraiment* réveillé ? Il efface à nouveau.

Je suis à l'hôpital. Il se passe quelque chose avec mon père... Viens me voir quand tu peux.

Cela fait, Pyth ferme les yeux et laisse reposer sa tête contre le mur pour essayer de mettre de l'ordre dans ses idées.

∞

Il y a un peu plus d'un mois, c'était la rentrée scolaire. Foresta Erivan a fait son apparition au lycée. Tous les élèves ont été subjugués par son style, son air farouche, le compas de ses jambes fuselées, le dessin effilé de ses yeux, la hauteur de ses pommettes, le ton cuivré de ses cheveux rouges, l'épaisseur de son mystère. Et pourtant, c'est avec Louise Markarian, la fille la moins populaire de la classe, qu'elle s'est liée d'amitié.

Louise. *Sa* Louise ; celle qui, depuis huit ans, partage avec Pyth le fardeau ingrat de se coltiner un parent dans l'enceinte du lycée. Foresta leur a fait découvrir l'autre monde. Un monde superposé auquel on accède par l'angle mort des miroirs ; un monde peuplé d'hommes et de femmes au sang bleu, dont la géographie offre des terres d'un nouveau genre et dont l'accès est protégé par une organisation secrète appelée l'ordre des Garde-Fous.

Pythagore et Louise ont connu Eman, la capitale de la Galécie, et les terres de la Société de géographie. Grâce aux propriétés de leur sang rouge, ils ont pu traverser le courant phosphorescent et plonger dans les Territoires Denses sublittoraux. Pyth a sauvé Louise des griffes du commandant Baar qui assassinait des Dormeuses pour boire leur sang surpuissant. Ensemble, ils ont participé à la bataille de l'Empoing – le concours qui désigne le commandant de la Société de géographie – et l'ont remportée. Chaque nuit, Pyth peut entendre dans ses rêves l'écho magistral des spectateurs qui se sont massivement levés de leur siège pour acclamer son action.

Et, depuis deux semaines, plus rien.

Plus de Foresta, plus de monde superposé, plus de perspective héroïque.

De leurs aventures ne demeurent désormais que des bribes de souvenirs, aussi poignants que volatils, ainsi que quelques objets devenus obsolètes : des fioles de sang ultraviolet – mélange de sang sublittoral et de sang humain – que Foresta avait cachées dans la chambre de Louise et qui avaient rendu Pythagore malade. Le livre du géographe dont Pyth, tel un graphomane furieux, recopie les cartes et les schémas pour tromper sa nostalgie. Le filin d'asphalt que Louise a rapporté de la bataille de l'Empoing et qu'elle a dissimulé dans la cabane de jardinage du lycée. Quelques photos du livre du secret constitutionnel n° 3.

Rien qui puisse les aider à repartir dans l'autre monde. Rien qui puisse leur fournir ne serait-ce qu'une piste ou un espoir.

Rien... jusqu'à ce matin.

∞

Quelques minutes avant que son père ne se réveille, un homme est entré dans la chambre d'hôpital.

Il s'y est glissé sans faire de bruit, s'est plaqué contre le mur. Il était vêtu d'une blouse, comme les autres médecins, dont les manches étaient relevées. Pyth ne lui a pas prêté attention jusqu'à ce qu'il remarque un tatouage dessiné sur l'avant-bras du jeune homme : une araignée aux pattes fines et ciselées.

Pyth a senti un frisson le parcourir.

Était-ce un signe ? un signe de l'autre monde ? Il avait sous les yeux l'exacte réplique d'un tatouage qu'il connaissait bien : celui du lieutenant Abakan – fraîchement nommé commandant de la Société de géographie depuis la bataille de l'Empoing.

– Tu connais ce tatouage ? lui a demandé l'étrange médecin d'une voix froide et coupante. Tu sais qui est habilité à le porter ? Les infiltrés. Nous servons les Garde-Fous dans l'ombre.

Pyth en est demeuré immobile, saisi. Une coulée de plomb lui est tombée dans les entrailles. Un Garde-Fou ? Un Garde-Fou à l'hôpital des Chartreux de Loiret-en-Retz, dans la chambre de son père ?

Pyth ne sait presque rien des Garde-Fous, si ce n'est la terreur que leur nom inspire à Foresta. Elle en a parlé à plusieurs reprises comme d'une hiérarchie opaque aux ramifications obscures. Pyth se souvient des responsabilités de l'ordre : surveiller les frontières et protéger les secrets dits « constitutionnels » – secrets dont les gens de l'autre monde ne savent rien mais dont Louise, Foresta et lui ont appris qu'ils sont relatifs aux passages entre les mondes.

C'est parce que les Garde-Fous avaient perdu le livre du secret constitutionnel n° 3 – consacré aux angles morts – que Foresta a réussi à passer de l'autre côté de la frontière pour la première fois. C'est encore parce qu'elle se croyait poursuivie par les Garde-Fous qu'elle a abandonné le précieux ouvrage dans les toilettes publiques de la rue Marie-de-Craon. C'est enfin et toujours par peur des représailles des Garde-Fous qu'elle est demeurée silencieuse quant aux agissements du commandant Baar.

Les Garde-Fous sont une sorte de police secrète et protéiforme. Que faisait l'un de leurs représentants dans la chambre de son père ? Comment connaissait-il son existence ? Comment savait-il qu'il trouverait Pythagore à cet endroit précis ? L'avait-il suivi ? À partir d'où ? Comment ? Pourquoi ?

L'homme a répondu de lui-même sans que Pyth ait besoin de poser la moindre question.

– Figure-toi que j'ai assisté à la confession d'un certain commandant...

Un certain commandant ? C'était forcément au commandant Baar qu'il faisait allusion, a pensé Pythagore, en se remémorant l'arrestation de l'ancien dirigeant de la Société de géographie.

– J'ai appris qu'une de ses aspirantes s'était échappée de son cabinet en brisant un miroir, a poursuivi le Garde-Fou.

Une de ses aspirantes ? Il devait s'agir de Foresta.

– Elle était accompagnée d'un garçon capable de traverser le courant sans scaphandre...

Le garçon, c'était lui. Foresta et lui s'étaient effectivement échappés du cabinet où le commandant conservait les têtes coupées de ses victimes en passant par l'angle mort d'un miroir brisé.

– Ce garçon avait une petite amie au sang rouge.

Louise. Louise était cette amie au sang rouge. Louise à qui le commandant Baar et le professeur Deanjii avaient prélevé du sang pendant qu'ils la retenaient prisonnière.

– Tu es au courant de quelque chose ? a-t-il interrogé avec un sourire carnassier.

Pyth n'a pas eu le temps de répondre, l'autre a enchaîné aussitôt :

– J'aurais pu avoir pour mission de vous éliminer, toi et ta petite camarade de lycée, mais je suis là pour passer un marché.

– Quel marché ? a répliqué Pythagore.

– Ton père va se réveiller ; personne n'essaiera plus jamais de lui voler son portable.

Son regard appuyé d'un sourire froid a indiqué à Pythagore que le Garde-Fou n'était pas étranger à l'agression de son père.

– En échange, toi et ton amie, vous allez venir travailler pour nous... Nous avons une question diplomatique à régler avec un certain gang du Gaoyan... Il semblerait que nous ayons besoin d'agents capables de traverser le courant

– sans scaphandre, j'entends. Si vous échouez... disons que la vie de l'aspirant Erivan s'en trouvera largement dégradée. Pyth en a eu un ultime coup au cœur. Foresta a-t-elle été arrêtée par les Garde-Fous ?

Quelle étrange expression que ce mot, « dégradé ». La vie de Foresta, « dégradée » ?

Surmontant sa peur et son trouble, Pyth a osé prononcer une phrase qui maintenant sonne à ses oreilles comme les formules fatidiques des contes pour enfant :

– J'accepte... le marché.

RÉALISATION : NORD COMPO À VILLENEUVE-D'ASCQ
IMPRESSION : CPI FRANCE
DÉPÔT LÉGAL : AVRIL 2020. N° 140102 (3037548)
IMPRIMÉ EN FRANCE

Éditions Points

DERNIERS TITRES PARUS

P5107. Une douce lueur de malveillance, *Dan Chaon*
P5108. Manifesto, *Léonor de Récondo*
P5109. L'Été des charognes, *Simon Johannin*
P5110. Les Enténébrés, *Sarah Chiche*
P5111. La Vie lente, *Abdellah Taïa*
P5112. Les grandes villes n'existent pas, *Cécile Coulon*
P5113. Des vies possibles, *Charif Majdalani*
P5114. Le Mangeur de livres, *Stéphane Malandrin*
P5115. West, *Carys Davies*
P5116. Le Syndrome du varan, *Justine Niogret*
P5117. Le Plongeur, *Stéphane Larue*
P5118. Hunger, *Roxane Gay*
P5119. Dégager l'écoute, *Raymond Depardon et Claudine Nougaret*
P5120. Comment j'ai arrêté de manger les animaux *Hugo Clément*
P5121. Anagrammes. Pour sourire et rêver, *Jacques Perry-Salkow*
P5122. Les Spaghettis de Baudelaire. 50 conseils pour briller en cours de lettres, *Thierry Maugenest*
P5123. Tout autre nom, *Craig Johnson*
P5124. Requiem, *Tony Cavanaugh*
P5125. Ce que savait la nuit, *Arnaldur Indridason*
P5126. Scalp, *Cyril Herry*
P5127. Haine pour haine, *Eva Dolan*
P5128. Trois Jours, *Petros Markaris*
P5129. Quand notre cœur s'ouvre à la spiritualité *Caroline Coldefy*
P5130. Les Invisibles, *Antoine Albertini*
P5131. Le Fil de nos vies brisées, *Cécile Hennion*
P5132. D'os et de lumière, *Mike McCormack*
P5133. Le Nouveau, *Tracy Chevalier*
P5134. Comment j'ai vidé la maison de mes parents. Une trilogie familiale, *Lydia Flem*
P5135. Le Grand Cahier. Une trilogie, *Agota Kristof*
P5136. Roland Furieux, tome 1, *L'Arioste*
P5137. Roland Furieux, tome 2, *L'Arioste*
P5138. Frères sorcières, *Antoine Volodine*
P5139. Mes biens chères soeurs, *Cloé Delaume*
P5140. Vivre ensemble, *Émilie Frèche*
P5141. Voyou, *Itamar Orlev*
P5142. L'Abattoir de verre, *John Maxwell Coetzee*

P5143. Kiosque, *Jean Rouaud*
P5144. État de nature, *Jean-Baptiste Froment*
P5145. Le Petit Paradis, *Joyce Carol Oates*
P5146. Trahison, *Joyce Carol Oates*
P5147. Marcher jusqu'au soir, *Lydie Salvayre*
P5148. Et j'abattrai l'arrogance des tyrans
Marie-Fleur Albecker
P5149. Projet Starpoint, tome 1, La Fille aux cheveux rouges
Marie-Lorna Vaconsin
P5150. Que le diable m'emporte, *Marie MacLane*
P5151. Ombres sur la Tamise, *Michael Ondaatje*
P5152. Pourquoi je déteste les enfants, *Robert Benchley*
P5153. Dans le faisceau des vivants, *Valérie Zenatti*
P5154. L'Oiseau Parker dans la nuit, *Yannick Lahens*
P5155. Formulaires, *Mohammed Dib*
P5156. La Faille du temps, *Jeanette Winterson*
P5157. Nous habitons la Terre, *Christiane Taubira*
P5158. Edgar Morin : l'indiscipliné, *Emmanuel Lemieux*
P5159. Set the Boy Free, *Johnny Marr*
P5160. Le Magot. Fourniret et le gang des Postiches : mortelle rencontre, *Patricia Tourancheau*
P5161. La Nuit du revolver, *David Carr*
P6162. Omar et Greg, *François Beaune*
P5163. Honorer la fureur, *Rodolphe Barry*
P5164. Les Minots, *Romain Capdepon*
P5165. Aux confins de l'Eldorado. La Boudeuse en Amazonie
Gérard Chaliand
P5166. Vivre libre, *Henry de Monfreid*
P5167. Diskø, *Mo Malø*
P5168. Sombre avec moi, *Chris Brookmyre*
P5169. Les Infidèles, *Dominique Sylvain*
P5170. L'Agent du chaos, *Giancarlo De Cataldo*
P5171. Le Goût de la viande, *Gildas Guyot*
P5172. Les Effarés, *Hervé Le Corre*
P5173. J'ai vendu mon âme en bitcoins, *Jake Adelstein*
P5174. La Dame de Reykjavik, *Ragnar Jónasson*
P5175. La Mort du Khazar rouge, *Shlomo Sand*
P5176. Le Blues du chat, *Sophie Chabanel*
P5177. Les Mains vides, *Valerio Varesi*
P5178. La Cage, *Lilja Sigurðardóttir*
P5179. Éthique du samouraï moderne. Petit manuel de combat pour temps de désarroi, *Patrice Franceschi*
P5180. Maître du Oui, *Svâmi Prajñânpad*
P5181. Wabi Sabi. L'art d'accepter l'imperfection
Tomás Navarro